Zu diesem Buch

«Williams' Roman, den James Baldwin seinerzeit als wichtig bezeichnet hat (die ‹New York Times› nannte den Autor den ‹schwarzen Balzac›), führt in den Untergrund der damaligen Jazzszene, ins Geschäft mit dem ‹Stoff›; die miesen Praktiken kleiner Plattenfirmen werden hier ebenso angeprangert wie die Tricks der Tournee-Manager, die aus den schwarzen Musikern das letzte herausholen ... In dieses Milieu gerät Hillary, ein weißer Lehrer an einem College, den der Unfalltod seiner Frau aus der Bahn geworfen hat. Völlig heruntergekommen, findet er sich in der Gesellschaft von Menschen, die als Neger ‹noch tiefer stehen› als er und in ohnmächtiger Wut immer wieder den Anlauf unternehmen, Anerkennung zu finden. Mittelpunkt des ‹Milieus› ist Eagle, ein genialer Altsaxophonist, für dessen Leben und Tod in diesem Buch unverkennbar Charlie Parker Modell gestanden hat ... Eagle ist am Ende des Buches tot. Ob es Mord oder Selbstmord mit Hilfe einer Überdosis Heroin war, bleibt offen. Hillary, der weiße Dozent, verläßt das Reinigungsbad aus Dreck, Verkommenheit, Mitgefühl und Selbsthaß geläutert. ‹Todesursache: Widerstand gegen die Wirklichkeit›, sagt einer in Williams' Buch. Dieser erschreckende Satz bleibt im Gedächtnis wie ein schwermütiges altes Blues-Thema, das vom Jazz auch ‹cool› behandelt werden konnte» («Frankfurter Allgemeine Zeitung»).

«‹Night Song› behandelt ein verrufenes Thema auf eine ungewöhnlich wahrhaftige Weise. Williams schildert Leben und Tod eines Jazzmusikers voll Schmerz, Empörung und tiefer Sympathie» (James Baldwin).

John A. Williams, geboren 1925 in Jackson/USA, studierte in New York und wurde Mitarbeiter namhafter Zeitungen, Magazine und Fernsehsender. 1958/59 war er als Auslandskorrespondent in Europa, 1964/65 für «Newsweek» in Afrika. Er veröffentlichte mehrere Romane, überdies Sachbücher und gab Anthologien schwarzer Autoren heraus. John A. Williams lehrt Literatur und Englisch an der Yale University und lebt in Teaneck/New Jersey.

John A. Williams

NIGHT SONG

Ein Roman aus der Jazz-Szene

Deutsch von
Elisabeth Freundlich

rororo

Rowohlt

Die amerikanische Originalausgabe wurde unter dem Titel «Night Song» bei Farrar, Straus and Cudahy, USA, verlegt
Umschlagentwurf Werner Rebhuhn
(Foto: Fotostudio Rainer Drechsler)

Veröffentlicht im Rowohlt Taschenbuch Verlag GmbH,
Reinbek bei Hamburg, Februar 1981
Lizenzausgabe mit freundlicher Genehmigung der
Europa Verlag GmbH, Wien

Satz Times (Linotron 404)
Gesamtherstellung Clausen & Bosse, Leck
Printed in Germany
580-ISBN 3 499 14682 7

1

Noch halb benommen von dem elenden Whisky, den er am Morgen gekippt hatte, betrat David Hillary, unrasiert, hutlos, den Kragen seines schäbigen Mantels bis über die Ohren hochgezogen, den Laden des Pfandleihers. Was ihn aber am meisten irritierte, war die Hitze, die er in sich aufsteigen fühlte. Er schloß die Tür hinter dem Fünf-Uhr-Straßenlärm der Third Avenue und schlurfte unsicher zu dem abgenutzten Ladentisch. Dahinter saß ein kleiner Mann mit einer großen alten Tweedkappe und blickte ihn feierlich durch das dichtmaschige Schaltergitter an. Hillary legte den schweren Goldreifen auf die Platte und schob ihn dem anderen durch die Gitteröffnung zu. Er hatte eine Stunde in seiner schmuddeligen Bude gebraucht, um ihn vom Finger zu bekommen. Fünfhundert Dollar hatte er gekostet und stammte aus Italien, eines von jenen Stücken, die damals so gut zu den Hillarys gepaßt hatten. Er wischte sich rasch über die Augen, während der Mann gegenüber den Ring in die Hand nahm.

«Wieviel?» fragte Hillary heiser.

Der Mann klemmte seine Lupe ins Auge, nahm sie aber rasch wieder heraus, um einen Mann zu inspizieren, der gerade hereingekommen war. Zufriedengestellt klemmte er sich die Lupe von neuem ins Gesicht.

«Gehört ihnen?» fragte er.

«Hat fünfhundert Dollar gekostet», murmelte Hillary. Fünfhundert hatte er für seinen Ring hingelegt und vierhundertfünfzig für den von Angela. Seine Eltern hatten sich über all das ungeheuer aufgeregt.

Hillary und Angela hatten darüber gelacht. Italienische Eheringe, nachdem Hillarys Eltern sich jahrelang gegen den Umgang ihres Sohnes mit einer von diesem traditionslosen italienischen Gesindel gesträubt hatten, diesem Gesindel, das hierhergekommen war und die Stadt erobert hatte. Kleine Farmer, Kohl und Zwiebeln. Nur die Hillarys waren waschechte, hier geborene amerikanische Protestanten geblieben. Das war eine Sache, die man erhalten sollte, wenn es irgendwie anging.

«Bitter», sagte der Mann hinter dem Schalter und blickte dem anderen in sein schwammig blasses Gesicht. Da kommen sie alle an mit ihren kleinen Geschichten und mit ihren läppischen Erklärungen, bloß um ein paar Dollar mehr zu kriegen. Ihm konnten sie damit keinen Eindruck machen. Dazu hatte er zu viele Jahre in der Third Avenue verbracht.

«Hundert?» fragte Hillary leise, damit der Kerl hinter ihm ihn nicht hören konnte.

«Bewahre», sagte der Pfandleiher. Er nahm die Lupe aus dem Auge und blickte wieder auf den Mann hinter Hillary.

«Dreißig.» Er wartete. Jetzt würde der Mann um mehr betteln.

«Bitte», sagte Hillary. Er zwinkerte heftig, um die Tränen zu unterdrücken. «Fünfzig.»

«Dreißig, hab ich gesagt.» Er schob den Ring durch das Gitterloch zurück. Hillary schob ihn wieder hinüber.

«All right», sagte Hillary. Unhörbar zischte er «Hurensohn».

«Was?» Der Mann unterbrach das Zählen der schmuddeligen Scheine.

«Nichts.» Traurig geworden, besah sich Hillary ringsum die Wände: Uhren, Kameras, Gewehre, Schreibmaschinen. Irgendwo lehnte eine zerbeulte Trompete, dort drüben ein Saxophon. Ein ganzes Regal war angefüllt mit verstaubten Banjos und Gitarren. Dazwischen zwei oder drei schäbige Handkoffer. Es roch nach allem gleichzeitig.

«Schon recht, Jimsey, nur mit der Ruhe.» Hillary wendete sich verärgert dem Mann hinter sich zu. Der war ein Schwarzer und kam ihm irgendwie bekannt vor. Der Fremde hielt ein Saxophon in einer Hand.

«Mensch, drei-, viermal die Woche trag ich das Ding hierher. Und jedesmal kommt's mir vor, als gäb ich mein Herz hier ab.»

Hillary wendete sich von dem Schwarzen ab und nahm sein Geld in Empfang.

«Da, Ihr Pfandschein, Sie Aufschneider, Sie», sagte der Pfandleiher und schob ihn Hillary zu. Hillary nahm den Schein, stopfte ihn zusammen mit dem Geld in seine Tasche und verließ den Raum. Draußen drängte er sich durch das Menschengewühl in

Richtung Downtown. Dort bekam man mehr für sein Geld als anderswo.

Er stolperte an einer Gruppe von Menschen vorbei, die so gekleidet waren, daß er für einen Moment das Gefühl hatte, sie gehörten eigentlich nicht hierher. So adrett gekleidet wie sie waren, wirkten sie eher wie blitzblanke Ärzte, die durch einen Arme-Leute-Krankensaal eilten.

Plötzlich spürte er, daß ihm jemand folgte, und er drehte sich um. Es war der Schwarze von vorhin, der mit dem aufgedunsenen Gesicht. Mit nunmehr leeren Händen jagte der hinter ihm her und winkte. Als Hillary seiner ansichtig wurde, verlangsamte er seinen Schritt, blieb aber nicht stehen. Für einen Augenblick bekam er es mit der Angst zu tun, der andere könnte ihn zusammenschlagen oder ausrauben. Aber da war der Schwarze schon neben ihm angelangt und legte ihm den Arm um die Schultern.

«Jimsey», sagte er, «laß uns was essen gehn.» Noch bevor Hillary hätte protestieren können, wurde er schon in eine nahe gelegene Bar hineinbugsiert. Aber jetzt war ihm die Angst vergangen. Er hatte gerade erkannt, daß der Schwarze Richie Stokes war, Richie Stokes, den die Leute «Eagle» (Adler) nannten.

Als Hillary als Soldat nach New York auf Urlaub gekommen war und sich lieber verdrossen in der Stadt herumtrieb, als sich von seinen Eltern zu Hause stolz herumreichen zu lassen, in jener Nacht im Jahr 1944, als er ein Lokal betrat, das sich «Huhn im Korb» nannte, hatte er nicht wissen können, daß es da einen gewissen Richie Stokes geben würde, der in einer Ecke der kleinen Bühne neben einem hakennasigen mageren Baßgeiger hockte. Dann war da noch ein vierschrötiger, arrogant dreinblickender, hübscher junger Trompeter gewesen; dann ein ernster, etwas nervöser Mann, der wie ein Gott vor seinem Schlagzeug thronte; und schließlich ein Dicker, Schwerschultriger am Klavier. Sie alle gehörten damals zu Richie Stokes Band und begleiteten ihn, wenn er Saxophon blies.

Hillary kannte Saxophonbläser: Chu Berry, Hawk, Dash und Bascombe, Press, Harry, Johnny, Benny, Willie – all jene, die ein junger Provinzler vom Hörensagen und von Platten wie *down beat* und *metromone* oder von gelegentlichen Tanzereien kannte. Er hatte damals in jener Nacht an der Bar gestanden, sein gestärkter

Uniformkragen hatte ihn bei jeder Bewegung geniert und er hatte versucht, im Rhythmus der Musik mit dem Kopf zu nicken; aber das hatte sich als ganz unmöglich herausgestellt, obwohl die Musik sehr rhythmisch gewesen war. Hillary hatte es bald aufgegeben, im Takt der Musik mitzunicken. Er war eben ein Außenseiter, und noch dazu ein sehr ungeschickter. Damals hatte er versucht, sich mit einem weiteren Bier Abkühlung in der heißen Sommernacht zu verschaffen und dabei in seiner Verlassenheit Richie Stokes beobachtet und erkannt, daß dessen Musik irgendwie besonders war, vielleicht eine Mischung von allem, was er je vorher gehört hatte. Er konnte damals nicht wissen, warum er dieses Gefühl hatte.

Das alles erzählte er mit schwerer Zunge Eagle in der zweiten Bar, die sie aufsuchten. Nun hatte sich Hillary genug vollaufen lassen, um in dieses schwarze aufgedunsene Gesicht blicken zu können, in dieses Gesicht, in dem ein schweres Leben seine Spuren hinterlassen hatte. Die einst regelmäßigen Zähne waren jetzt fleckig, einige fehlten. Sein Haar, an das sich Hillary als besonders ordentlich und gepflegt erinnerte, schien schäbig geworden, wie das Fell eines räudigen Tieres. Und dabei war der Mann noch keine fünfunddreißig Jahre alt.

Da waren sie schon wieder auf der Straße. Hillary mußte sich beeilen, um mit Eagles geschmeidigem und bedrohlichem Raubtiergang Schritt zu halten. Einmal machte Eagle plötzlich halt und sagte zu Hillary:

«Wart einen Augenblick, will nur rasch mal diesen Kerl dort angehen. Paß gut auf, Jimsey, wie ich das mach, dann wirst du nie hungrig bleiben müssen.»

Eagle schob sich mit einer obszönen Bewegung auf ein gutgekleidetes Paar zu, Hillary sah, wie sie zurückwichen, und dann, wie der Mann nach einem Blick zu seiner Begleiterin rasch in die Tasche griff und Eagle etwas Geld gab.

«Hast gesehen?» knurrte Eagle, als er zurückkam. «Sie sind zu feige, um mir zu sagen, scher dich zum Teufel, oder sie haben ein zu schlechtes Gewissen, um zu sagen, du kannst mich. Sie zahlen aus Feigheit, um sich unsereins vom Leib zu halten.»

Sie setzten sich wieder in Bewegung. Hillary wieder beinahe im Laufschritt, Eagle in seiner pantherartigen Gangart, eine Schulter immer vorgeschoben, als müßte er ständig bereit sein, Schläge abzuwehren.

«Ich», sagte er, «ich nehm den Zaster von allen. Mensch, merk dir das, Zaster ist dein einziger Freund. Läßt dich nie im Stich, hält dich nie zum Narren. Zaster ist so wunderbar, selbst von deinem Mädel will er nichts. Zaster, wenn du genug davon hast, macht mächtig Reklame für dich, brauchst nur mit dem neuesten Wagen und den elegantesten Anzügen daherzukommen. Wenn du Zaster hast, kannst du immer mehr dazukriegen.»

Die Bitterkeit brach aus Eagle heraus, und die einzige Methode, ihr zu entgehen, dachte Hillary, war, weiterzutrinken. Als sie wieder einmal auf der Straße standen zwischen einer Bar und der nächsten, schlug Eagle vor, sie sollten sich vor Ladenschluß noch rasch eine Flasche kaufen.

«Und was wird aus deinem Saxophon?» fragte Hillary, als sie bei der Statue von Peter Cooper angelangt waren und die Flasche zwischen ihnen hin- und herging.

«Laß das bis morgen», antwortete Eagle.

Sie stolperten die Straße weiter, vorbei an der Kapelle der Heilsarmee mit ihrem elektrisch beleuchteten Heiland. Eagle bekreuzigte sich komödiantisch, und das war alles, woran Hillary sich später noch erinnern konnte. Schneeflocken wirbelten ihm ins Gesicht, er versuchte sie abzuwehren wie richtige Schläge. Als sie schließlich auf einer Stufe gelandet waren, stand plötzlich wie ein Turm ein Schutzmann über ihnen, ein schwarz uniformiertes Ungeheuer gegen den weißen Schnee und den grauen Himmel. Er stieß die beiden mit dem Fuß an. Eine andere Gestalt tauchte auf, ein Schwarzer wie Eagle. Dieser Neue sagte, er würde sich schon um Eagle kümmern, und begann darüber mit dem Schutzmann zu diskutieren. Als er dann Eagle aufzuhelfen suchte, sagte der: «Da ist auch noch der Jimsey, ich muß mich um den Jimsey kümmern, hab mich die ganze Nacht um ihn gekümmert.»

«Soll sich um sich selbst kümmern», sagte der Mann.

«Los, aufstehen», verlangte der Schutzmann.

Eagle sagte: «Jimsey muß mit.»

«All right, Christi zuliebe», sagte der Neue, und Hillary überkam plötzlich Angst. Warum mochte ihn dieser Mann nicht? Mühsam rappelten sie sich auf, und während sie durchnäßt die

Straße entlangtorkelten, warf Hillary rasch einen Blick auf den Unbekannten, und der gab ihm den Blick zurück.

Als Hillary erwachte, hatte er das Gefühl, daß es später Nachmittag sei. Er sah sich in dem Zimmer um, es war schäbig. Die einst weiß gewesenen Wände waren jetzt gelblich wie Urin und voll grauer Schmutzflecken. Steife Plastikvorhänge hingen vor einem kleinen Fenster. Die Möbel hatten offenbar bessere Tage gesehen und auch eine andere Umgebung. Aber das Bett war sauber.

Da hämmerte draußen jemand gegen die Tür, sie sprang auf, und Eagle stürmte herein. Ohne sich die Mühe zu nehmen, den Schnee von den Kleidern zu schütteln oder Hut und Mantel abzunehmen, führte er das mitgebrachte Saxophon an die Lippen und begann eine Tonleiter auf und ab zu blasen. Befriedigt schmunzelte er, dann erst warf er den Hut ab. Die Nacht im Pfandhaus hatte dem Instrument offenbar nicht geschadet. Ein ganzer Strom von Tönen quoll jetzt aus dem Horn, dazwischen immer wieder aufregende Pausen. Hillary hörte Fetzen vertrauter Melodien, aber sie verschwanden ebenso rasch, wie sie gekommen waren. Halb döste er, dann wachte er wieder halb auf und nickte wieder ein. Als er wieder einmal aufwachte, sah er Eagle, der nun schon ohne Mantel dastand, wie er das Horn umschlungen hielt, als wär's die Hüfte einer schönen, willigen Blondine. Dem muß hübsch warm sein, dachte Hillary. Er selbst schwitzte und fühlte sich gleichzeitig doch federleicht. Wie aus der Ferne vernahm er Eagle, seine sonderbaren Flüche, sein vergnügtes Gelächter. Und er blickte drein wie ein munterer kleiner Junge.

«Hei, Jimsey», rief er, «wie geht's dir? Auf, auf, ich bring dich nach Hause!»

Hillary konnte sich nicht rühren und beobachtete wie im Traum den näher tretenden Eagle, sah, wie dessen Stirn plötzlich Sorgenfalten bekam, obwohl das Lachen noch nicht ganz verschwunden war. Eagle schob sein Gesicht nahe an das von Hillary, und dieser stellte fest, wie häßlich aufgedunsen es war und wie tief zerfurcht. Nun legte sich eine plumpe Hand ganz zart auf seine Wange. Und da war also das schwarze Gesicht voll Besorgnis über ihm, und er fühlte sich geborgen.

«Hei, Keel», rief Eagle. «Der Junge hat hohes Fieber. Hol einen Arzt!»

Hillary versuchte den Sinn zu erfassen, aber Minuten später, als auch Keel, ein anderer Schwarzer, an seinem Bett stand, da war das Alarmierende des Gesagten durch die Zärtlichkeit des Tons, in dem sie sprachen, durch die rührend komische Ungeduld, ihn zu entkleiden und zu säubern, widerlegt. Als das getan war, starrten sie auf das Thermometer, das Keel inzwischen aufgetrieben hatte.

«Wohin damit?» fragte Eagle und schüttelte es mit sachkundiger Gebärde herunter.

«In seinen Hintern», sagte Keel und tauschte einen Blick mit Hillary.

«Ist das ein Thermometer für den Hintern oder für den Mund?»

«Was ist da schon für 'n Unterschied. Steck's rein, wo du willst!»

Hillary griff mit unsicherer Hand nach dem Thermometer und schob es unter die Zunge. Er schloß die Augen und spürte, wie sein ganzer Körper vor Hitze glühte.

Am nächsten Tag nach des Doktors zweiter Visite war er völlig wach und schluckte begierig die Suppe, die Eagle ihm einlöffelte. Dann fiel er von neuem in einen bleiernen Schlaf und hörte nur wie durch Watte das Horn, das Eagle leise von Zeit zu Zeit blies.

Wie schön wäre es, dachte Hillary, jetzt zu sterben. Es lag ihm gar nichts mehr daran, weiterzuleben. Wenn Eagle gerade nicht da war, war Keel da.

«Daß du uns nicht wegstirbst, du Hurensohn», sagte Keel einmal mit einem leichten Lächeln.

«Scher dich zum Teufel», antwortete er keuchend. Dunkel erinnerte er sich auch, daß Keel daraufhin noch breiter gegrinst, ihm auf die Schulter geklopft und ihn schließlich sanft zum Wiederhinlegen gebracht hatte.

Noch eine Nacht war vorübergegangen und noch ein Vormittag, als Hillary wieder aufwachte und Keel an seinem Bett sitzend fand.

«Eagle hat dem Doktor gesagt, daß du Jimsey heißt, aber er nennt jeden so und glaubt, daß alle das tun werden, weil er das tut. Wie heißt du denn wirklich?»

«Dave Hillary.»

«Hillary», wiederholte Keel nachdenklich, «hübsch. Der Name gefällt mir.»

Er lächelte, und Hillary bemerkte erstaunt, daß er dieses Lächeln mochte.

«Bist du lange downtown gewesen?» fragte Keel. Hillary blieb einen Augenblick stumm, dann begriff er, daß die Frage in diesem Zusammenhang nur bedeuten konnte: seit wann er schon herumstrolche.

«Noch nicht lange», antwortete er schließlich.

«So was passiert eben. Entweder man bleibt downtown hängen oder man haut wieder ab. Gibt mehr als einen, der eines Tages türmt. Konnte an deiner Kluft sehen, daß du ein Greenhorn bist. Bist wohl Lehrer, nicht?»

Unwillkürlich blickte Hillary auf seine Kleider, die hingeworfen über einer Stuhllehne hingen. Seine Brieftasche hatte in der Hosentasche gesteckt.

«Mußte den Doktor bezahlen, Mensch», sagte Keel. Ein leises Lächeln umspielte seinen Mund.

«Hab in deiner Brieftasche gekramt und deine Visitenkarte gefunden.»

Keel stand langsam vom Bett auf und streckte sich: «Du mußt aber weiterschlafen.»

Zwei Tage später, als die Lungenentzündung schon beinahe abgeklungen war und Eagle blasend, mit einer offenen Flasche neben sich, an seinem Bett saß, sagte Hillary:

«Spiel mal ‹April in Paris›.»

Eagle lächelte. «Okay, Jimsey. Geht dir besser, nicht? Wie wär's mit einem Schluck?»

Er stand auf und goß ein Glas voll.

«Wird dir guttun.»

Er sah zu, wie Hillary trank, goß wieder ein und wartete, bis Hillary auch das ausgetrunken hatte.

«Mal in Paris gewesen, Mensch?»

«Ja, zweimal.»

Eagle wartete.

«Im Krieg und auf der Hochzeitsreise.»

«Bin auch dort gewesen. Ist schon ein komischer Platz für einen Schwarzen.»

Eagle setzte sich wieder und spielte von neuem.

Der Whisky begann Hillary in den Kopf zu steigen, während er nachdenklich lauschend dalag. Hillary erinnerte sich, wie sie auf der Hochzeitsreise dort zusammen gewesen waren, wie sie Hand in Hand herumgeschlendert und miteinander ausgefahren waren. Wie sie manchmal einfach stehengeblieben waren, und wie ihre Augen geleuchtet hatten, wenn sie ihn ansah. Zu reden war völlig überflüssig gewesen. Es genügte, einfach da zu sein. Ja, manchmal war sogar das zuviel gewesen, weil die milden Nächte mit ihrem beinahe purpurnen Himmel und mit seiner neuen Frau im Arm ihn beinahe schmerzhaft überwältigt hatten. Sie hatten geplant, nach Paris zurückzukommen, aber das war nun nicht mehr möglich. Der Gedanke daran machte die Erinnerung schal.

Wieso kann dieser Richie Stokes so spielen, fragte sich Hillary.

«Scheiße», sagte Eagle. Er sprach das Wort ganz sanft aus, so wie ein Kind «Quatsch» sagen würde, und legte das Saxophon auf den Tisch.

«Der alte Eagle hat genug für heute», sagte er. Er goß sich ein weiteres Glas voll und schlug ein Bein über das andere.

«Mir scheint, du machst dir was aus Musik», sagte er.

Der erinnert sich gar nicht mehr an die Nacht neulich, dachte Hillary. Er schloß die Augen und öffnete sie dann wieder. Eagle summte etwas vor sich hin, wiederholte es und hörte immer an derselben Stelle wieder auf. Aber plötzlich hatte er es raus und grunzte und brummte und stampfte. Er hatte den toten Punkt hinter sich, spann eine komplizierte Melodie weiter, kehrte dann zu dem Thema wieder zurück, das Hillary jetzt als «April in Paris» erkannte.

Keel trat ein, sah einen Augenblick zu, was Eagle da trieb und sagte dann:

«Du alter Hurensohn, zerstampf mir gefälligst nicht den Fußboden.»

Eagle klatschte in die Hände und lachte. Hillary bemerkte, wie Keel darüber schmunzelte, und auch er mußte schmunzeln.

«Na, wie geht's, Prof?» fragte Keel.

«All right», antwortete Hillary mit einer gewissen Reserve.

«Spiel ihm ein paar von meinen Platten vor», sagte Eagle und stand auf. «Ich muß jetzt gehen.»

«Wohin?» gab Keel zurück.

«Weißt du so gut wie ich.»

Eagle vermied es, Keel anzusehen.

«Und du weißt, daß es mir lieber wäre, du ließest das bleiben.»

«Auf später also», sagte Eagle. Ohne Keel anzublicken trat er an einen Wandschrank und holte mehrere Platten heraus. Rasch wählte er ein paar aus und legte eine davon auf den Plattenspieler.

«Ich muß jetzt gehen», sagte er. «Mach's gut, Jimsey.»

Er schlug die Tür hinter sich zu.

«Was für ein Prachtkerl», meinte Hillary.

«Stimmt.»

Keel starrte auf den Plattenspieler.

«Er müßte doch eigentlich eine Menge Geld machen können», sagte Hillary.

Keel blickte ihn an und sagte nichts. Die Platte lief weiter, nur die Musik war zu hören, Keel blieb stumm. Hillary begann sich durch Keels Schweigen unbehaglich zu fühlen. Schließlich sagte Keel, so als ob er Hillarys letzte Bemerkung gar nicht gehört hätte:

«Eagle war was Neues in der Musik, was Großartiges hat er da hineingebracht. Scheiße, er kann noch immer großartig sein, wenn er will. Aber seine Musik bringt keinen Bissen Brot ein. Reicht höchstens für eine Flasche, um den Verdruß runterzuspülen. Und manchmal noch nicht einmal für das. Machen wir uns doch nichts vor. Er ist einfach out.»

Auch eine Antwort auf meine Bemerkung, dachte Hillary. Er lag tief in den Kissen und sann über diesen Keel nach.

Die Erinnerung an ihre erste Begegnung hatte ihn nie verlassen. Denn damals war wirklicher Haß in Keels Augen aufgeblitzt, ein Haß, der in späteren Gesprächen nicht mehr zu spüren gewesen war, er war dann einer vorsichtigen Reserve gewichen.

«Warum versuchst du nicht, irgendwas zu tun?» fragte Keel plötzlich.

Hillary schrak zusammen.

«Was meinst du?»

«Kannst dich doch nicht einfach nur herumtreiben?»

Hillary wollte protestieren. Aber er lag in einem Bett, das nicht seines war, aß Mahlzeiten, für die er nicht bezahlt hatte, und war kaum in der Lage, sich zu bewegen. Er spürte auch, daß Keel herausbekommen wollte, was ihn hierhergebracht hatte, wieso er so heruntergekommen war. Er würde es ihm sagen.

«Ich hab meine Frau umgebracht.»

Er wartete, wie Keel reagieren würde, aber der reagierte gar nicht, was ihn etwas enttäuschte. Zugleich fragte er sich, warum ihm überhaupt an Keels Reaktion etwas lag.

«Wutanfall?»

«Nein. Autounfall.»

«Wann?»

«Letztes Jahr.»

«Kinder?»

«Nein.»

«Hast du einen Job? Eine Bleibe?»

«Nein. Aber es wird schon kommen.»

Keel nickte ein paar Augenblicke lang im Takt der Musik, schließlich sagte er:

«Ich kann nicht begreifen, warum ein Weißer unter Weißen nicht durchkommt. So was kann mich wütend machen.»

«Etwas simpel von dir gedacht», sagte Hillary gereizt.

«Vielleicht.»

«Was, zum Teufel, hast du denn schon groß erreicht?» fragte Hillary mit müder Stimme. Er überdachte ihr Gespräch. Das hatte also angefangen, als Eagle fortgegangen war. Keel hatte sich da aufgeregt, ohne daß sein Gesichtsausdruck sich verändert hatte.

«Ich bin einfach ein Student», sagte Keel.

«Mußt aber ein verdammt verbummelter Student sein», gab Hillary zurück. «Schätz dich auf mindestens fünfunddreißig.»

Erstaunlicherweise begann Keel zu kichern.

Was gibt's da zu lachen, dachte Hillary.

«So ein Typ von Student bin ich wieder nicht.»

«Weiß ich auch alleine», knurrte Hillary.

Keel wischte die Bemerkung mit einer Handbewegung fort. Hinter ihnen spielte Eagles Platte weiter. Nun kam eine komplizierte Passage im Sopranregister.

«Möchtest du eigentlich einen Job?»

«Was für einen?»

Keel runzelte die Stirn und begann auf und ab zu wandern. Hillary hatte das Gefühl, daß Keel seinen Zorn zu meistern versuchte.

«Paß mal auf, Mensch. Schließlich pfeifst du aus dem letzten Loch. Bist du zu stolz, für mich zu arbeiten?»

Hillary richtete sich auf und schrie:

«Ich nehm an, ich nehm an, aber jetzt verschwind gefälligst und laß mich schlafen, du verdammter Kerl, du!»

Keel drückte ihn zurück in die Kissen.

«Du bist mir auch zu gut, für hier downtown, Prof. Aber zunächst einmal kannst du bei mir im Lokal servieren.»

Er seufzte.

«Ruh dich schön aus. Einen Moment lang hab ich gedacht, du würdest mir einen Tritt in den Hintern geben.»

2

Das kleine Kaffeelokal lag an der Ostseite von Greenwich Village oder – wie die etwas resignierten Bewohner des Village, die sich bereits damit abgefunden hatten, daß das Bohème-Viertel sich schon vom Hudson bis zum Eastriver erstreckte, gesagt hätten – im «Middle Village». Einige ältere Bewohner des Viertels nannten dieses Zufallskonglomerat «New Village». Am St. Marx Place, dort, wo das Lokal lag, waren die Renovierungsarbeiten, die das Viertel bewohnbarer gemacht hatten, langsamer vor sich gegangen als an anderen Stellen. Eine Anzahl von Wohnungen hatte freilich auch dort neue Fassaden erhalten, um das Äußere der Häuser den umgestalteten Innenräumen anzupassen. Die nicht umgebauten Häuser hatten noch ihre verrosteten alten Feuerstiegen und die alten kleinscheibigen Fenster. Eingeklemmt zwischen den alten und den halbrenovierten Häusern befanden sich winzige Kunstgalerien, deren weiße Wände und gut beleuchtete Innenräume nicht in die sonst dunkel daliegende Gegend paßten.

Dieser Teil des Village versteckte sich hinter dem alten Wanamaker Building, wo verschiedene Regierungsämter, die American Express Company und andere Firmen ihre Geschäftslokale im modernen Stahl- und Betonstil unterhielten. Ganz in der Nähe befand sich New Yorks verwittertes Wahrzeichen, die Cooper Union. Gegenüber wurde ein Neubau errichtet. Riesige Plastiküberzüge knatterten, vom Wind hin und her bewegt. Bauarbeiter waren lärmend am Werk. Eine bunt zusammengewürfelte Anrainerschaft – Ukrainer, Polen, Juden – begann etwas weiter ostwärts. Und noch einen Block weiter hausten dann die Puertoricaner, untermischt mit ein paar schwarzen und irischen Familien.

In diesem Teil des Eastside-Viertels gab es Hunderte von kleinen Delikatessenläden, in deren Auslagen man bruzzelnde Pfannen mit jüdischen Spezialitäten sah, Fleisch- und Kartoffel-Knisches. Dann wechselten sich wieder polnische und ukrainische Bars ab. Sie lagen gewöhnlich im Keller, von der Straße einsehbar, ihre appetitlich weiß gedeckten Tische luden zum Hereinkommen ein. Im Sommer war es da drinnen angenehm kühl, aber im Winter konnte es unerträglich kalt sein. Hier lag auch das Lokal «McSorley», das einmal irisch gewesen war, aber nun hauptsächlich von Polen und Ukrainern frequentiert wurde. Die hockten da und verstanden nicht gleich, was der Wirt hinter der Theke eigentlich meinte, wenn er um Mitternacht rief:

«Es ist soweit, meine Herren! Mitternacht, Sperrstunde!»

Bunte Kioske und Drugstores, letztere den anheimelnden Geruch von Apotheker- und Parfumeriewaren verbreitend, drängten sich neben den Imbißstuben, wo einsame und eilige Kunden ihre Mahlzeiten hinunterschlangen. In dieser unbeschreiblichen Second Avenue, in dieser Verkehrsader mit erbärmlichem Pflaster, durch die sich ein endloser Verkehrsstrom bis hinunter zur Huston Street ergoß, reihte sich Laden an Laden. Da waren chinesische Wäschereien, manche von ihnen schmutzig, klein und nach Schweiß riechend, andere gleichfalls klein, aber blitzsauber und mit Philodendron-Kübeln vor dem Eingang. Dann gab es wieder im Kontrast dazu die geräumigen Betriebe mit Waschautomaten, denen ein guter Seifengeruch entströmte. Dann folgten koschere Schlächtereien, daneben deutsche, ihre Haken vollgehängt mit halben Tierleibern. Dann wieder eine Kette von Restaurants verschiedenster Nationalitäten, deren Schilder ihre Spezialitäten in ihren Landessprachen anpriesen. Und neben ihnen gab es wieder Läden, die von niemandem aufgesucht zu werden schienen, jene kleinen Reiseagenturen, die Reisen nach Rußland und Polen vermittelten, aber auch den Versand von oft lebensrettenden Paketen dorthin übernahmen.

An Samstagabenden erhob sich über dem Stimmengewirr der viel zu vielen und viel zu eng nebeneinander hausenden Menschen Musik aus aller Herren Länder und gespielt auf allen Instrumenten der Welt, auf Bongos und Congas, auf Hörnern verschiedenster Größen und Formen. Vor dieser Lärmkulisse ertönten die Spirituals einer ängstlich und andächtig zusammengedrängten Gemeinde, die in einem als Kirche hergerichteten Laden ihren Gottesdienst abhielt, an die 120 Blocks entfernt von ihrer Hauptkirche. Über dieser Musik schwebte das zitternde Tremolo eines jüdischen Kantors, und dahinter war noch schwach eine lustige Polka zu hören.

Von den Menschen dieses Viertels pflegte man zu sagen, sie seien menschlicher als die Menschen irgendwo sonst.

Das Lokal, das im Keller lag, zu dem Stufen hinunterführten, hatte die Form eines auf den Kopf gestellten «L». Die Wände waren weiß getüncht, um das ohnehin nur spärlich hereindringende Tageslicht zu reflektieren, und auch, um die Gerüche der Vergangenheit, die stoßweise noch immer aus allen Ritzen des grauen Fußbodens aufstiegen, auszulöschen. Ein vergebliches Bemühen, so vergeblich wie mit pseudo-orientalischen Teppichen über den schlechten Holzdielen Luxus vortäuschen zu wollen. Auf den rotkariert gedeckten Tischen standen Kerzen in farbigen Windgläsern. Die einzelnen Stücke des bunt zusammengewürfelten Mobiliars hatte man durch einen roten Lackanstrich einheitlich zu machen versucht. Weil sie gratis zu haben gewesen waren, hatte man Reiseplakate, deren exotische Szenerie nirgendwo außer in der Phantasie des Künstlers und der Touristen existierte, hübsch gerahmt an die Wände gehängt.

Niemals würde jemand Gelegenheit haben, die Lügen dieser Plakate zu entlarven. Auf der Schmalseite des umgekehrten «L» befand sich eine Tür und darüber ein Schild mit der Aufschrift

«Künstler-Zimmer». An der Längsseite lagen mehrere Türen, eine davon führte in die Küche, eine andere in ein winziges Zimmer, in dem sich ein Feldbett und ein Spiegeltisch befanden.

Nachmittagssonne lag im Laden, als Hillary mit Keel eintrat.

«Hübsch», sagte Hillary. Er stand da mit hochgeschlagenem Mantelkragen, und diesmal war er rasiert. Sein Anzug war unterdessen gereinigt worden. Er befand sich nun seit zwei oder drei Tagen außer Bett, der Arzt hatte ihn als gesund entlassen.

Keel schloß leise die Tür hinter sich. Gelassen stand er da und überprüfte den Raum. Hillary stellte sich vor, daß Keel das allabendlich für gewöhnlich allein tat und mit einer gewissen Genugtuung.

«Das ist also das ‹Sadik›», sagte Hillary. Er hatte das Schild über dem Eingang gelesen.

«So heiße ich», sagte Keel.

Hillary warf ihm rasch einen Blick zu, aber Keel war gerade damit beschäftigt, unsichtbare Stäubchen von einem Tisch zu wischen.

«Bist du mohammedanisch?» fragte Hillary.

Keel brummte irgend etwas Unverständliches und schlenderte dann langsam durch den Raum, wobei er hier einen Stuhl zurechtrückte, dort Papierschnitzel aufhob und irgendwo kalte Zigarettenasche fortblies. Er gab Hillary ein Zeichen, ihm zu folgen, und führte ihn über den knarrenden Fußboden in das anstoßende kleine Zimmer.

«Kannst du haben, Prof», sagte Keel. «Gib nur acht mit deinen Zigaretten. Geschäftsbeginn ist um sieben und sonntags um drei. Wir halten offen, bis die letzte Kundschaft geht. Du wirst überall zupacken müssen, wie ich.»

Er machte eine Pause und blickte Hillary ins Gesicht.

«Und sehr nützlich wirst du nicht sein, wenn du zu oft und zu tief in die Pulle schaust. Besser, du gibst sie mir.»

Hillary wurde plötzlich ärgerlich.

«Was für eine Pulle?»

«Na die, die Eagle dir heute morgen gebracht hat.»

Tatsächlich hatte Eagle am Vorabend Hillary großzügig eine Flasche zugesteckt.

«Hier, Hurensohn», hatte er gesagt, «wird dir guttun.»

Hillary zog die Flasche heraus, ohne zu wissen, ob Eagle Keel davon erzählt hatte oder ob sie beide von Keel beobachtet worden waren. Er nahm einen Schluck, ehe er sie Keel überreichte. Keel drückte den Pfropfen tiefer in den Hals und verstaute sie dann in seiner Tasche. Er sagte:

«Für gewöhnlich scher ich mich nicht darum, was so ein Kerl wie du zusammensäuft, aber wenn du für mich arbeitest, dann sauf gefälligst nur in deiner Freizeit.»

Er lächelte.

«Um sechs bin ich wieder zurück, Prof. Ruh dich ein bißchen aus. Das Bett ist sauber. Della hat es heute morgen frisch bezogen.»

Keel ging und blieb an der Tür noch einmal stehen.

«Übrigens: Hast du nicht gelernt, ‹danke› zu sagen? Oder glaubst du, wir schulden dir das?»

Hillary wurde rot.

«Sorry», sagte er.

Er saß reglos, bis die Tür zugefallen war. Dann warf er sich aufs Bett und war zum erstenmal seit Tagen allein. Durch das winzige farbverkleckste Fenster über dem Bett drang kaum ein Schimmer von Tageslicht. Der Toilettentisch war eine jämmerlich zerkratzte Ruine, seine Farbe abgeblättert. Statt einer Decke war ein sauberes weißes Handtuch auf der Platte ausgebreitet, und darauf standen ein blitzblank geputztes Trinkglas und ein Aschenbecher. Einen Augenblick lang sann er dieser Della nach. Was für eine Person war die wohl, daß sie durch den Zauber eines frisch überzogenen Bettes und durch drei saubere Gegenstände auf einem schäbigen alten Toilettentisch Trost erwecken konnte? Er schloß die Augen und versuchte sich zu entspannen, das Bett unter ihm knarrte. Sonderbar, auf welchem Weg er hierhergekommen war.

Ein ungemütlicher Weg war das gewesen. Immer wieder schreckte er aus dem Schlaf auf. Schließlich fuhr er mit einem Satz in die Höhe. Sein Gesicht juckte ihn, und er begann sich zu kratzen. Dann zündete er sich eine Zigarette an und wollte nach der Flasche greifen. Als ihm einfiel, daß er sie Keel übergeben hatte, legte er sich wieder zurück, machte einen tiefen Zug aus seiner Zigarette und lag dann wieder reglos mit geschlossenen Augen da. Er wußte nicht, wie lange er so gelegen hatte, als er Schritte hörte. Rasch zertrat er seine Zigarette auf dem Boden und legte sich wieder zurück, lag reglos, mit geschlossenen Augen. Die Tür ging auf, und er hörte Eagles Stimme:

«Zum Teufel, Keel hat ihm das Bett gegeben.»

«Gehen wir auf meine Bude, Richie», ließ sich eine weibliche Stimme vernehmen.

«Was, in drei Teufels Namen, soll ich auf deiner Bude?»

Die Tür fiel wieder zu, die Stimmen und Tritte verklangen. Hillary versuchte, seine zertretene Zigarette zu retten, gab das dann auf und zündete sich eine neue an. Die Sonne war inzwischen im Untergehen, ihre schrägen Strahlen beleuchteten New Jersey. Hillary saß jetzt unbehaglich vor sich hinbrütend auf dem Bettrand, die in der Dämmerung aufsteigenden Schatten bedrängten ihn. Er sah das Hinterzimmer des «Crimson» vor sich – das war die Bar, wo er nach seinen Unterrichtsstunden gewöhnlich einen Drink genommen hatte, ehe er zu Angela nach Hause gegangen war. Tagaus, tagein war das so gewesen, immer hatte er dort einen Drink gekippt.

Im «Crimson» hatte es sogar ähnlich gerochen wie in diesem Raum hier. Das Lokal war immer bumsvoll gewesen mit all den höheren Semestern, die es verachteten, die College-Uniform zu tragen wie die jüngeren Studenten. Da hatte es damals, entsann sich Hillary, auch einen ungebärdigen jüdischen Lehrer in der Psychologie-Abteilung gegeben – warum mußte ihm auch immer gleich einfallen, daß der Mann Jude gewesen war? Dieser Lehrer war jeden Nachmittag so lange im «Crimson» herumgesessen, bis er seinen dritten Martini hinter sich gebracht hatte. Man munkelte auf dem Campus, daß er mit der Silbernen ausgezeichnet worden war für seine Tapferkeit in Frankreich. Man erzählte sich, daß er die Medaille, als Bradley sie an seiner Uniform befestigt hatte, sofort heruntergerissen und in hohem Bogen fortgeworfen hatte. Dieses Gerücht war mit vielen Einzelheiten ausgeschmückt worden, so lange, bis es jedermann geglaubt hatte. Auch der Name war ihm plötzlich wieder eingefallen, aus der Erinnerung war er aufgestiegen. Sternberg hatte der Mann geheißen. Hatte nicht gerade wie ein Held ausgesehen. Ein bleicher, schmächtiger

Mann mit schwarz gekräuseltem Haar war er gewesen und hatte gesprochen wie einer, der aus der Bronx oder aus Brooklyn kam. Was aus dem wohl geworden sein mochte?

Von irgendwoher zog es, und ein Geruch von feuchtem Mörtel wehte vorbei. Hillary schlüpfte in sein Jackett und ging hinüber in das Lokal; auch dort ließen ihn die Schatten der Vergangenheit nicht los. Dann flog die Tür auf und ein kalter Luftzug drang herein. Ohne jede Einleitung sagte Keel:

«Hab dir einen Drink mitgebracht.»

Hillary stand reglos und beschämt, als hätte man ihn bei irgend etwas ertappt. Keel warf seinen Mantel ab und stellte mit gewichtiger Gebärde eine Flasche auf den nächsten Tisch.

«Da hast du eine, aber nur diese eine, bitte.»

Hillary, noch immer umlagert von Schatten, trat an den Tisch und legte seine Hand auf die Flasche.

«Eagle war hier», sagte er.

Er hob die Flasche in die Höhe und las das Etikett und merkte sehr wohl, daß ihn Keel dabei lächelnd beobachtete. Ein überlegenes Lächeln, dachte Hillary.

«Und?»

Hillary konnte Keels Gesicht in der Dämmerung kaum erkennen. Aber Keels Gestalt war ihm vertraut, groß, schlank, voll Grazie, genau wie Borden gewesen war. Borden, das war ein Basketballspieler gewesen, ein phantastischer. Auch ein guter Tänzer. Borden, eine Jugenderinnerung, die um so schmerzlicher war, als sie beide damals bald begriffen hatten, wie verschieden sie gewesen waren.

«Eagle ist wieder weggegangen», sagte Hillary.

«Du hast ihm sein Bett fortgenommen», erklärte Keel, ihm gutmütig zulachend. «Eagle hat nämlich überall ein Bett.»

«Hab ich mir ohnedies so gedacht.»

Hillary stellte die Flasche wieder auf den Tisch und zog sein Jackett aus. Keel packte die Flasche und schwang sie im Kreis.

«Wie geht's dir?» fragte er.

«All right!»

Sie sahen einander an. Draußen in der Eighth Street sauste der Crosstown-Bus die enge Straße hinunter. Keel seufzte und sah auf die Uhr.

«Wir müssen bald anfangen mit der Arbeit», sagte er. In seiner Stimme lag eine leichte Mahnung. Er streckte Hillary die Flasche entgegen.

«Will versuchen, eine Weile ohne sie auszukommen», wehrte Hillary ab.

«Okay, zünden wir ein paar Kerzen an.»

Keel verstaute die Flasche in seiner Jackettasche und zog Streichhölzer heraus. Er zündete die erste Kerze an, und sofort warf sie seinen Schatten groß und grotesk an die Wand. Eine zweite Kerze, eine dritte, nun sah der Laden geradezu gemütlich aus.

Keel ging in die Küche und drehte den Herd an. Dann machte er Licht im Künstlerzimmer.

«Hungrig, Alter?»

«Könnt schon was vertragen», erwiderte Hillary.

«Della wird gleich dasein», sagte Keel, und Hillary bemerkte, daß sein Blick in die Ferne ging.

«Sie wird uns ein paar Hamburger mit Pommes frites zurechtmachen. Ich komm um vor Hunger.»

Er klopfte sich auf den Magen.

«Und als gute Amerikaner werden wir uns vielleicht auch ein Stück Apple-Pie genehmigen ...»

Keel schmunzelte vor sich hin, ein gutes, warmes Schmunzeln. Zum erstenmal schmunzelte Hillary nun auch und genoß die Gemeinsamkeit.

«Vielleicht werde ich mich sogar so wohl fühlen, daß ich dich bitten werde, ein paar Gedichte vorzutragen. Du kennst bestimmt welche.»

Hillary lachte und warf ihm einen komplicenhaften Blick zu.

«Du kennst gewiß auch eine Menge. Welche Dichter magst du am liebsten?»

Keel zuckte mit den Achseln.

«John Donne vielleicht.»

Sie verstummten, nur die Stimmen der Kinder von der Straße, die ihre letzten Minuten vor dem Dinner und den Hausaufgaben ausnutzen wollten, waren von draußen zu hören. Donne, dieser Roué, der ein Pfaff geworden war, dachte Hillary.

«Dann und wann», sagte Keel und lachte kurz auf, «stolpert so ein Bärtiger mit ausgelatschten Schuhen hier herein und will hier ein paar Wahrheiten vorlesen dürfen – und ich antworte: ‹Wahrheiten? Wessen Wahrheiten? Deine oder die von einem andern?› Und er drauf, wie sie alle es tun: ‹*Meine* Wahrheit, die Wahrheit, die ich gefunden hab.› Aber ich erlaub's keinem. Ich laß keinen vorlesen, Prof. Und wenn es Auden höchstpersönlich wäre, und er käme hier den Block herunter zu mir, auch ihm würd ich's nicht erlauben. Dichtung, gute Dichtung, das ist so was wie eine private Liebesaffäre zwischen dem, der sie geschrieben hat, und dem, der sie gerade liest oder anhört. Ich hab auch nicht die richtigen Begleitinstrumente hier, die zu so einer Rezitation gehören, und ich mag auch nur Gäste hier, die halbwegs ordentlich sind.»

Keel zwinkerte.

«Eagle ist eine Ausnahme.» Er drehte sich um und begann an einem Stuhl herumzuspielen.

«Verdienst du hier anständig?» fragte Hillary.

«Wenn du meinst, ob ich auskomme, das ja. Einmal hab ich versucht, richtig zu verdienen, aber das hab ich nicht gut vertragen. Ich glaub, ich bin jetzt beinahe glücklich hier.»

«Kannst du dir mich überhaupt leisten?»

«Kein Problem. Menschenskind, du bist ja so herunter, daß du noch nicht einmal gemerkt hast, daß wir über die Lohntüte noch gar nicht gesprochen haben.»

«Hab's sehr wohl bemerkt.»

«Wirklich?»

«Ja.»

Keel ging zu einem anderen Thema über.

«Wo hast du eigentlich unterrichtet?»

«Im Norden von New York.»

«Du bist nicht für immer von dort fort, oder?»

«Weiß nicht.»

«Glaub, unser Land könnte eine Menge guter Lehrer brauchen.»

«Glaub nicht, daß ich ein so guter war.»

«Warst sicher all right.»

Hillary sah vor sich hin und versuchte sich zu erinnern, ob er gut oder schlecht gewesen war.

Die Tür ging auf, und er drehte sich um. Eine große Rothaarige war eingetreten und lächelte Keel an, und in derselben Sekunde wußte Hillary, daß, wenn eine Million Männer dagewesen wären, diese Frau nur Keel so zugelächelt hätte. Hillary bemühte sich, sie nicht anzustarren, aber es war nicht leicht, von diesen sanft leuchtenden Augen fortzusehen. Sie war der Typ, den jeder Mann sich ins Bett und in die Küche träumt, für die Sommerzeit und für die Winterzeit, für ein ganzes langes Leben. Sauber, das war das einzige Wort, das auf dieses Gesicht paßte. Da war nichts von jenem animalischen Auf-dem-Sprung-Sein oder von jener verschämten Unterwürfigkeit, wie sie viele weiße Frauen einem Mann wie Keel gegenüber gezeigt hätten. Nichts von neurotischem Trotz lag in ihren Augen, nichts, was einen hätte glauben machen können, daß sie unter irgendeinem Selbsthaß litt, weil sie das Bedürfnis hatte, Keel zu sehen.

Hillarys Blick hing an ihr. Aber seine Augen begannen sich zu verschleiern, als er, seines gezwungenen Lächelns bewußt, zusah, wie die beiden sich küßten.

«Della», stellte Keel vor. Hillary sagte «Hallo».

3

Bis zu dem Augenblick, in dem Della eingetreten war, hatte Hillary das Gefühl gehabt, daß kein Mensch und kein Ereignis eine lebendige oder gar eine schmerzliche Erinnerung an die Tote in ihm zurückrufen könnte, an die Tote, die seine Frau gewesen und die mit dem Kopf durch die Windschutzscheibe geschleudert worden war; das zersplitternde Glas war noch Sekunden nach dem Zusammenstoß herumgeflogen. Aber Della hatte das fertiggebracht. Dann und wann während des improvisierten Essens hatte er sie angeblickt, und sofort war automatisch die lebendige Angela aufgetaucht und – es hatte nicht wehgetan. Er war dieser Frau dankbar dafür, wer immer sonst sie sein mochte. Daher war es nicht weiter verwunderlich, daß er sich während der halben Nacht – es war jetzt schon zwei Uhr morgens – daran erinnerte, wie Keel auf den Augenblick gewartet hatte, in dem Della kommen würde.

Hillary verstand Keels Beziehung zu Della. Er erinnerte sich – lang, lang war's her –, was er empfunden hatte, wenn er an einer Ecke der Fayetteville Street auf Angela gewartet hatte, mit blank geputzten Schuhen, scharf gebügelten Hosenfalten und Brillantine im Haar. Dieses Gefühl, daß ein Vergnügen bevorstand, war immer so stark gewesen, daß es ansteckend wirkte und sich auch auf andere übertrug. So mußte es auch Keel ergangen sein.

Aber nach einer Weile wurde ihm der Anblick dieser Liebe zwischen den beiden einfach zuviel, er verstummte, verdüsterte sich. Seine Schultern sackten nach vorn.

Nach einiger Zeit war auch Della einsilbig geworden. Es schien, als litte auch sie unter einer Traurigkeit, die sie nicht abschütteln konnte. Wenn Keel und Della miteinander sprachen, taten sie es gedämpft, als gäbe es ein Geheimnis zwischen ihnen, als wollten sie einander schonen. Dabei war es klar, daß sie durch irgend etwas eng miteinander verbunden waren.

Hillary wurde nachdenklich. Auf eine schmerzliche Weise wurde ihm bewußt, daß diese beiden zusammengehörten, und er wünschte, daß dem nicht so wäre.

Ziellos schlenderte er durch das Lokal. Es war ein Abend mitten in der Woche, und da fanden sich nicht viele Gäste ein. Ein paar Musiker, die er nicht kannte, saßen im Künstlerzimmer, aber er beachtete sie nicht weiter. Dann fiel ihm auf, daß Eagle nicht da war, aber vermutlich hatte er an diesem Abend irgendwo aufzutreten und würde nicht kommen.

«Was zum Essen?» Sie fragte das mit kehliger Stimme, und ihr Lächeln erschien ihm spöttisch.

Ohne sich von der Stelle an der Wand, an der er lehnte, fortzurühren, besah sich Hillary erst dieses Lächeln und blickte dann auf ihre Hand, die sie leicht auf seinen Arm gelegt hatte.

«Keel bat mich, Sie zu fragen.»

Hillary hätte gewünscht, irgendeinen harten Zug in ihrem Gesicht zu entdecken, in ihren Augen oder um ihren Mund. Aber er konnte nichts anderes sehen, als ein sanftes Ausweichen ihrer Augen.

Er nickte und wartete, daß Della ihm sagen würde, wo er sich zum Essen hinsetzen sollte.

«Steht in Ihrem Zimmer bereit. Aber überfüttern Sie sich nicht.»

«Werd ich schon nicht», gab er zurück. Sie schien dieselbe mokante Art zu haben wie alle hier. Er ging an ihr, dann an Keel vorbei in sein Zimmer. Er schloß die Tür hinter sich und lauschte auf das Gemurmel der Stimmen von draußen. Jemand im Künstlerzimmer hatte Coleman Hawkins «Body and Soul» aufgelegt. Das Vibrieren der Baßtöne spürte er bis in sein Zimmer. Er griff nach der Flasche, öffnete sie langsam und dachte daran, wie er und Angela schon bei den ersten Takten dieser Platte zu tanzen begonnen hatten und wie sie dann beim zweiten Teil wild herumgewirbelt waren. Er trank langsam und mit Genuß und dachte zuerst, er würde gleich die ganze Flasche austrinken. Aber dann hielt er inne und verkorkte sie wütend. Jemand liebte offenbar diese Platte, nun wurde sie draußen noch einmal aufgelegt. Na ja, sie war eben schon ein Classic.

Nach einer halben Stunde verließ er den Raum. Einer von den zwei Musikern rief ihm zu: «Hallo, Prof!» Beide sahen sie aus wie Typen, denen er in Kneipen in Provinznestern begegnet war, oder wie irgendwelche drittklassigen Schauspieler in viertklassigen Klubs, obwohl die beiden früher einmal vielleicht bei «Childs», im «Metropole» oder im «Stuyvesant Kasino» verkehrt haben mochten.

Hillary nickte ihnen zu.

«Keel läßt dir bestellen, du sollst dich um den Betrieb hier kümmern. Er ist abgehaun.»

Hillary nickte wieder, und er wußte, daß auch Della gegangen war.

Er suchte sich einen Tisch neben der Küche, von wo er die Eingangstür im Auge behalten konnte. Jemand spielte Billies «Porgy», und Hillary, der die Melodie mochte, hätte gewünscht, sie nochmals zu hören. Er blieb sitzen und wartete. Die Stimmen der beiden Musiker, rauh, aber nicht ohne einen gewissen Charme, drangen aus dem Künstlerzimmer. Ein Paar war noch da, es saß neben der Eingangstür vor halbgeleerten Kaffeetassen, die zwei hielten einander an den Händen. Hillary, erhitzt vom Alkohol, überlegte, wohin Keel und Della wohl gegangen sein mochten. Hoffentlich nicht auf Eagles Bude. Seine Gedanken kehrten zu Della zurück. Eine ganze Zeitlang hatte er sich nach keiner Frau gesehnt, der Whisky hatte jede Begierde ausgelöscht. Aber jetzt wünschte er sich eine, Della, oder eine wie sie.

Die Tür flog auf, ein korpulenter Mann trat ein und durchquerte langsam das Lokal, wobei er achtlos gegen mehrere Tische stieß. Das Gesicht unter der Hutkrempe war grob und schwammig. Er musterte den Raum von oben bis unten, seine Augen blieben an der Tür zum Künstlerzimmer hängen. Seinen Mantel trug er lose über die Schultern geworfen.

Er machte eine Bewegung mit dem Kinn zu Hillary hinüber und sagte:

«Heh, Mensch, Eagle gesehen?» Seine Stimme war tief und heiser.

«Nein», sagte Hillary.

«Ist Keel da?»

«Weggegangen.»

«Und wer sind Sie?» Der Mann war jetzt ganz nahe an ihn herangetreten, und Hillary bemerkte, daß er Handschuhe verkrampft in der Hand hielt.

«David Hillary.»

«Musiker?»

«Nein.»

«Dacht ich's doch. Hab Sie noch nie hier gesehen.»

Der Mann wendete sich wieder dem Künstlerzimmer zu, machte eine tiefe Verbeugung und lächelte.

«Heh, ihr Kerle, spendiert mir was, und ich will was für euch tun.»

Er brach in Gelächter aus. Die beiden Musiker begannen auf ihn zu fluchen.

«Na schön. Dabei weiß jedermann, daß ich Leuten zu einer Karriere verhelfen kann. Aber für nix ist wieder nix.»

«Heh, Freundchen», der Mann wendete sich jetzt wieder an Hillary, «bestellen Sie dem Eagle, Rod Tolen war da, ich hätt was für ihn, er soll mich anrufen.»

«Geht in Ordnung.»

«Auf später.»

Der Mann verließ das Lokal, ohne noch einmal zurückzublikken. Das Pärchen steckte die Köpfe zusammen und tuschelte. Dann starrten sie wieder Tolen nach.

«Hallo, Sie da», rief der junge Mann Hillary zu, «ist das nicht Rod Tolen gewesen?»

«Ja.»

«Ich hör mir sein Programm jeden Abend an. Großartig.»

Hillary wünschte sich sehnlich, daß das junge Paar und die zwei ältlichen Musiker das Lokal bald verlassen würden. Er wollte fort. Jetzt begann einer der Musiker wieder die Platte mit «Porgy» zu spielen. Hillary ging in sein Zimmer, um sich rasch einen Schluck zu genehmigen. Im Dunkeln dachte er an eine Frau, an eine, die vielleicht hier in der ersten Morgendämmerung auf seinem Bett liegen könnte. Als er wieder aus seinem Zimmer trat, standen die Musiker an der Tür und unterhielten sich mit dem Pärchen. Er wartete, bis sich alle vier endlich in Bewegung setzten, sagte «Gute Nacht» und schloß die Tür hinter ihnen ab. Dann brachte er das Geschirr in die Küche, spülte es eilig ab und stellte es zum Trocknen. Schließlich wusch er sich das Gesicht und holte sich sein Jackett aus seinem Zimmer.

Ein kalter Wind blies vom Hudson zum East River quer über den St. Marx Place und brachte seinen Mantel zum Flattern. Er senkte den Kopf gegen den Wind, wendete sich zur Second Avenue und dann nach Süden. Er passierte ein Tor, das kümmerlich vom Schaufenster eines Kurzwarengeschäfts und einer Bäckerei beleuchtet war. Eine kleine vermummte Gestalt stand in der Dunkelheit. Hillary ging an ihr vorüber bis zur nächsten Ecke, kehrte um und ging wieder an ihr vorbei. Als er das dritte Mal vorbeiging, hatte die Frau ihn bemerkt, und nun begann sie ihn zu beobachten. Sie machte eine Kopfbewegung zum Eingang, und Hillary trat ein.

«Hallo», sagte er drinnen. Nie zuvor hatte er so was getan.

«Hallo.» Sie war eine Puertoricanerin.

«Bumsen?» fragte sie.

Hillary nickte.

«Willst also mit mir raufkommen?»

«Ich wohne um die Ecke», sagte Hillary. Ihr Blick war hart, aber ihr Lächeln sanft.

Sie senkte den Kopf.

«Ich muß das hier machen. Oben.»

«Warum?»

«Wegen der Kinder. Sie schlafen oben. Und ich kann sie nicht allein lassen.»

«All right», sagte Hillary. Er beugte sich vor und gab ihr einen Kuß, den sie flüchtig erwiderte. Ihre Lippen waren hart und trokken. Dann ging sie voraus, Hillary folgte ihr. Ihre Beine waren dünn, aber ihr Oberkörper war kräftig. Er wünschte sich, sie wäre Della gewesen. Das Treppenhaus mit seinen abgetretenen Stufen und seinem abblätternden Plafond stank nach Insektenspray. Säcke voll Müll vor den Wohnungstüren warteten darauf, am Morgen abgeholt zu werden.

«Hier», sagte die Frau, als sie vor einer Tür in der letzten Etage angekommen waren. Sie steckte den Schlüssel ins Schloß und schob die Tür leise auf. «Komm rein.»

Hillary trat ein und wartete, bis sie die Tür geschlossen und abgeriegelt hatte. Sie nahm ihn an der Hand und führte ihn behutsam durch die Dunkelheit. Er ließ sich auf ein Bett niederziehen. Ein Kind wimmerte im Schlaf, sie warteten bis es wieder still geworden war.

«Du zahlst jetzt», verlangte flüsternd die Frau.

«Wieviel?»

«Fünf.»

Drei einzelne Dollarscheine steckten in seiner linken und ein Fünfer in seiner rechten Tasche. Hillary zog den Fünfer heraus und tastete in der Dunkelheit nach ihrer Hand. Sie nahm den Schein, ein Licht ging an und rasch wieder aus. Während sie den Geldschein prüfte, blieb Hillary genug Zeit, um einen Kinderwagen und winzige darübergeworfene Wäschestücke zu entdecken.

Das Bett ächzte, und man hörte Kleiderrascheln, das Öffnen von Reißverschlüssen. Sie kroch ins Bett, und Hillary legte langsam seine Kleidungsstücke ab, suchte den Ekel vor der Frau, vor der ganzen Umgebung und vor sich selbst zu unterdrücken. Dann griff er nach ihr. Ihre Brüste waren klein und schlaff, der übrige Körper fest. Zuerst sprach sie tröstlich auf ihn ein, wie eine Mutter auf ihr Kind einspricht, schmiegte sich an ihn und küßte ihn. Im Augenblick vor dem Klimax stand Dellas Bild – weiße Haut, Kupferhaar, rosige Lippen, grüne Augen – deutlich vor ihm. Er verausgabte sich, und die Frau unter ihm begann zu stöhnen.

«Dios mio! Dios mio!» Dann befreite sie sich aus seiner Umklammerung.

Als Hillary wieder unten war, hatte er wieder mächtig gegen den Wind anzukämpfen. Noch war keine rechte Ruhe in ihn eingezogen, als er im «Sadik» angelangt war. Er saß auf dem Bettrand und trank seine Flasche bis auf den letzten Tropfen aus.

Die Arbeit würde für ihn erst am späten Nachmittag wieder beginnen. Er sah Keels langes Gesicht vor sich, die wettergegerbte Haut, den schwarzen Schnurrbart über dunkelroten Lippen, die schweren Augenlider. Und dabei dachte er, wenn Keel sich mit Della freinehmen konnte, dann durfte er es schließlich auch tun.

4

«Aufstehn!»

Die Bettdecke wurde ihm fortgerissen. Verzweifelt versuchte er sie zurückzuziehen. Eine starke Hand umschloß sein Handgelenk.

«Was soll das heißen? Bist du besoffen, du Dreckskerl? Auf, Prof!»

Und nun wurde er an den Füßen gezerrt und gewaltsam auf den Fußboden gestellt. Hände packten ihn nun an den Schultern und drückten ihn nieder, so daß er auf dem Bettrand zu sitzen kam. Zweimal schlug ihm einer ins Gesicht, er blinzelte, und wütend erkannte er Keel.

«Was ist los?»

«Schuhe anziehn!» Keel hielt ihm das Jackett hin. «Los, wird's endlich?»

Durch das kleine Fenster fiel graublau die Dämmerung. Nur noch eine Stunde bis zum hellen Morgen.

«Was ist denn los?» fragte Hillary noch einmal. Was hatte Keel plötzlich? Wollte er ihn an die Luft setzen, jetzt, wo er sich gerade an menschlichere Verhältnisse zu gewöhnen begonnen hatte? Was hatte er ausgefressen? Es war nicht seine Absicht gewesen, zudringlich zu Della zu werden – Hillary versuchte sich zu erinnern, was geschehen war. Nein, er war nicht mit Della zusammengewesen. Oder sollte Keel seine geheimsten Gedanken gelesen haben?

«Ich bin voll», sagte Hillary, nicht im Ton des Protestes, sondern als reine Feststellung.

«Geht mich nichts an, ich brauch deine Hilfe.»

Langsam sank das in ihn ein. Hillary war erleichtert. Er schwankte freilich noch hin und her, während Keel vor ihm kniete und ihm die Schuhsenkel band.

«Du brauchst meine Hilfe?» fragte er.

«Halt den Mund.»

«Aber du hast doch gesagt ...»

«Mundhalten, sage ich.»

Keel stand nun wieder vor ihm und schüttelte ihn.

«Die frische Luft wird dich schon wach machen.»

Draußen, auf der morgendlich stillen Straße trat Keel ganz nahe an ihn heran.

«Hör zu, Prof, und hör gut zu!» Keel machte eine Pause und packte Hillary an den Schultern. «Verstehst du mich? Kapierst du?»

Hillary nickte.

«Wir müssen Eagle ...»

«Jemand kam heute nacht und hat nach Eagle gefragt.»

«Maul halten, Prof. Eagle ist wieder einmal so weit. Vielleicht ist er sogar schon tot. Wir müssen ihn abholen und hierher zurückbringen, ihn versorgen. Und das alles muß rasch geschehen, ehe es hier auf der Straße von Polizisten wimmelt. Wir nehmen ein Taxi.»

Hillary stand mit geschlossenen Augen da.

Verfluchter Kerl, dachte Keel und schlug ihm hart ins Gesicht, Hillarys Augen öffneten sich wieder. Sein Gesicht verzog sich in Schmerz und Wut und wurde dann wieder ausdruckslos.

«Prof? Prof?»

«Hmmm.»

«Wir müssen rasch machen! Wenn du nicht rasch genug sein kannst, muß ich dich hier stehen lassen. Kapierst du das? Achtung, sonst kommt die Polizei!»

An der Third Avenue nahmen sie ein Taxi. Keel kurbelte das Fenster an Hillarys Seite herunter, damit er frische Luft bekam.

Sie fuhren die fast menschenleere Straße uptown. Sanftes Tageslicht begann bereits vom East River aufzusteigen, aber drüben im Westen war es noch dunkel. Keel blickte die Querstraßen hinunter und sah, wie schwarz und schwer die Wolken noch über New Jersey hingen. Sie hatten höchstens fünfundvierzig Minuten zur Verfügung. Wenn sie erst einmal mit Eagle auf der Straße zwischen Madison und Fifth Avenue wären, dann würden auch die Polizisten hier ihren Dienst angetreten haben. Man sah in dieser uptown-Gegend niemals betrunkene Schwarze.

Diese verdammte Candy, dachte Keel. Wie hatte sie nur zulassen können, daß das passierte? Oder war er schon high gewesen, ehe er zu ihr kam? Aber selbst in diesem Fall – sie kannte ihn schließlich lang genug und mußte wissen, wann für ihn zuviel zuviel war. Aber es war ja gar nicht Candy gewesen, die versucht hatte, ihn telefonisch bei Della zu erreichen. Er saß aufrecht und blickte hinaus; lächerlich leer lag um diese Zeit die sonst so belebte Forty-Second Street.

Della hatte doch gesagt, es sei ein Mann gewesen, der am Telefon nach ihm verlangt hatte. Keel lehnte sich jetzt zurück. Irgend etwas stimmte da jedenfalls nicht.

«Dieser Hurensohn», sagte Keel. Und dann zu Hillary gewandt: «Besser jetzt?»

Hillary nickte. Die hereinfallende Straßenbeleuchtung gab seinem Profil scharfe Konturen. Er sah jetzt blutjung aus und sehr verloren.

«Wirst bald all right sein», ermunterte ihn Keel.

Sie bogen von der Third Avenue ab, durchquerten Yorkville und dann die ruhige Park Avenue, diese Grenze zwischen guter und schlechter Gegend. Das Taxi glitt geräuschlos weiter.

«Fahr um den Block herum», befahl Keel dem Fahrer. Der war ein Neger. Manchmal konnte es von Vorteil sein, nachts zu arbeiten. Um diese Zeit war New York voll mit Neger-Taxis und Neger-Busfahrern sowie Neger-Subway-Motorführern, und sie alle begriffen, was los war, und machten mit. Sie hatten gar keine andere Wahl.

Da parkte zum Glück keines von diesen kleinen flinken Streifenautos unter den Bäumen. Nur Porsche, Mercedes-Benz, protzige Cadillacs und Lincolns standen hier.

«All right», sagte Keel.

«Soll ich warten?» fragte der Fahrer.

«Ja, aber lösch deine Lichter. Kriegst was extra.»

«Kommt nicht in Frage.»

«Los, Prof.»

Sie betraten das Gebäude, ihr Schritt wurde von den schweren Teppichen in der Halle verschluckt. Aus einem Seitengang schlenderten zwei livrierte Hotelbedienstete heran und blieben stehen, als sie Keel und Hillary bemerkten.

«Wohin?» fragte der eine von ihnen.

«Zu Miss Matthews», antwortete Keel erleichtert. Es waren der Liftjunge und der Portier. Ihr Gesichtsausdruck verbarg kaum ihren Widerwillen. Dieses Weibsstück hatte ja einen netten Umgang.

«Bitte eintreten», sagte der Liftjunge.

Sie betraten den Fahrstuhl, er folgte ihnen und zog die Tür leise zu. Der Lift schoß nach oben, schließlich hielt er.

«Wird's lange dauern?» fragte der Liftjunge.

Keel zögerte. Dann sagte er: «Vielleicht ja, vielleicht nein. Ich werde klingeln, wenn es soweit ist.»

Der Liftjunge wartete, bis sie an Candys Tür geklingelt hatten, ehe er die Lifttür schloß, fuhr aber nicht gleich ab. Keel drückte nochmals lang auf die Klingel, es schrillte laut durch das nächtlich stille Haus.

«Wer ist da?»

«Keel – Candy, ich komm wegen Eagle.»

Die Türkette klirrte, das Sicherheitsschloß schnappte auf. Die Tür öffnete sich, Candy Matthews stand da in eng anliegendem Pyjama, ihr honiggelbes Haar fiel unordentlich in ihr scharf geschnittenes, markantes Gesicht.

«Wo ist er?» fragte Keel.

«Im Schlafzimmer.»

Nun erst bemerkte sie den hinten nachtorkelnden Hillary.

«Warum hast du mich denn nicht angerufen?»

«Ich dachte, er würde von alleine wieder zu sich kommen.»

Sie strich sich das Haar aus dem Gesicht.

«Wer hat dich denn angerufen?»

«Weiß nicht, irgendwer.»

Auf dem Weg zum Schlafzimmer machte er noch einmal Halt und fragte:

«Was, zum Teufel, ist hier eigentlich passiert, Candy?»

«Er hat wohl ein bißchen zu viel davon gehabt. Aber früher ist das doch auch schon mal so gewesen.»

«Hast du ihm das Zeug gegeben?»

«Nein, natürlich nicht.»

«Hat er sich hier gespritzt?»

«Nein, ich bin die ganze Zeit bei ihm gewesen.»

Sie betraten das Schlafzimmer und blickten auf den bewußtlosen Eagle herab, der sich schwarz und grotesk vom weißen Laken abhob. Keel zog ein Augenlid Eagles hoch.

«Schaffen wir ihn raus», sagte er dann zu Hillary gewendet, und dann wieder zu Candy:

«Ich fürchte, er ist verflucht nah am Krepieren, aber jetzt hab ich keine Zeit, mich mit dir auseinanderzusetzen. Ich weiß nicht, was du mit ihm angestellt hast, aber wenn es das ist, was ich denke, dann werd ich dir noch einen Tritt in deinen Hintern geben, daß du bis Las Vegas fliegst.»

«Was unterstehst du dich, so mit mir zu reden!» Candy richtete sich auf und warf den Kopf zurück. Ihr Haar flog nach hinten, und sie sah ihn unter gesenkten Augenlidern an.

«Bring mich nicht in Wut. Nicht jetzt», sagte Keel.

«Los, mach schon», fuhr sie ihn an. «Will Kerle wie euch nicht länger hier haben.»

Keel beachtete sie nicht weiter und wendete sich zu Hillary:

«Machen wir wirklich, daß wir hier rauskommen. Los!»

Sie beugten sich über den reglos daliegenden Eagle, hoben ihn auf und schleppten ihn aus dem Schlafzimmer. Candy hielt die Tür offen, sie traten ins Treppenhaus.

«Ruf den Lift, Prof», verlangte Keel.

Hillary tat das und kam dann zurück, um Keel zu helfen.

Während sie warteten, sagte Keel immer wieder: «Verdammt, ich glaub, diesmal hat's ihn erwischt.»

«Was ist los mit ihm?» fragte Hillary.

«Zuviel Heroin, Idiot.»

Hillary warf einen Blick auf den Mann zwischen ihnen ... Heroin, das also war's. Er war offenbar süchtig, und Keel sein

Schutzengel. Der Fahrstuhl kam, und der Liftjunge hielt, sichtlich angeekelt, die Tür für sie auf. Dann fuhren sie hinunter. Der Portier in seiner Loge rührte sich nicht, starrte sie nur an, als sie unten angekommen waren. Sie verließen das Gebäude, Eagle zwischen sich schleifend.

Der wartende Fahrer sprang aus dem Taxi, um ihnen behilflich zu sein.

«Was! Richie Stokes?»

«Ja. Aber halt gefälligst die Klappe.»

«Ausgeflippt?»

«Ziemlich.»

«Und was soll jetzt mit ihm geschehn?»

«Mensch, kümmere dich um deine eigenen Angelegenheiten. Los, zurück nach Downtown.»

«Dacht nur, ich könnt vielleicht behilflich sein. Bin ein Richie-Fan.»

«Wird schon in Ordnung kommen. Je weniger du weißt, um so besser für dich. Na los, Mensch!»

Keel schlug während der ganzen Fahrt Eagle immer wieder ins Gesicht. Jedesmal schrak Hillary zusammen. Einmal fragte der Fahrer:

«Kommt er zu sich?»

«Glaub schon. Hat schon paarmal mit den Augenlidern gezuckt. Mach schnell!»

«Wir schaffen's schon», antwortete der Fahrer.

Der Himmel war nun hell, und die Frühaufsteher – Bauarbeiter, Tankstellenwärter, Bäcker, Leute aus den Waschanstalten – eilten die Straße entlang. Die Downtown-Avenues füllten sich mit Autos, die aus den New-Jersey- und Brooklyn-Tunnel kamen. Und unterirdisch brachten die U-Bahnen die ersten Menschenmassen zu ihren Arbeitsplätzen.

Portiers schleppten Mülleimer aus den Häusern heraus. Einige von ihnen fegten bereits die Gehsteige.

«Da wären wir also», sagte Keel zum Fahrer. «Das nächste Haus, bitte.»

Das Taxi verlangsamte sein Tempo und hielt. Keel zahlte und dankte dem Fahrer.

«Brauchst du Hilfe?»

«Nein, danke.»

«Sorgt gut für ihn.»

«Werden wir tun. Keine Bange. Wenn wir ihn nicht wieder in Ordnung bringen, dann kann das auch kein anderer.»

Hillary und Keel schleppten Eagle die Treppen hinnauf.

«Der Hurensohn hat aber ein ganz nettes Gewicht», brummte Keel, als sie mit ihm die Stufen hinaufkeuchten. «Das alles müßte dich eigentlich nüchtern machen, Mensch», stöhnte er.

Und wirklich war Hillary unterdessen einigermaßen nüchtern geworden. Candys Anblick, ihr Gesicht – und vielleicht auch ihr Körper, geschmeidig wie ein Haifischleib, mit der stimmte doch was nicht –, das alles hatte dazu beigetragen, ihn nüchtern zu machen. Auch der Gedanke, daß Eagle vielleicht schon im Sterben war, und schließlich die Notwendigkeit, alles nur Erdenkliche dagegen zu tun, hatte die letzte Benommenheit aus Hillary vertrieben. Tatsächlich war er jetzt mehr erschöpft als betrunken.

Sie legten Eagle aufs Bett.

«Knöpf ihn auf», verlangte Keel. «Mach ihm die Brust frei.»

Er eilte in die Küche und kam mit einer Handvoll Eiswürfel zurück.

«Muß den Kerl wieder zu sich bringen», murmelte er, legte die Eiswürfel auf Eagles Herz und begann ihn mit den Würfeln zu massieren.

Nichts passierte. «Schlag ihn!» verlangte Keel.

Hillary verstand zwar, warum er das tun sollte, aber er brachte es nicht gleich über sich.

«Mach schon», sagte Keel sanft. «Muß sein. Wir müssen ihn zu sich bringen. Wir wollen ihn ja schließlich behalten. Los, Mensch, schlag zu.»

Hillary holte aus, aber nicht stark genug. Das wußte er, ehe Keel es ihm sagte. Er schlug noch einmal zu und wartete auf eine Reaktion.

«Versuch's noch einmal», sagte Keel und ächzte, als auch nach dem letzten Schlag keine Reaktion erfolgte.

«Hol mir mehr Eis.»

Es war unterdessen Tag geworden, bemerkte Hillary auf dem Weg zur Küche. Menschen drängten sich schon auf der Straße, Kinder waren auf dem Schulweg, Angestellte eilten ihren Büros zu. Autos und Busse verstopften die Straße, Hupen lärmten. Aber bei ihnen drinnen herrschte tödliches Schweigen, und der Todesengel schien durch den Raum zu schweben. Jetzt erst begriff Hillary, warum Keel es so eilig gehabt hatte, mit ihm zu sprechen. Zum erstenmal war auch ihm die Gegenwart, waren die Mitmenschen ihm auf den Leib gerückt, zum erstenmal konnte er Anteil nehmen. Vorher war das an ihm abgeglitten – solange Angela dagewesen war, war einfach keine Zeit für andere geblieben. Hillary warf die Eiswürfel in den Ausguß und rannte ins Badezimmer, wo er den Kaltwasserhahn aufdrehte.

«Keel!» rief er. Er rannte zurück, um Eiswürfel zu holen und warf sie in die Badewanne.

«Keel!»

Jetzt stürzte er wieder ins Schlafzimmer, wo der eine noch immer bewußtlos auf dem Bett lag, der andere sich vor Erschöpfung nicht rühren konnte.

«Schaffen wir ihn in die Badewanne, los!»

Keel blickte auf, seine Augen waren blutunterlaufen. Er begriff.

«Glaubst du, das wird helfen?»

Hillary zuckte die Achseln, er war schon dabei, Eagle auszukleiden. Sie schleppten den nackten Mann ins Badezimmer. Keel steckte die Hand ins Wasser. «Saukalt», sagte er.

«Los!» drängte Hillary.

Sie hoben Eagle in die Wanne. Er reagierte nicht, und Enttäuschung überkam sie. Aber eine Sekunde später stieg ein Stöhnen aus Eagles Mund.

«Bravo!» rief Keel.

Hillary rannte in die Küche und zurück, um die letzten Eiswürfel zu holen.

«Brich ein paar von den Eiszapfen am Fenster ab», rief Keel, «und wirf sie in die Wanne. Los, Mensch!»

Eagle stöhnte von neuem, ein Arm bewegte sich und tastete nach Halt.

«Wir haben dich soweit, Baby!» rief Keel glücklich.

«Holen wir ihn raus», sagte Hillary. «Zu lang können wir ihn nicht drinlassen.»

Eagle stöhnte nun ununterbrochen, und einmal kam das Wort

«verflucht» aus seinem Mund. Sie trockneten ihn ab und trugen ihn wieder zurück ins Bett. Sie prüften seine Augen. Diesmal drehte Eagle sich fort.

«All right, Prof. Bleib bei ihm, ich mach Kaffee. Bist ein toller Kerl, Baby. Weißt du das auch?»

Hillary schmunzelte. Da gab es so vieles, was er zu lernen hatte.

«Baby» zum Beispiel, das Wort hatte etwas Zärtliches an sich. Nicht die Zärtlichkeit eines Homosexuellen für einen anderen, sondern wohl die Liebe eines menschlichen Wesens für ein anderes menschliches Wesen. Hillary fühlte sich wohl.

Richie Stokes kam nun zu sich. Das Zimmer verschwamm vor seinen Augen in Dunst, alles erschien ihm unscharf. Einen Augenblick lang wünschte er sich zurück in sein altes Zimmer in Tante Jessies Haus in St. Louis. Bei ihr wäre er jetzt gern gewesen. St. Loo war so kahl wie dieses Zimmer und sein Leben dort war genauso kalt gewesen wie sein Leben hier. Und dann fielen ihm die Sportler ein. Wie viele Nachmittage hatte er damit verbracht, auf die Spieler aus Chicago zu warten. Durch Plakate hatte er erfahren, daß sie kommen würden. Foster hatte die Plakate an den Bretterzäunen in der Eighteenth Street angebracht.

St. Loo! Was für ein wirbelndes Karussell diese Stadt doch war. Die schlauen Neger im politischen Apparat, der Alkoholschmuggel im Hafenviertel. Und überall die Wohnwagen und die illegalen Kneipen. Und der Gestank, der aus den Schlachthäusern aufgestiegen war, mit ihren endlosen Fließbändern voller Tierleiber. Und der Mob aus der Unterwelt hatte alles kontrolliert, was nicht legal war. Huren und Strichjungen überall. Heimlich gebrannter Schnaps, Marihuana. Alles war billig und schäbig gewesen, und mitten unter all diesen Dingen war er aufgewachsen. In anderen Städten konnte man vielleicht auf eine höhere Schule kommen. Aber in St. Loo galt es einfach zu überleben, sofern das möglich war. Um das zu können, mußte man entweder ein schlechter Mensch sein oder sich jemand anschaffen, der die Schmutzarbeit für einen tat, so einen Privatnigger. Durch dessen Arbeit konnte man versuchen, sich seinen eigenen Ruf aufzubauen. Oder man hatte sich eben einen besonderen Vornamen anzuschaffen, beispielsweise «Stud».

Im Zentrum des Interesses dieser Stadt standen die Musiker, jene smarten Herren, die auf ihren Tourneen oft in St. Loo angereist kamen. Denn diese Stadt wimmelte von Vergnügungssüchtigen, die gern ihr Geld rausschmeißen wollten, und dafür erschien ihnen Musik als genau das Richtige. Tippy Dunbar und Roscoe Dykes. Beide hatten Richie etwas ganz Spezielles beigebracht: Tippy, wie man aus einem Althorn am meisten herauskriegt; und Roscoe hatte ihn in die Mysterien der Harmonielehre eingeweiht.

Wie oft hatte er am Morgen, nachdem er die Nacht hindurch im Park sein Saxophon geblasen hatte, die Kerle kommen und gehen sehen, um ihr Vier-Uhr-Morgen-Frühstück im Klub zu nehmen: Pres, Basie, Lunceford, Mary Lou, Harlan Jackson, McShann, Lee Jones – alle große Stars. Und er hatte die irischen Boys beobachtet, die gleichfalls in die Stadt gekommen waren, um sich mit ihren Nummern zu produzieren. Wieviel hatte davon abgehangen, ob sie die Band, mit der sie spielten, mitreißen konnten! Dann, eines schönen Morgens, war Richie Stokes mit seinem Instrument erschienen, mit einem fabelhaften, neuen Instrument, und hatte versucht, «Body and Soul» prestissimo zu blasen, bis ihm Lee Jones einen Tritt in den Hintern versetzt und aufs Land geschickt hatte, damit er erst einmal richtig blasen lernte.

Und verheiratet war er damals auch irgendwann mal gewesen, obwohl er zu der Zeit schon gewußt hatte, daß er sie nicht liebte. Liebe, das war ja doch nur etwas für Weiße. Es war nur deshalb dazu gekommen, weil er ihr einen dicken Bauch gemacht hatte, und dann gehörte es sich eben, zu heiraten. Lange hatte die Ehe freilich nicht gehalten. Und in dieser Zeit war Shooby gestorben, und niemand hatte gewußt, warum und woran, außer Richie Stokes, der mit ihm zusammengewesen war, als sie Heroin schluckten. Für die meisten Musiker waren leichtere Drogen genug, aber nicht für Richie Stokes und für Shooby.

Katastrophen waren über ihn gekommen, sie regneten nicht auf ihn, sie prasselten nur so auf ihn herunter. Der Himmel öffnete sich und schiß auf ihn, sechzehn war er damals gewesen. Gangster hatten seinen Vater überfallen und gekillt. Und Jennie hatte ihr Baby genommen und war auf und davon. Er hatte St. Loo verlassen müssen, wo offenbar alles auf einmal über ihm zusammengebrochen war.

Richie machte sich also nach Chicago auf, blies auf einem geliehenen Horn und stahl, was ihm unter die Finger kam. Dann zog er weiter nach New York, machte Dizzy und ein paar anderen Konkurrenz, bevor er wieder heimkehrte, um mit Maddon zu spielen. Das hielt eine ganze Zeit, und es war eine gute Zeit gewesen. Maddon war ein bißchen wie Mingus. Er probte mit einem, bis man seine Noten im Schlaf blasen konnte. Aber Richie riß von neuem aus, kehrte nach New York zurück und blieb dort, solange er es dort schaffen konnte. Art Tatum und Willie Smith, der Löwe genannt, die ließen niemanden aufkommen, und gegen Benny Carter konnte das auch keiner. Sie rieten ihm, er sollte etwas wie Benny spielen, ein kleines Vibrato versuchen, sein Ton sei zu starr und zu hart.

Er kehrte zu Maddon zurück, und sie gingen auf Tournee nach dem Südwesten. In dieser Zeit fielen ihm ununterbrochen Melodien ein, und er schrieb alle gleich auf. Sie «machten» Chikago, Cleveland und Detroit, wo sie ihn halbtot zurückließen, ihn mitsamt seinem Heroin, und mit Myrtle, seinem Girl mit dem honigfarbenen Haar.

Es fing an, besser zu werden. Burt Owen steckte ihm ein Tenorhorn in den Mund, ein gutes Horn, sie sagten, er spiele es phantastisch. Aber er selbst konnte es eigentlich nicht leiden. «B» (wie sie Burt abkürzten) gründete eine eigene Gruppe, und auch er selbst gehörte dazu. Wie das klang, das war ganz neuartig, und ihr Swing war einfach nicht zu überbieten. Es war die erste Band mit diesem neuen Ton, und Richie fühlte sich in ihr zu Hause.

Aber es gab einfach zu viele Talente. Jeder wollte seine eigene Band haben, und «B» konnte keine Platten machen, weil Krieg war. Rigor Mortis. Wieder zurück in New York, bildete Richie seine eigene Combo und hatte gegen Charley Spivak, Glen Gray, gegen die Dorseys, gegen Kay Kayser, Glenn Miller und all die übrigen anzukämpfen. Nur Ellington hatte den rechten Swing heraus, aber auf eine andere Weise als er. Ellington und dieser süß blasende Johnny Hodges mit seinem Althorn.

Auf der Fifty-Second Street, West, schossen die Klubs und die kleinen Gruppen nur so aus dem Boden. Billy sagte, das wären verdammte Sklavenplantagen, deren Eigentümer das Geld nur so scheffelten und die Musiker für nichts schuften ließen. Für Richie bedeutete das freilich, daß er Arbeit hatte. Manchmal hatte er dabei was zu beißen, manchmal auch nicht, aber für Stoff reichte es immer. Zweimal lag er halbtot da, ein komplettes Wrack. Aber er rappelte sich rechtzeitig wieder auf, um sich nach dem Westen abzusetzen. Als er dort ankam, war er im Kopf nicht mehr ganz richtig und brach zusammen, weil er seinen Stoff gebraucht hätte. Für ein halbes Jahr kam er in eine Anstalt. Eine Zeitlang arbeitete er dann mit Haskins und Yards, die auch nach dem Westen gekommen waren. Dann kehrte er nach New York zurück, auf Biegen oder Brechen.

Und es gelang. Yards, der zwischen der seriösen Juillard-Musikhochschule und ihm, Richie, hin- und herpendelte, der lernte seine Musik. Eine ganze Reihe von Pianisten, Bassisten und Schlagzeugern kamen und gingen. Der beste Schlagzeuger war Chet gewesen, aber eigentlich waren alle verflucht gut. Aber mit jedem hatte es Krach gegeben, so daß am Ende jeder ging. Yards verließ ihn im Jahre 1949, um mit Shanahan und Black zu arbeiten. Im selben Jahr traf Richie sie dann in Paris beim ersten Jazz-Festival.

Die Pariser waren nette Leute, in vielen Hinsichten besser als die Amerikaner. Und Richie, der zwischen Champagner, Pott und Heroin wechselte, schwamm pausenlos in Glückseligkeit. Freilich, er spürte, daß diese Franzosen in ihrer übergroßen Bereitschaft, nett zu ihm zu sein, sich im Grunde doch nicht allzusehr von weißen Amerikanern unterschieden. Als er das begriff, verdroß ihn das so tief, daß er zwei Aufführungen versäumte.

Zurück in den Staaten unterschrieb er einen Vertrag mit Demetriades. Es war ihm klar, daß er die reine Jazz-Sprache aufgeben und seinen Kompromiß mit dem Markt machen mußte, um genug zu essen zu haben und um genug Geld für seine überall herumlaufenden Mulattenkinder schicken zu können. Jetzt, drei Jahre später, war der Vertrag mit Demetriades im Auslaufen, und der ließ sich Zeit, ihn zu erneuern. Richie hatte manche Schwierigkeiten verursacht, er wußte das, aber er hatte keine Alternative. Denn das war nicht seine Welt, in der er sich da bewegte, es war die Welt von Demetriades und Konsorten, die es eben überall auf dem Erdball gab. Richie und seinesgleichen konnten in dieser Welt gerade nur existieren.

Eagle öffnete die Augen.

«Scheiße», sagte er.

Hillary beugte sich zu ihm.

«Na, wie geht's?»

«Eine Zigarette möcht ich.»

Hillary zündete sie ihm an und steckte sie ihm zwischen die Lippen. Eagle tat einen tiefen Zug, dann entließ er den Rauch.

«Hab geträumt», sagte er.

Es war beinahe Nacht geworden, das Zimmer lag im Dunkeln. Eagle wußte nun, was passiert war.

«Wo habt ihr mich denn aufgegabelt?»

«Bei Candy.»

Eagle runzelte die Stirn.

«Wenn ich nur wüßte, warum ich immer wieder bei diesem Weibsstück hängenbleibe. Ich muß schon soweit sein wie sie.»

Hillary antwortete nicht.

«Wo ist Keel?»

«Muß jeden Augenblick zurück sein. Ist nur raus, um dir eine Suppe zu machen.»

«Wie lang hat's gedauert mit mir?»

«Den ganzen Tag.»

Eagle spitzte die Lippen, machte einen tiefen Zug und schnüffelte dann, als wäre es Pott; er war immer noch benebelt. Dann blies er den Rauch aus und sagte:

«Wetten, ihr Kerle habt geglaubt, mit dem ist's aus!»

«Hat auch nicht viel gefehlt», sagte Hillary. Er nahm Eagle die Zigarette aus dem Mund und steckte sie ihm zwischen die Finger, die sie fest umschlossen.

«Du brauchst nur Whisky, was?»

«Richtig.»

«Rühr das Zeug auch nie an, gleich, wie mies es dir geht. Hüte dich vor dieser Scheiße.»

Eagle betonte jedes einzelne Wort, und das strengte ihn sichtlich an. Sein Arm zitterte, als er die Zigarette wieder zum Mund führte und einen Zug tat. Dann ließ er den Arm auf das Bett zurücksinken, die Asche fiel auf das Laken.

Keel kam zurück.

«Er spricht?»

«Bißchen.»

Keel trat ans Bett.

«Eagle?»

Eagle öffnete die Augen und versuchte zu lachen, aber was dabei herauskam, war bloß ein leichtes Grinsen.

«Heh, Keel, wie hast du das zustande gebracht?»

«Bist beinahe abgekratzt. Bist fast schon ein toter Nigger gewesen, ist dir das klar?»

Eagle wurde es unbehaglich. Er lächelte schwach.

«Aber ich bin noch lebendig. Wenn ich aufstehe, werde ich dir den Hintern versohlen, um dir zu zeigen, wie lebendig ich bin, du Hurensohn.»

«Benimmst dich wie ein schlimmes Kind», entgegnete Keel schmunzelnd. «Scherz beiseite, dich hat's gestern nacht beinahe erwischt, Baby. Wenn nicht der Prof gewesen wäre, müßten wir jetzt versuchen, dich im Hudson zu versenken.»

Eagle versuchte wieder zu lachen.

«Bist mir zu gefährlich, um dich hier zu behalten, mein Lieber. Dich muß man anderswo unterbringen», meinte Keel und nickte zur Bekräftigung. «Wenn du stirbst, dann krepieren die Pusher an der Ostküste mit dir mit.»

Eagle schloß seine Augen und lächelte.

«Kapierst du das?»

«Was?» gab Eagle zurück. Er seufzte und begann zu reden: «Hör mal zu, Keel. Seit zwanzig Jahren nehm ich das Zeug. (Seit zwanzig Jahren, registrierte Hillary.) Das Zeug gehört nun mal zu mir. Ohne Stoff bin ich nicht ich selbst. Bin einfach nicht vorhanden. Ich mein das gar nicht als Musiker. Zum Teufel, das Zeug hat vielleicht noch niemandem dazu verholfen, besser zu blasen. Ich brauch es einfach für mein Wohlbefinden.»

Er lächelte hinter halbgeschlossenen Augen, oder besser gesagt, er versuchte unter den Lidern hervorzulugen.

«Warum betest du nicht lieber für mich, Mensch?»

Keel warf Hillary einen Blick zu, dann sah er sich wieder Eagle genauer an und sagte:

«Prof, gib dem Jungen mal ein bißchen Suppe. Muß mich ein wenig um den Laden kümmern. Della ist jetzt allein unten.»

«Was ist nur los mit euch allen?» kam es langgedehnt aus Eagles Mund, als Hillary ihm die Kippe aus der Hand nahm.

«Nichts», sagte Keel.

«Aber du und Della, ihr beide benehmt euch falsch», sagte Eagle.

«Wir benehmen uns schon richtig», antwortete Keel kurz.

Hillary wünschte, daß Eagle den Mund hielte.

Keel war nun an der Tür.

«Du lügst mir da was zusammen», sagte Eagle. Er schloß die Augen und sagte nichts mehr, bis die Tür zuschlug und Keel draußen war.

Hillary stand auf, um die Suppe aufzuwärmen. Als er zurückkam, fand er Eagle etwas benommen am Bettrand sitzen.

«Du solltest dich lieber wieder hinlegen.»

«Zum Teufel, warum? Ich bin wieder ganz in Ordnung.»

«Rod Tolen hat gestern abend nach dir gefragt. Er sagte, er habe ein Angebot für dich.»

Hillary reichte Eagle die Suppe.

«Dieser Kerl mit seinen Angeboten», höhnte Eagle. «Kratzt sich vier oder fünf von uns zusammen, verlangt, daß wir die ganze Nacht durchblasen und legt schließlich für jeden von uns mit Ach und Krach zwanzig Dollar auf den Tisch. Das nennt er dann, eine eigene Band haben. Läppische Angebote, die er einem macht. Er soll lieber zu seinem alten Geschäft von früher zurückkehren und seine Hosen verkaufen.»

Hillary verstand kein Wort.

«Hast du eigentlich gewußt», begann Eagle von neuem, nachdem er seine Suppe ausgelöffelt hatte, «daß Keel Geistlicher gewesen ist?»

Diese Enthüllung machte wenig Eindruck auf Hillary, er hatte einige Negerpastoren gekannt. Selbst für die Neger waren die zuweilen nur komische Figuren.

«Wirklich?»

«Ich mein nicht so einen gewöhnlichen Pastor. Keel hatte alle diese Scheißzeichen hinter seinem Namen, B. D., D. D., K. D.

und weiß Gott was noch. Er hat an so einem theologischen Seminar in Harvard studiert. Ein richtiger Würdenträger.»

Das machte die Sache für Hillary etwas interessanter. Aber der heutige Keel hatte damit nichts zu tun, nahm wahrscheinlich von irgendwo Geld an und war seiner Würden längst entkleidet worden, oder was immer protestantische Kirchen in solchen Fällen mit ihren Geistlichen zu tun pflegen.

«Er ist eben erst aus seiner Kirche ausgetreten», sagte Eagle. In seiner Stimme lag Erstaunen und Stolz zugleich. Hillary wußte, daß Keel für Eagle oft ein Rätsel war.

«Einfach ausgetreten und konvertiert. Sadik Yamal heißt er jetzt», sagte Eagle, und ließ den Namen auf der Zunge zergehen. «Aber das hat er ebenfalls schon wieder aufgegeben.»

Er machte eine Pause und nahm einen Zug aus seiner Zigarette.

«Ich bin auch Mohammedaner», sagte er. «Ich wende mich stets nach Osten, wenn ich sitze oder stehe. Auch jetzt.»

Hillary blickte sich um und sagte dann trocken:

«Jetzt richtest du dich aber nach Süden.»

Eagle zog es vor, seine weiteren Überlegungen schweigend anzustellen, und schenkte Hillary kaum mehr einen Blick.

Nachdem Eagle sich für die Nacht wieder zurechtgelegt hatte, verließ Hillary ihn und ging hinüber ins Lokal, in der Erwartung, dort Keel vorzufinden, aber Della sagte ihm, er sei spazierengegangen.

«Warum trinken wir nicht eine Tasse Kaffee zusammen?» schlug Hillary vor.

Della nickte lachend mit ihrem rothaarigen Kopf und sagte:

«Na schön, warum auch nicht?»

Hillary schmunzelte. Sie bewegte sich wie in einer Burlesque-Show, wippte mit ihren Hüften und deutete damit sowohl Sinnlichkeit an wie Amüsiertheit über den Ort, an dem sie sich so benahm.

«Ist Eagle all right?» fragte sie, als sie aus der Küche mit dem Kaffee zurückkam.

«Geht ihm gut, wirklich gut», erwiderte Hillary.

5

Keel Robinson ging langsam die Third Avenue hinunter, bog in die Bowery ein, bis er die Canal Street erreichte. Über die breite Ost-West-Querstraße donnerten schwere Lastwagen, Personenwagen sausten dahin, Lichter tauchten auf und verschwanden wieder. Er wendete sich nach Westen, dann nordwärts, dann bog er in eine dunkle Seitenstraße ein, in der kleine Druckereien neben schäbigen Papierfabriken lagen. Hier war es still. Im Sommer pflegten hier die Familien auf den Stufen ihrer Wohnhäuser zu sitzen, und die Türen der italienischen Lokale standen dann weit offen. Jetzt waren freilich alle Türen geschlossen, und die Menschen blieben zu Hause, denn draußen war es bitterkalt.

Zum erstenmal seit vierundzwanzig Stunden hatte Keel Zeit nachzudenken, aber gerade Zeit zum Nachdenken wollte er durchaus nicht haben. Seine Sorge um Eagle wollte er ebenso gerne vergessen wie die Stunden mit Della. Er vergaß immer die Zeit, die er mit Della verbrachte, verbringen mußte, wie er sich verbesserte.

Jeden Tag, wenn er aufwachte, sehnte er sich nach ihr, aber je weiter der Tag fortschritt, um so mehr vergaß er sie. Erst ein oder zwei Stunden bevor sie zu erscheinen hatte, dachte er wieder an sie. Das war die Tageszeit, die er immer am meisten fürchtete. Er bangte dann dem Abend entgegen, jeder Abend würde der Abend sein, an dem er wieder der Alte sein würde, in vollem Besitz seiner Manneskraft. Aber ein solcher Abend kam nie, und voller Verzweiflung dachte er, würde auch niemals mehr kommen. Ein Jahr ist eine lange Zeit. Wie geduldig Della war. Warum hörte sie nicht auf, zu kommen? Warum verließ er sie nicht?

Keel verlangsamte seinen Schritt, um die ganze Sache nun doch von Anfang an durchzudenken. Es hatte einen Anfang gegeben, und so mußte es schließlich auch einen Schlußpunkt geben.

Der Anfang lag so weit zurück, daß Keel selten an ihn dachte. Della war aufgetaucht, so sagte er sich immer, als er sie am dringendsten benötigte, beinahe direkt nachdem er die Kirche verlassen hatte, und zu einem Zeitpunkt, an dem er fühlte, er habe seine Pflichten gegenüber seinen Eltern erfüllt. Denn ihm war alles völlig gelungen, während ihnen alles nur halb geglückt war. Erfolg bedeutete für sie Prestige, und richtiges Prestige gab es für sie nicht ohne College-Erziehung und ohne eine Berufskarriere. Geld allein – das hatten die Robinsons erworben – war beinahe, aber nicht völlig genug.

Er war hinausgeschleudert worden bis zu einem Punkt, den man als ein anderes Extrem, eine fremde Welt hätte ansehen können, wäre Keel nicht mit diesem Milieu bereits so vertraut gewesen. Dort, in dieser kalten Welt, hatte er Della getroffen, in dieser Welt von arroganten Musikern und sorgengeplagten Nachtklubbesitzern, in dieser Welt, in der sich Jazzfans, Intriganten, Touristen, Hippies, Polizisten und anderes undefinierbare Gesindel tummelte. In dieser Welt, in der die Tage in Wirklichkeit Nächte waren, weil man tagsüber schlief und nachts lebte und nachts sein Lied des Lebens sang. In dieser Welt waren sie einander begegnet und hatten einander vom ersten Augenblick an verstanden. Sie brauchten sich nicht mit jenen Dingen aufzuhalten, mit denen jeder von ihnen sich schon früher allein hatte herumschlagen müssen.

Keel stand nun am Sheridan Square, grub aus seiner Tasche fünfzehn Cents für ein Glas Bier heraus und betrat das «Riviera». Die Schriftsteller und Maler begannen gerade einzutrudeln. Das waren Leute, die zu Hause tagsüber richtig arbeiteten und abends, wenn die Einsamkeit sie überfiel, hierher flüchteten, nicht einfach bloß um etwas zu trinken, sondern um vielleicht einen Kollegen zu treffen, der fragen würde: «Na, gut gearbeitet heut, Baby?» Da es kein Wochenende war, gab es keine Touristen an der Theke. Unten in der Schwemme spielte, wahrscheinlich todmüde, eine Dixie-Band «Saints», während vom Plattenspieler in der Bar selbst die Stimme von Ella Fitz aufstieg.

Keel blickte in das Brieffach oberhalb der Bar, um zu sehen, ob dort auf irgend jemanden, den er kannte, Post wartete. Da konnte einer jahrelang fort sein, und die Leute im «Riviera» würden alle Post für ihn aufheben, verläßlicher als jedes Postamt.

Einige Paare saßen hier, Paare wie Keel und Della. Keel hätte gern gewußt, ob sie ähnliche Schwierigkeiten hatten. Wahrscheinlich nicht. Man sollte nicht verallgemeinern. Das wäre gefährlich und töricht zugleich. In welcher Phase die wohl waren? In der Phase, in der sie sich erst gegenseitig ausprobierten? Oder in der angenehmeren, in der jeder vom anderen wußte, was er dachte und wann er das dachte? Oder in jener Phase, in der jeder vom anderen dachte, von ihm nur ausgenutzt zu werden? Oder vielleicht in der Phase, in der einer für den anderen einfach ein menschliches Wesen war oder einer für den anderen das einzig geliebte Wesen?

Zum Teufel mit ihnen allen.

Halt! Wie steht es mit der «Ich-hasse-dich»-Phase, mit der Phase, in der man nichts anderes kann als hassen?

Keel bestellte ein zweites Bier. Er mußte sich diese schwarzweißen, diese «gemischten» Paare ansehen, und er tat es ohne jene Feindseligkeit, die einige von ihnen, wenn sie beobachtet wurden, häufig herauszuspüren meinten. Er tat es einfach aus Neugier. Sahen sie intelligent aus? Hatten sie eine Art Unverwundbarkeit an sich, die ihnen Kraft und Schönheit verlieh? Das war es, was Keel suchte. Und nachdem er sie alle gemustert hatte, fragte er sich, ob er und Della wohl ebenso kühl und ebenso unbeteiligt aussahen wie diese Paare hier. Er glaubte das bejahen zu können. Und dann fiel ihm ein, daß selbst Eagle, selbst wenn er in ganz schlechtem Zustand war, ahnte, daß irgend etwas zwischen ihm und Della nicht stimmte. Keel wußte: Die Tatsache, daß Della die einzige Frau war, mit der ihm das passiert war, diese Tatsache würde er niemals als Ausrede benützen können. Eagle und die anderen würden sich totlachen darüber und außerdem noch erwarten, daß er, Keel, das mit einem Lächeln hinnehmen würde. Die Welt dieser Musiker, die jetzt auch die seine war, war eine verflucht harte Welt. Selbst Güte und Nächstenliebe hatten sich zu tarnen unter Ironie, Sarkasmus und Aggressivität. Aber was Eagle und die anderen dachten und sagten, das war ihm im Grunde gleichgültig. Was ihn wirklich im Innersten bewegte, war, eine Lösung zu finden für die allnächtlichen Demütigungen, die er durch sein Versagen bei Della erlitt.

Wie war das eigentlich so gekommen? Denk mal nach!

Nie vorher war ihm das passiert. Und auch mit Della erstmals im letzten Jahr. Derselbe Stolz, mit dem er Harvards Divinity-School absolviert hatte und der ihn dann dazu veranlaßt hatte, seine sauber gefaltete geistliche Robe den Eltern auszuhändigen – seinem schmächtigen, strengen Vater und seiner nicht minder strengen Mutter, die beide ihr ganzes Leben lang nichts anderes getan hatten, als sich eine Stellung aufzubauen, und die verlangten, daß auch er sein Leben so einrichte –, derselbe Stolz trieb ihn jetzt, allein mit seinen Schwierigkeiten fertig zu werden. Sein Vater, ein Bischof, war nicht halb so interessiert an Religion wie an der Stellung, die die Religion ihm eintrug. Und seine Mutter hatte diesen Ehrgeiz noch verschärft durch Klub-, Gemeinde- und Wohlfahrtstätigkeit. All diese Aktivitäten erlaubten ihr, größer zu scheinen als sie wirklich war. Solch ein Leben hatten die Eltern auch für ihn ersehnt, und es hatte eine Zeit gegeben, in der er es als selbstverständlich betrachtet hatte, ein Recht darauf zu haben. Aber eines Tages während seines Studiums war ihm die Hohlheit der Religion, wie sie von seinem Vater und dessen Gemeinde, der viel zu großen Gemeinde, praktiziert wurde, widerwärtig geworden. Wenn Glaube zur Institution verknöcherte, dann war es mit der wirklichen Suche nach Gott schon zu Ende. Keel hatte dieses Problem für sich dadurch gelöst, daß er sein Amt niederlegte.

Er trank sein zweites Glas Bier aus und war im Begriff, das Lokal zu verlassen, als ein ziemlich bekannter Romancier, den er vom Sehen kannte, mit einigen seiner Anhänger eintrat. Keel ging an ihnen vorbei durch die Tür, dann die Christopher Street hinunter nach Greenwich, dann bog er in die Eighth Street ein, in der er den Jazzkritiker Stanley Crane sichtete. Er versuchte unbemerkt an ihm vorbeizukommen, was jedoch nicht gelang.

«Ja, Keel! Wie geht's denn?»

Crane war groß und hager und trug eine Hornbrille. Er lächelte freundlich, sogar etwas verschämt. Er war der Schrecken der Musiker, über die er schrieb, während die bloßen Jazzliebhaber ihn wegen seiner lebendigen Schilderungen, wegen seiner intimen Kenntnisse der verschiedenen Jazz-Stars geradezu anbeteten. Keel kannte ihn als einen schamlosen Ausbeuter, der dauernd das Privatleben der Musiker auszuspionieren suchte. Crane war schlau genug, zu merken, daß man ihn zumeist mit Nebensächlichkeiten abzuspeisen versuchte. Aber diese Nebensächlichkeiten oder Anekdoten, zumeist ziemlich weit von der Wahrheit entfernt, die waren es eben, was seine Leser interessierte. Freilich, er wollte auch die Wahrheit wissen, wenn er ihrer habhaft werden konnte. Die Bitterkeit, die sich bei diesem Weißen angesammelt hatte, war nicht geringer als die der schwarzen Musiker. Warum konnte er nicht wirklich wichtige Geschichten von ihnen erfahren? Weil er ein Weißer war? Es war nicht seine Schuld, daß es keine schwarzen Jazzkritiker gab. Wollten sie sich vielleicht dafür an ihm rächen? Schwarzer Nationalismus. Seit drei Jahren saß Crane an einer Biographie von Lester Young, ohne von denen, die mit ihm zusammen gearbeitet hatten, sehr viel über ihn herauszubekommen. Aber er hatte doch noch nicht aufgegeben.

Manchmal wurde er einfach ignoriert, manchmal abgewimmelt, in seltenen Fällen als menschliches Wesen behandelt. Das überraschte dann Crane jedesmal. Er war immer eher auf eine Attacke gefaßt. Wie Rod Tolen hatte er eine gute Portion Püffe von den schlechtgelaunten Musikern einstecken müssen. Aber genauso wie Rod hatte er zugeben müssen, daß sie allen Grund für ihre schlechte Laune hatten. Jedenfalls hatte er ihnen das so gesagt.

Keel antwortete Crane, daß es ihm gutgehe.

«Und wie geht's Della?»

«Danke, auch gut», antwortete Keel.

«Auf dem Weg zu Ihrem Laden?» fragte Crane scherzend.

«Stimmt», erwiderte Keel.

Crane schloß sich ihm an, und sie gingen ein paar Schritte wortlos nebeneinander her, bis Crane schließlich fragte:

«Was erzählt man sich da über Eagle?»

Keel sah ihn an. Aasgeier, dachte er.

«Was meinen Sie?»

«Hab gehört, es hat ihn wieder einmal erwischt letzte Nacht. Und ziemlich kräftig.»

«Nichts dergleichen.»

«Bei Candy soll das passiert sein.»

«Keine Rede. Nichts dergleichen.»

Ihre harten Absätze schlugen gegen das Pflaster der nahezu menschenleeren Straße. Es hatte leicht zu schneien begonnen. Heftige Windstöße peitschten die fallenden Flocken zuweilen wieder hoch.

«Wo ist er jetzt?»

«Keine Ahnung», log Keel. Er wußte, daß Crane wußte, daß er log, aber gerade das war ihm recht. So speiste man den am besten ab.

Crane wechselte das Thema.

«In der letzten Zeit hat er gar nicht mehr so gut geblasen wie früher. Sie verstehen, was ich meine?»

Sein Blick suchte nach Bestätigung.

«Für meine Ohren bläst er wie immer», antwortete Keel. Er dachte an Della, wie sie ihn beim Eintreten ins Lokal begrüßen würde.

«Nein, nein! Da haben Sie unrecht», insistierte Crane.

Keel war stehengeblieben und starrte ohne weitere Erklärung in das Schaufenster eines Möbelgeschäftes. Crane hatte ganz recht, Eagle hatte im letzten Jahr mit seinem Saxophon klagend und weinerlich geklungen. Manchmal stieg das alte Feuer wieder auf, und dann konnte er so mitreißend sein, daß alle in die Höhe fuhren. Aber das geschah leider nur mehr selten. Sein Ton war noch da, doch war er hohl geworden. Aber es war nicht nötig, das Crane zuzugeben und ihn in der Meinung zu bestärken, daß auch Eagle bereits ein schwer angeschlagener Mann war.

Keel wendete sich vom Schaufenster ab, und sie setzten ihren Weg fort, vorgebeugt gegen den Wind ankämpfend.

«Nicht meiner Meinung?» Crane ließ nicht locker.

«Ihrer Meinung worüber?»

«Daß sein Ton nicht mehr klingt.»

«Mir klingt er gut», beharrte Keel. Er wußte, was auch immer Kritiker wie Crane an Eagle zu bemerken glaubten, ganz sicher waren sie ihrer Sache nie, ehe sie eine Bestätigung von einem anderen erhalten hatten. Eagle hatte eine Menge Feinde im ganzen Lande, die jederzeit bereit waren, einem abfälligen Urteil über ihn zuzustimmen. Leute, die Eagle nicht oder nur halb bezahlt hatte, oder denen er irgendwann erlaubt hatte, in seiner Band mitzuspielen und die dann nicht mit ihm hatten Schritt halten können und die er hatte feuern müssen. Bei manchen Nummern war es für viele schwer mitzuhalten. So eine Nummer begann gewöhnlich in einer lächerlich schwierigen Tonart und in einem halsbrecherischen Tempo. Und jeder konnte dann in aller Öffentlichkeit mitansehen, wie die Kerle, die nicht mitkamen, einfach ausgeschaltet wurden, auf die demütigendste Art. Und dann gab es auch noch welche unter ihnen, deren Frauen oder Geliebte hinter Eagle her waren, weil sie so verrückt waren, zu glauben, sie könnten ihren Männern bessere Chancen verschaffen, wenn sie sich mit Eagle ins Bett legten.

Es gab überall genug Leute, dachte Keel, die Eagle gerne umgelegt hätten, und die dazu auch imstande gewesen wären. Und ausgerechnet er sollte dieses Kesseltreiben vielleicht noch unterstützen?

Keel betrat das Lokal, gefolgt von Crane.

«Hei», sagte er zu Della und Hillary, die beisammensaßen und Kaffee tranken.

«Hoh», antwortete Hillary.

«Huh, Baby», sagte Della, sah ihn forschend an und stand auf. «Ich bring dir gleich einen heißen Kaffee.»

Ohne eine Antwort abzuwarten – sie wußte, daß er ablehnen würde – verschwand sie in der Küche. Crane warf einen Blick ins Künstlerzimmer.

«Niemand drin», konstatierte er.

«Zu kalt und zu früh», erwiderte Keel, ohne aufzublicken. Zu Hillary gewendet, fragte er dann:

«Ist Eagle all right?»

Hillary antwortete ebenso ruhig, wie Keel gefragt hatte: «Er schläft jetzt.»

«Das ist gut.» Keel versank nun wieder in Schweigen.

«Du siehst mir angegriffen aus», sagte Hillary, als Della den Kaffee gebracht hatte und Keel ihn ohne weitere Bemerkungen austrank.

«Bin ich», sagte Keel.

Hillary stand auf und ging in die Küche, nicht um dort irgend etwas zu besorgen, sondern um die beiden allein zu lassen.

«Bist du all right?» fragte Della.

Keel nickte. «Bloß müde.»

«Müde», wiederholte Della mit einem Lächeln. «Schon wieder?»

«Also hör mal, Della . . .»

«Darling, sei nicht so schrecklich empfindlich.»

«Sorry, ist eben eine heikle Sache.»

«Mir scheint, wir sollten darüber ein bißchen lachen. Dann wirst du das nicht so tragisch nehmen.»

Keel lehnte sich in seinem Stuhl zurück und blickte zu Boden.

«Warum glaubst du, daß ich irgend etwas tragisch nehme?»

Della wollte etwas erwidern, überlegte es sich dann aber anders. Sie kannte diesen Ton schon. Was sie fürchtete, war sein Sarkasmus. Der konnte manchmal wie eine Peitsche zuschlagen.

Sie hörten, wie Crane eine Münze in den Musikautomaten warf. In der Küche ließ Hillary eine Pfanne fallen.

«Baby», sagte Keel und griff nach ihrer Hand: «Es tut mir leid.»

«Laß dir darüber keine grauen Haare wachsen», sagte sie und erwiderte den Druck seiner Hand. «Wird schon alles wieder gut werden.»

«Aber ich krieg graue Haare davon.»

«Wenn du nur versuchen würdest, dich nicht so zu verkrampfen.»

«Ich versuch's ja.»

«Warum überläßt du nicht Hillary den Laden für eine Woche oder so und machst irgendwo Ferien?»

«Ohne dich?»

Sie blickte ihn an.

«Wäre das nicht am besten?»

«Und du glaubst, das würde helfen?»

«Weiß nicht. Ich möchte natürlich nicht, daß du fort bist von mir.»

Keel lächelte sie etwas kühl an und blickte dann über sie hinweg in die Küche.

«Ist doch ein netter Junge, dieser Hillary, wenn er erst einmal in Ordnung gekommen sein wird. Warum versuchst du's nicht mit ihm?»

Sofort ließ Della seine Hand los.

«Das würde deine Probleme auch nicht lösen.»

Sie schüttelte den Kopf.

«Außerdem», sagte sie und langte nach einer Zigarette, «ich lasse dich nicht einfach gehen. Nicht so jedenfalls.»

«Durch ihn könnten wir uns viele Kopfschmerzen ersparen.»

«Zum Teufel», sagte sie. «Das alles haben wir schon einmal

durchexerziert, Baby, vor zwei Jahren. Und es war doch besser geworden, nicht? Und jetzt willst du das alles wieder einreißen?»

Keel antwortete nicht.

Della starrte auf das Tischtuch. Ein Jahr, zwölf Monate, dreihundertfünfundsechzig Tage. Eine endlose Zeit von leeren Nächten.

«Wir haben heute einen Jahrestag», sagte sie.

Keel sprang auf. Er war erschreckt. Nicht so sehr über das, was sie gesagt hatte, als über den Tonfall ihrer Stimme und über ihre sorgfältige Diktion. Das war die Sprache der Sozialarbeiterin, in die sie ihm gegenüber zuweilen verfiel.

«Jahrestag? Wovon?»

«Finian.»

«Finian», echote Keel stirnrunzelnd, dann lächelte er. «Oh, richtig, Finian.»

Sie beide erinnerten sich. Wie hätten sie das auch je vergessen können?

Sie hatten Eagle auf der Straße getroffen, zwischen zwei Vorstellungen, und alle waren ihm nachgelaufen, um die Ecke in die Sixth Avenue, wo Eagle rasch einen Drink haben wollte. Die Bar hieß «Finian». Sie hatten an der Theke gestanden und gewartet, daß der Barmann sie bediene. Der hatte sich mehrere Male umgeblickt, ohne sich zu rühren. Die Leute an der Theke hatten sie angestarrt und dann wieder den Barmann. Della hatte daraufhin gehen wollen, aber sie hatte gewußt, daß weder Eagle noch Keel dazu bereit waren. Sie hatte am ganzen Körper gebebt und versucht, das nicht zu zeigen.

Eagle war langsam die Theke entlang gewandert, bis er dem Barmann gegenüberstand. Er sprach leise, so leise, daß Della und Keel ihn nicht verstehen konnten. Was sie verstanden, war die Antwort des Barmanns, der sagte, daß er «Nigger» nicht bediene. Das traf Della wie ein Schlag ins Gesicht. Was dann folgte, glich einer Zeitlupenaufnahme. Eagle schwang sich auf die Theke, hielt einen Arm vor der drohend geschwungenen Flasche des Barmanns schützend vor sein Gesicht. Diese traf ihn aber doch. Daraufhin stoben die Leute entsetzt auseinander. Plötzlich war Keel nicht mehr an Dellas Seite. Er war aufgesprungen, um Eagle beizustehen. Die Gäste machten Platz, um ihn durchzulassen, dann schlossen sie wieder die Reihen. Eagle hatte einen Augenblick an der Theke still gestanden, dann stürzte er sich auf den Barmann und schlug zu, einmal, zweimal, dreimal, bis der Barmann hinter der Theke verschwunden war. Dann warf er sich in die Menge, die Keel umringte. Einmal konnte Della in dem Gewirr von verschlungenen Leibern Keel am Boden liegend sehen. Halb betäubt versuchte er sich aufzurichten, bekam aber sofort einen Tritt in den Magen. In der Eingangstür drängten sich die Leute. Dann heulte eine Sirene auf. Die meisten Gäste suchten das Weite. Die wenigen, die zurückgeblieben waren, gaben den eintretenden Polizisten Auskunft über Eagles und Keels Attacken. Was folgte, war das demütigende Verhör auf dem Polizeikommissariat.

Keel erklärte dem Richter:

«Der Mann ist angegriffen worden, weil er ein Farbiger ist. Nur fünf Minuten vorher hatte er noch, umjubelt von Hunderten, in einem Klub um die Ecke gespielt. Und dann nur um die nächste Ecke, und schon wird er beleidigt.»

Der Richter hatte Keel angeschnauzt, er solle gefälligst den Mund halten. Keel und Eagle waren zu je fünfzig Dollar Strafe verdonnert worden. Der Richter hatte auch Della empfohlen, sich nach respektableren Begleitern umzusehen.

Eine Stunde danach lachte Eagle bereits darüber und prahlte damit, wie er den Kerl verdroschen habe. Die Tatsache, daß Keel überhaupt nicht trank, steigerte nur Eagles Lachlust. Della hätte gewünscht, daß auch Keel in das Gelächter miteinstimme. Er aber war wie erstarrt vor Haß, und das war so deutlich sichtbar, daß Della Hemmungen hatte, ihn zu berühren. Etwas in seinem Benehmen hatte ihr klargemacht, daß sie ihm nicht zu nahe kommen dürfe.

Damals in jener Nacht hatte es angefangen, und so war es bis heute geblieben.

«Wieso hast du gerade jetzt daran gedacht?» fragte Keel.

Della zuckte die Achseln.

«Weiß nicht.»

«Okay», sagte Keel, «aber der Jahrestag war nicht heute, sondern vergangene Woche.»

Della biß sich auf die Lippe. Er hatte sich also auch daran erinnert. Sie konnte nicht vergessen, wie fassungslos er gewesen war und was für ein Haß in seinen Augen gebrannt hatte. Und das hatte irgendwie auch ihr gegolten, weil sie eben eine von jenen «Whities» war, wie die schwarzen Musiker spöttisch die weißen Mädchen nannten, die schwarze Liebhaber hatten.

Sie liebte Keel. Sie war nicht imstande, sich so zu verhalten, wie andere weiße Frauen es in solchen Fällen taten. Sie war nicht imstande, sich seinem Haß und seiner Erstarrung dadurch zu entziehen, daß sie alle Weißen anklagte, sich an den Schwarzen versündigt zu haben. Das wäre ihr billig und kindisch vorgekommen. Und damit betrogen sich diese Frauen nur selber.

Aber nur wenige weiße Frauen liebten ihre schwarzen Männer so tief wie Della den ihren. Ihre persönlichen Schwierigkeiten hatten die meisten dieser weißen Frauen eben zufällig in diese Welt hineingeworfen. Die Leidenschaft ging fast in jedem Fall von ihnen aus, und die Musiker brauchten sich gar nicht anzustrengen, sie hatten mit der Zeit und durch häufige Erfahrungen gelernt, schlau zu sein und einfach abzuwarten. Sie waren scharf, diese weißen Weiber mit ihren schönen Körpern und kostbaren Kleidern, häufig auch mit einem guten Verstand ausgestattet. Manche von ihnen waren bloß läufige Hündinnen, die einfach auf die schwarze Hautfarbe flogen. Sie konnten zuweilen ihre Worte so schön drechseln wie Männer. Aber es klang hohl, wenn sie endlos von der Sinnlosigkeit von Vorurteilen und Diskriminierung schwatzten, ohne deren Funktion in der Gesellschaft im mindesten zu begreifen. Manchmal wurden sie von ihren schwarzen Männern einfach ausgelacht. Manchmal kicherten diese Frauen untereinander.

Keels Fassungslosigkeit, das war Della klar, rührte von seinem schmerzlichen Wissen um die Dinge der Welt her. Alles schien sich wie ein Nebel über einer dunkler werdenden Landschaft auszubreiten, alles schien so unwirklich zu werden. Aber Della war entschlossen, in diese Ungewißheit weiter hineinzugehen, ganz so, als wären die Nebel schon gefallen. Es war zu spät für sie geworden, um umzukehren.

«Warte heute abend nicht auf mich», sagte Keel.

So hatte es also kommen müssen. Della hatte es vorausgesehen, aber sie geriet trotzdem in Panik. Es hatte so viele Nächte gegeben, in denen er neben ihr gelegen und auf das Einschlafen gewartet hatte, nachdem er sich zuvor beklagt hatte, daß er so müde sei und daß er hoffe, daß sein Leib (dieser schokoladenbraune Leib mit seiner makellosen Haut, zart und doch fest und mit winzigen, elastischen Poren), daß dieser Leib endlich von seinem Versagen befreit werde. Della wußte das alles. Manche Nächte hatte sie seinetwegen durchgeweint, vielleicht auch um ihrer selbst willen. Er lag währenddessen schlaflos neben ihr, versuchte, viel zu bewußt, sich zu entspannen. Manchmal lag er wie ein Leichnam neben ihr, dann wieder rauchte er eine Zigarette nach der anderen. Und doch wünschte sie nicht die Nacht herbei, in der er sie wirklich verlassen würde, ihr nicht einmal mehr eine Hoffnung bliebe. Denn ohne Hoffnung wäre ihr Beisammensein unmöglich gewesen.

«Ich werde den Prof bitten, dich nach Hause zu bringen.»

Keel wünschte, sie würde ihn nicht angstvoll fragen, ob sie ihn am nächsten Abend erwarten könne. Er war erleichtert, als sie diese Frage unterließ.

«Ich kann allein nach Haus gehen, wenn es das ist, was du wünschst», sagte Della.

«Wünschen tu ich das natürlich nicht, aber ich weiß keinen anderen Ausweg.»

«Kann ich noch einmal mit meinem Vorschlag kommen?»

Keel blickte sie an.

«Wenn ich von irgendeinem Vorschlag wüßte, der Aussicht auf Erfolg hätte, würde ich ihn annehmen.»

Er war hartnäckig: kein Psychoanalytiker. Ein Weißer konnte an dieses Problem nur von seiner eigenen Erfahrung aus herangehen, oder von Erfahrungsfetzen anderer Leute. Letztlich wäre sein Ratschlag – da Analytiker angeblich mit der Realität, dem generell Gültigen zu tun haben –, sein Ratschlag wäre gewesen, die Tatsache des Schwarzseins zu akzeptieren. Aber diese Tatsache hatte er ja seit Jahren akzeptiert, und das hatte nichts geholfen. Wer bietet seine nackte Brust der Kugel an, wer schiebt seinen Nacken freiwillig unter die Guillotine? Unter den schwarzen Psychoanalytikern wäre vielleicht ein Jungianer besser als ein Freudianer für die Lösung seines Problems geeignet gewesen. Aber was konnte ihm ein schwarzer Analytiker anderes erzählen als die Wahrheit, und Keel war gar nicht so sicher, daß er bereit war, sie zu hören.

Della war überzeugt davon, daß Keel, um nicht als Schwächling dazustehen, niemals einen schwarzen Analytiker aufsuchen würde. Das wäre beinahe so, als wenn er Eagle seine Schwäche eingestehen würde. Dieses Geständnis vor einem weißen Analytiker abzulegen, war leichter. Der erwartete ohnedies nichts anderes.

«Du hast wahrscheinlich wieder recht», sagte Della.

«Ich bin da gar nicht mehr so sicher. Ich handle eher aus Instinkt als aus Einsicht.»

Della beugte sich zu ihm hinüber und ergriff seine beiden Hände.

«Bring mich nach Hause, Baby. Ich will wirklich nichts anderes, als dich in den Armen halten und deine Arme um mich spüren. Ich ...»

«Dell–»

Und schon wieder drängend: «Du brauchst nicht zu bleiben.»

Sie wendete sich von ihm ab.

«Das macht mich kaputt, man glaubt ...»

«Da kommt der Prof», sagte Keel finster.

«Zum Teufel mit ihm!»

«Pssst», warnte Keel.

«Ich mein's doch nicht so», fuhr sie fort.

«Wie also?»

«Du leidest so!» sagte Della.

«Nicht so schlimm.»

«Lüg nicht, Baby. Du erinnerst dich doch ganz genau daran, wie es früher gewesen ist, und ich weiß es auch noch ganz genau!»

«Ja, ich erinnere mich jeden Augenblick daran, wie es einmal zwischen uns gewesen ist.»

«Du hast in diesem Jahr nicht ein einziges Mal mehr vom Heiraten gesprochen –»

«Wie kann ich jetzt daran denken?»

«Ich möchte es noch immer, du nicht?»

«Nicht, ehe ich wieder in Ordnung bin.»

«Ich bitte dich, Keel, ich möchte, daß du jetzt mit mir nach Haus kommst. Beschäme mich doch nicht dadurch, daß ich mir zudringlich vorkommen muß. Und in der letzten Zeit bin ich doch wirklich nicht zudringlich gewesen. Bitte!»

«All right, Baby, ein bißchen später.»

Zuweilen konnte Della Madison vergessen, daß der Mann, den sie zu heiraten hoffte, ein Neger war. Vor Monaten, als sie noch imstande gewesen waren, Hand in Hand dazusitzen und sich zu unterhalten, hatten sie davon gesprochen, was aus ihnen und ihren Kindern einmal werden sollte. Es war schon ziemlich lange her, daß sie darüber gesprochen hatten. Jetzt schwankte Della manchmal, ob sie wirklich Schluß machen sollte mit Keel und einem leeren Leben ohne ihn entgegengehen oder ob sie weiter geduldig warten sollte.

Als sie sich kennengelernt hatten, war daraus zunächst nichts weiter geworden. Sie hatten einander gelegentlich getroffen, manchmal war Keel in Begleitung eines Musikers erschienen. Della brachte gewöhnlich Alice mit, eine strahlende Blondine, die sich für Jazz und die Musiker interessierte. Das einzige, was Della mit Alice verband, war, daß sie beide Sozialarbeiterinnen waren. Della begriff sehr bald, daß Alice einen Begleiter für die einsamen Stunden nach der Arbeit suchte. Für die Zeit nach diesen endlosen Palavern mit Kindern und deren verständnislosen Eltern. Danach konnte Alice ihre Probleme wenigstens mit ihr, Della, besprechen. Sie brachte nicht den Mut auf, mit ihren anderen Kolleginnen darüber zu reden. Denn nach fünf Uhr wurden Kontakte mit den Minoritäten nicht gerne gesehen, selbst in einem Amt nicht, in dem Neger, Weiße und Puertoricaner zusammen arbeiteten.

Alice hatte die Bekanntschaft Dellas mit Keel gefördert. Sie selbst zog es mehr zu den prominenten Musikern, zu Eagle, Yards und anderen. Oft diskutierte sie die Nächte durch mit ihnen, neurotisch und atemlos. Als Alice sich dabei ganz ausgegeben und sich bereits respektableren Begleitern zugewendet hatte, Weißen, die nichts mit Jazz zu tun hatten, da begann sie sich darüber zu wundern, warum Della Keel noch immer so häufig traf.

Zwischen Della und Keel hatte es Zeiten tiefer, leidenschaftlicher Liebe gegeben, aber auch andere, in denen Della sich in sich zurückzog und darüber grübelte, warum sie sich Keel gegenüber nicht schuldig fühlte. Wie kam es, daß sie ihn einfach als Menschen und Mann ansah und nicht als einen Neger, der drei Jahrhunderte Mythologie hinter sich hatte? Sie hatten sich häufig getrennt, sich aber ebenso häufig wieder versöhnt.

Es war nicht Della allein, die sich mit diesen Problemen herumzuschlagen hatte. Ihre bloße Anwesenheit rührte Vorurteile auf, so erzählte ihr Keel. Es war schon so schlimm genug, wie konnte er unter diesen Umständen ein Leben mit ihr riskieren? Noch im letzten Jahr hatten sie diese Wahrheit anerkannt. Aber nachdem sie diese Tatsachen gemessen und ausgebreitet hatten, wie ein Stück Stoff, aus dem etwas genäht werden sollte, hatten sie sich doch dazu entschlossen, es miteinander zu versuchen.

Nun, in ihrer Wohnung angelangt, bereitete Della für Keel den Assantee, den er so gerne mochte, und trug die Tasse in das Wohnzimmer. Keel dankte ihr still und trank langsam seinen Tee aus. Dann lehnte er sich in seinem Stuhl zurück, in seinem Lieblingsstuhl, wie er sagte, weil der erlaube, nachzudenken. Dann begann er mit ruhiger Stimme zu sprechen und blickte dabei auf das riesige Kasernengebäude des neunundsechzigsten Regiments gegenüber.

6

Außer Hillary und Crane war niemand im Lokal. Hin und wieder rüttelte der Wind an der Tür, und Hillary war froh darüber, daß er drinnen saß, wo es schön warm war, und nicht auf der Straße mit roten Augen und rinnender Nase gegen den Wind ankämpfen mußte. Es war draußen selbst zu kalt, um besoffen zu werden, sagte er sich.

Crane saß an einem Tisch nahe dem Künstlerzimmer und rührte gedankenverloren in der Kaffeetasse herum, die Hillary vor ihn hingestellt hatte. Hillary setzte sich in der Nähe der Küchentür hin und überlegte von neuem, wie gestern, was Della und Keel wohl im Augenblick taten. Innerlich fluchte er auf Crane, der zu geizig war, um den Plattenspieler laufen zu lassen, und der noch nicht für seinen Kaffee bezahlt hatte, den teuersten, den sie auf der Karte hatten, Java-Mokka.

«Sie arbeiten für Keel?» fragte Crane und blickte von seinem Kaffee auf.

«Ja.»

«Musiker?»

Hillary hatte immer gemeint, daß es bei Musikern und deren Kritikern nicht üblich war, sich gegenseitig Etiketten aufzukleben.

«Nein», antwortete er.

Crane brummte etwas Unverständliches, dann trank er ein paar Schluck Kaffee und stellte die Tasse wieder ab.

«Wollen Sie ein bißchen was verdienen?»

«Womit?»

«Kommen Sie doch mal rüber.»

Crane winkte Hillary an den Tisch heran. Das war Hillary schon unsympathisch, ohne daß er hätte recht sagen können, warum.

«Setzen Sie sich doch», forderte ihn Crane lächelnd auf.

«Ich schreibe», sagte er dann, als der andere saß. «Ich bin Jazzkritiker.»

Er lachte ein wenig verlegen. Hillary wartete, was nun kommen würde.

«Neuigkeiten erfährt man nicht nur in der Carnegie Hall oder im ‹Open Door› oder im ‹Vanguard›. Kennen Sie die?»

Hillary nickte. Jeden Tag schossen neue Nachtklubs aus dem Boden, wie sollte er die alle kennen.

«Hier schwirrt es nur so von Neuigkeiten, aber ich komme nicht an sie heran. Sie wissen doch, was ich meine?»

Seine Augen nahmen einen schlauen Ausdruck an.

«Ich glaube nicht», sagte Hillary. «Schießen Sie los.»

«Also gut. Mir erzählt man nämlich nichts, weil ich ein Weißer bin, wie Sie, verstehen Sie? Schön. Und jetzt sind Sie eben da.»

Crane unterbrach sich.

«Sie sind doch nicht etwa Schriftsteller?»

Hillary schüttelte den Kopf.

«Einen Augenblick war ich nicht sicher. Na, jedenfalls sind Sie jetzt hier, wo enorm viel vorgeht. Hier gehen die Jungs rein und raus und reden allerhand. Sie schnappen da Sachen auf, die ich brauchen kann, und ich werde Sie dafür bezahlen. Besser als Keel.»

Crane nippte an seinem Kaffee. Dann fragte er:
«Hasch?»
«Nein.»
«Hmmm.» Crane überlegte.
«Alkohol?»
«Nein.»
Crane lehnte sich zurück.
«Warum also?»

Es mußte schließlich einen Grund dafür geben, daß er hier war, dachte Hillary. Warum bin ich nur hier und warum arbeite ich für Keel, und warum bin ich ihm dankbar dafür, nicht auf der Straße zu stehen? Vor ein paar Tagen noch hatte er Keel und Eagle ohne Hemmungen bekannt, daß er fast schon zum Säufer geworden war. Warum verspürte er jetzt Hemmungen, das einzugestehen? Bin ich ein Säufer? Hatten seine Hemmungen damit zu tun, daß Crane ein Weißer war? Hillary spürte geradezu, wie dieser Mann ihn verachtete, weil er für Keel arbeitete, für einen Schwarzen. Wenn das stimmte, dann war er Crane ähnlicher, als er wollte, und er haßte ihn jetzt.

«Nun?» beharrte Crane. Er beugte sich zu Hillary. «Passen Sie mal auf, Mensch. Ich bin nicht von gestern. Ich bin älter, als ich aussehe, und ich kann sehen, daß Sie nicht hierher gehören. Aber Sie sind nun einmal hier, bedienen hier für einen Pappenstiel. Sie sehen mir ganz so aus, als wüßten Sie allerhand, was ich brauchen kann. Ich frage mich, warum, zum Teufel, sind Sie hier? Was ist Ihnen zugestoßen?»

In manchen, freilich nur flüchtigen Augenblicken hatte Hillary sich hier wirklich wohl gefühlt. Dieser Platz «Sadik», die verrückte Welt von Keel und Della, von Eagle und Candy, dieser armselige und düstere Platz hatte ihm begreiflich gemacht, daß vielleicht von hier, diesem Tiefpunkt seiner Existenz – und daß das hier für ihn ein Tiefpunkt war, darüber konnte er als Weißer sich keine Illusionen machen –, daß es für ihn von hier aus doch eine Chance zur Rückkehr geben könnte. Was Crane ihm da eben erzählte, lief darauf hinaus, daß es für ihn keine Wiederaufnahme des alten Lebens geben sollte. Schon Rod Tolens Existenz hatte ihm das vor Augen geführt, und die ruhelose Traurigkeit von Keel und Della hatte es ihm bestätigt.

Plötzlich, er hätte nicht sagen können, wann in diesem Gespräch ihn das überkam, wurde Hillary wütend.

«Ich bin ein Säufer», sagte er. «Ich sauf und sauf und sauf.»

Er unterbrach sich, weil ihm einfiel, daß er den ganzen Tag über noch keinen einzigen Tropfen getrunken hatte.

«Ich geb das zu. Das ist die nackte Wahrheit. Aber Sie? Sie, Crane, spielen sich als ein Arrivierter auf. Als ich hier landete, dachte ich, das sei der rechte Platz für gescheiterte Talente, die sich hier ein kleines Vergnügen gönnen, Musik anhören oder auch welche machen. Ich wußte nicht, daß die alle einen Kerl wie Sie einfach hassen. Bloß deshalb, weil sie wissen, daß der Haß von Ihnen ausgeht, was Sie freilich nicht hindert, die von Ihnen Verachteten zum Geldmachen zu benutzen.»

Crane lächelte Hillary spöttisch an, warf einen Dollar auf den Tisch und stand auf.

«Sie sprechen genauso wie die», sagte er. Er schlüpfte in seinen Mantel und war im Begriff, zu gehen. In diesem Augenblick flog die Tür auf, Eagle stand auf der Schwelle. Er hatte einen Mantel über seinen Pyjama geworfen, an seinen nackten Füßen trug er nur leichte Pantoffel. Crane streckte ihm beide Arme entgegen:

«Mein lieber Freund, wie geht es Ihnen jetzt?»

Mit strahlendem Lächeln ergriff Eagle Cranes Rechte.

«Verrückt, verrückt», sagte er und zog Crane mit sich in die Küche.

«Wie geht's wirklich?» wiederholte Crane.

«Ausgezeichnet. Warum denn?»

Hillary konnte jedes Wort verstehen.

«Nun, Sie sind doch im Pyjama, da habe ich eben gedacht, Sie sind vielleicht krank.»

«Wo denken Sie hin. Hab mich einfach ein bißchen ausgeruht.»

«Verstehe, gut so. Haben Sie eigentlich schon den Vertrag mit Demetriades unterschrieben?»

«Tu ich vielleicht nächste Woche.»

«Freut mich zu hören. Bringt schließlich was ein. Wieviel wird er denn in Sie investieren?»

Eagle lachte.

«Da müssen Sie ihn schon selbst fragen.»

Das Gespräch ging weiter. Hillary war sitzen geblieben und fragte sich, was Eagle wohl vorhatte. Versuchte Crane jetzt herauszubekommen, was gestern abend passiert war? Ja, das wollte er wohl, aber Eagle gelang es leicht, diese Ausfragerei abzuwehren. Hillary lächelte. Wieviel Scheiße, dachte er. Crane scheißt auf Eagle, Eagle scheißt auf ihn. Hillary stieß einen Seufzer der Erleichterung aus, als Crane schließlich ging und Eagle mit Kaffee und Sandwich aus der Küche kam und sich zu ihm an den Tisch setzte.

«Dieses Aas», knurrte Eagle. «Immer will er einen ausquetschen.»

«Du solltest im Bett sein», mahnte Hillary.

«Zum Teufel, ich fühl mich sauwohl. Wo bleiben nur Keel und Della?» fragte er dann.

«Fortgegangen.»

«Fort?»

Eagle kaute zu Ende, schluckte und fragte dann:

«Du magst diese Della?»

«Ja, sie ist nett.»

«Ich meine, sie gefällt dir nicht nur so?»

Hillary antwortete nicht.

«Na schön», sagte Eagle, «sie ist wirklich nett. Wer so lange wie ich bei diesem Metier ist, der kriegt eine Menge Sachen zu sehen. Und da möchte man doch einmal wenigstens ein schwarzweißes Paar treffen, das darunter überhaupt nicht leidet.»

Eagle beschäftigte sich wieder mit seinem Sandwich und spülte den Bissen laut schlürfend mit Kaffee hinunter.

«So wie Keel und Della», sagte er. «Ich brauch ein Weibsstück bloß anzusehen, und schon weiß ich, worauf die aus ist. Und wirklich gibt es ja nur eine einzige Sache, die die für mich tun können, und die tun wir dann auch garantiert. Komisch, weil ich sie alle nehme, deshalb gelte ich als der edle und hochbegabte Wilde, als der Adler, der Eagle, die entfesselte Bestie und was weiß ich noch alles. Ich hasse sie alle deswegen. Und immer wieder leg ich sie hin, und ich hasse sie, und ich will ihnen weh tun, damit sie mich niemals vergessen. Niemals.»

Hillary kam wieder auf Keel und Della zu sprechen.

«Werden sie heiraten?»

«Wer?»

«Na, Keel», sagte Hillary ungeduldig, «und Della.»

Eagle zuckte die Achseln.

«Weiß nicht. Keel hat sich über irgend etwas aufgeregt.»

Er lächelte schlau. «Warum fragst du?»

Nun zuckte Hillary die Achseln.

«Vergiß es. Es gibt keinen Besseren als Keel, und Della weiß das, gleich ob schwarz oder weiß. Wirklich, ich wünschte, daß dieser Junge ein bißchen zur Ruhe kommt. Er verdient es. Misch dich da gefälligst nicht ein.»

Eagle zündete sich eine Zigarette an und starrte düster ins Leere. Sein Ausdruck war so traurig, daß Hillary darüber ganz entsetzt war, aber er wagte nicht, Eagles Schweigen zu unterbrechen.

«Ich glaub, gestern abend war's fast aus mit mir», sagte Eagle schließlich. «Mir steht's ohnedies bis zum Hals. Ich hab genug von den Dingen hierzulande. Mißtrauen, wo du hinblickst, nichts als Arschlöcher.»

Er schaukelte in seinem Stuhl.

«Ich hab so vieles satt. Aber, zum Teufel, aufgeben werde ich deshalb doch noch nicht.»

Wieder herrschte Schweigen.

«Große Nummern sind hier ein und aus gegangen. Rob Jenkins, zum Beispiel. Erinnerst du dich an ihn?»

Hillary nickte. Er hatte keine blasse Ahnung, wer dieser Rob Jenkins gewesen war, aber das war auch egal. Ein Nein hätte den Rhythmus von Eagles Monolog zerstört.

«Auf und davon», fuhr Eagle fort. «Bum!»

Er tat einen tiefen Zug aus seiner Zigarette.

«Ich saß hier, genauso, wie ich jetzt sitze, da kam Wesley zum erstenmal hier herein, langhaarig, wie ein Homo. Bum. Und auch der ist auf und davon.»

Die Legende von Wesley Totter war jedermann bekannt, sie hatte sich überall verbreitet. Hillary wunderte sich für einen Augenblick über das Interesse, das Eagle für Wesleys Imitation eines Homosexuellen aufbrachte.

Eagle sagte:

«Und Eula? Tagelang zogen wir in Paris von einer Party zur

anderen, fuhren dann nach Berlin, wo die Heinis sie behandelten wie eine Königin, die sie ja auch wirklich war. Vier Tage später fand man sie – tot! Heroin, eine Überdosis. Scheiße! Sie kommen und gehen, und sie leben, solange es geht und so gut sie können.»

Er stand plötzlich auf und ging langsam zur Tür. Dann blieb er stehen, drehte sich um und sagte:

«Danke, Prof.»

Dann verschwand er.

Hillary hoffte, Eagle würde wieder zu Bett gehen. Aber zehn Minuten später, als Hillary gerade überlegte, ob er das Lokal schließen oder offenhalten sollte, kam Eagle zurück, diesmal von Kopf bis Fuß angezogen. Hillary starrte auf den schmutzigen Dufflecoat aus falschem Kamelhaar. Er hatte schon viele Männer in solchen Mänteln gesehen, und alle hatten, so fiel ihm ein, wie Musiker gewirkt. Alle hatten sie es Eagle nachgemacht.

«Komm mit!» sagte Eagle in Befehlston.

Hillary zögerte. Wahrscheinlich würden sie ein paar Drinks kippen, aber er wollte sich wirklich nicht wieder betrinken, auch war es draußen jetzt sehr kalt.

«Wohin soll's gehen?»

«Einfach spazieren.»

«Ich sollte eigentlich hierbleiben und das Lokal offenhalten.»

«Geht auch ohne dich.» Eagle wartete an der Tür auf ihn.

«All right», sagte Hillary, zog seinen Mantel an, und sie betraten die Straße.

«Kalt, was?» schrie Eagle gegen den Wind.

«Und ob», erwiderte Hillary, der es bereits bedauerte, mitgegangen zu sein. Der Crosstown-Bus donnerte vorbei, berstend voll mit polnischen Scheuerfrauen, die von der Nachtarbeit in den großen Bürohäusern kamen. Zwei Obdachlose saßen Rükken gegen Rücken in einem der kleinen Durchgänge an der Nordseite des Carl-Fischer-Buildings. Hillary fror. Hier, wo Astor Place, Lafayette Street, Park Avenue South und Eighth Avenue in einen freien Platz mündeten, rüttelte der Wind an den Fenstern und wirbelte Papierfetzen die Straßen entlang. Tagsüber wimmelte es hier von Konfektionsarbeitern und von Studenten der New York University und der Cooper Union, auch von Regierungsbeamten, kleinen Händlern und Gewerkschaftsfunktionären aus dem Distrikt 65, deren Büros gegenüber lagen. Eagle lachte leise, als Hillary für einen Augenblick vor dem Astor-Schnapsladen haltmachte und die Wein- und Spirituosenflaschen im Schaufenster betrachtete. Als sie den Broadway erreicht hatten, wendeten sie sich südwärts, wo sich zwei Reihen verwahrloster Gebäude hinzogen, die irgendwo in der Ferne beim Woolworth Building zusammenliefen und dann dem Blick entschwanden. Drunten in der Tiefe donnerte die BMT-Untergrundbahn in Richtung uptown. Der Wind blies über den Washington Square, und sie hatten Mühe, gegen ihn anzukämpfen.

Eagle fluchte und zog die Kapuze seines Dufflecoats enger um den Kopf.

Hillary hielt es nicht für nötig, auf diesen Fluch zu reagieren.

«Kalt, Jimsey, kalt», rief Eagle und ging wie ein Bulle mit gesenktem Kopf gegen den Wind an. Hillary hielt sich hinter ihm und benutzte Eagles Körper als Windschutz.

«Sauwetter», stieß Eagle aus, und Hillary lachte.

Sie ließen den Park, der nun leer dalag, links liegen. Nur ein einsamer Polizist wanderte unter den Laternen hin und her, ein schwerer Mann in langem blauem Uniformmantel und mit gestrickten Ohrenwärmern unter seinem Deckel. Sie überquerten die Straße, gingen vorbei an den vielen Nachtlokalen, die um diese Zeit noch geschlossen waren, hinüber zum «Bohemia».

Eagle lachte Hillary an, als sie aus der Kälte in die Wärme traten.

«Ah!» sagte Hillary erleichtert.

Eagle winkte dem Barmann.

«Wart hier auf mich», sagte er dann zu Hillary, als die Getränke vor ihnen standen und er für sie gezahlt hatte. Er schlenderte gegen das Zentrum des Raums, wo die Leute an Tischen saßen und einer kleinen Combo auf der Bühne lauschten.

Die Musik war nichts Besonderes. Die Gruppe bestand aus jungen Leuten, die nichts Eigenes vortrugen, sondern eher ältere Kollegen nachahmten. Immerhin, ein gewisser Rhythmus war vorhanden, und Hillary begann Kopf und Füße im Takt zu bewegen. Der Brandy hatte ihm schön warm gemacht. Der Schlagzeuger legte nun los und begann ein schwieriges Solo, direkt gestohlen von Max Roach, ohne daß ihm freilich jene Nuancen gelungen wären, die das Wichtigste bei dessen Kreationen waren. Matter Beifall nach dem Solo. Eagle schlängelte sich wieder zwischen den Tischen zurück und bestellte zwei weitere Brandys. Er blickte auf seine Armbanduhr.

«Na, wie geht's?» fragte Hillary.

«All right, Jimsey. Und dir? Frierst du noch immer?»

«Nein», erwiderte Hillary.

Beim zweiten Drink begann er sich zu entspannen. Er spürte eine Hand an seinem Mantel entlanggleiten und blickte hin. Eagle hielt einen gefalteten Geldschein in der Hand und wedelte damit hin und her. Hillary blickte ihn fragend an. Eagle lächelte verschmitzt.

«Na, nimm schon.»

«Well, aber ich ...»

Eagle stopfte den zerknüllten Schein in Hillarys Tasche und sah dann wieder auf seine Armbanduhr. Hillary zog den Schein heraus, es war eine Hundertdollarnote.

«Wofür das?»

«Kannst du's denn nicht brauchen?»

Hillary reichte den Geldschein zurück.

«Menschenskind, ich kann dir doch nicht deinen Verdienst wegnehmen. Und gewiß nicht so viel.»

Eagle lachte. «Ich werd dir sagen, was du damit tun sollst. Behalt's. Brauchst ein neues Hemd und gebügelte Hosen, und paß auf, wie du dich gleich besser fühlen wirst.»

Dann klatschte er laut in die Hände und rief den Musikern etwas zu. Und zu Hillary gewendet:

«Mistmusik, findest du nicht?»

Er lachte über seine eigene Frage und klatschte noch einmal in die Hände, als wolle er seiner Bemerkung Nachdruck verleihen. Hillary beobachtete ihn und beschloß, keinen weiteren Tropfen zu trinken, auch wenn Eagle ihn dazu nötigen sollte.

Eagle bemerkte die Nüchternheit in Hillarys Augen und nickte ihm zu.

«Werd mir doch bißchen lebendiger, Menschenskind.»

Hillary wollte gerade antworten, als er im Fenster das Gesicht eines Mannes erblickte, dessen Augen forschend die Bar absuchten. Eagle bemerkte Hillarys Blick und sagte:

«Wart einen Augenblick», und verließ das Lokal. Die Musik im Hintergrund machte gerade Pause, und die Musiker kamen an die Bar geschlendert.

«Das war Eagle», sagte der Barmann.

«Gehört auch schon zum alten Eisen», höhnte einer von den jungen Musikern.

«Selbst altes Eisen», sagte ein anderer im Vorübergehen.

«Der war mal ‹in› gewesen», mischte sich ein Dritter ein.

«Richie Stockes hat seine große Zeit hinter sich. Er kann noch immer ganz gut winseln, wenn er mal in Form ist. Aber Verlaß ist keiner mehr auf ihn. Und das ist es eben, worauf es ankommt.»

«Er ist eben ein Künstler», hörte Hillary sich selbst sagen, «nicht irgend so ein Automat, den man beliebig aufziehen kann.»

«Disziplin», ließ sich ein Snob vernehmen, «ist eine integrierende Komponente echten Künstlertums.»

«Jetzt weiß ich, warum Sie nichts taugen», sagte Hillary. «Zuviel Disziplin und nichts sonst.»

Er erkannte im Moment, als er das ausgesprochen hatte, daß dem Musiker gar nichts anderes übrigblieb als auszuholen, und begriff selbst nicht recht, warum er sich und den jungen Mann in diese Situation gebracht hatte. Diese Beleidigung konnte der Musiker nicht auf sich sitzen lassen. In dieser Welt hatte man eben zu handeln. Es gab ein allgemeines Aufkreischen, Hillary vermochte dem Schlag auszuweichen und sah noch, wie der Barmann angerast kam, um sie zu trennen. Dann landete Hillarys Faust im Gesicht des Musikers. Und plötzlich standen die endlosen Stunden mit Borden vor ihm, wie der ihm irgendwo auf einer Wiese Boxunterricht erteilt hatte. Dann täuschte er einen Angriff mit der Rechten vor, und der Musiker, noch halb betäubt von dem ersten Schlag, zuckte zurück. Daraufhin holte Hillary mit der Linken aus, und das trieb seinen Gegner auf die rechte Seite, wo er ihm einen dritten Hieb versetzte. Der Musiker fiel rücklings in die Arme seiner Begleiter, die ihn rasch fortschoben und dann auf Hillary losgingen.

Hillary hörte hinter sich Eagles grölendes Gelächter.

«Dem hast du's aber gut gegeben», jubelte er. Sein Gesicht war ein einziges strahlendes Grinsen. Als die Musiker Eagles ansichtig wurden, hielten sie inne und blickten auf ihren k. o. geschlagenen Kollegen. Der Barmann kehrte auf seinen Platz zurück, und der Tumult ebbte ab.

Eagle räkelte sich.

«Mir ist nach Blasen zumute. Gib mir mal dein Ding, Mensch», bat er den Althornisten. Der junge Mann nickte. Eagle begab sich wieder nach hinten, drängte sich zwischen den Tischen zum Podium durch. Ein Gemurmel erhob sich im Publikum.

«Blas, Eagle», sagte jemand.

Eagle winkte Hillary heran, der ihm gefolgt war, aber unten stehenblieb. Er war glücklich über seinen eben gewonnenen Kampf. Seit seiner Knabenzeit hatte er sich nicht mehr herumgeboxt. Er war erregt, nicht eigentlich über den Kampf selbst, sondern darüber, daß er eine Sache gehabt hatte, für die zu kämpfen sich gelohnt hatte. Er fühlte sich in gehobener Stimmung und lächelnd beobachtete er Eagle.

«Danke, Daddy», sagte Eagle zu dem Saxophonisten, der nicht recht wußte, wie ihm geschah. Dann blickte Eagle streng in die Runde, um festzustellen, ob die jungen Musiker auch alle auf ihren Plätzen waren, führte das geborgte Instrument an die Lippen und tat mit seinen Fingern so, als liefe er Tonleitern auf und ab. Schließlich setzte er das Instrument wieder ab, lockerte seinen Hals und wendete sich an die Band.

«Salt Peanuts», befahl er leise.

Wenn der junge Trompeter nicht ganz so schwarz gewesen wäre, dann hätte man gesehen, wie er errötete. Niemand außer Eagle und Yards konnte dieses Stück spielen. Die Musiker wechselten Blicke, während Eagle mit der Fußspitze den Takt angab und zählte:

«... zwei, drei, vier!»

Dann blickte er von neuem kurz in die Runde, ehe er, unisono mit dem Trompeter, die Einleitung zu blasen begann. Der Klavierspieler, entschlossen, nicht aus dem Takt zu fallen, brummte «du-du-du» und schlug schwere Akkorde an, mehr um sich selbst klarzumachen, wo in dem Stück er hielt, als um Grundierung für den Trompeter und Eagle zu bieten.

Der Schlagzeuger setzte sich in Positur und versuchte dabei so souverän wie möglich zu wirken. Er würde seine ganze Selbstsicherheit brauchen, wenn Eagle erst einmal richtig loslegte. Das war der Mann, den Hillary k. o. geschlagen hatte. Seine Freunde hatten ihm vorhin seinen Kragen aufgeknöpft, wofür er jetzt sehr dankbar war, es gab ihm Bewegungsfreiheit.

Am Ende der Introduktion trat Eagle mit dem nervösen Trompeter ans Mikrophon.

«Salt Peanuts, Salt Peanuts», sangen die zwei, Eagle diese Worte scharf akzentuierend.

«Salt Peanuts, Salt Peanuts!»

Dann trommelte der Schlagzeuger, und Eagle hob das Instrument an die Lippen, wobei er einen Schritt vom Mikrophon zurücktrat.

Während des ganzen Spiels – es erinnerte Hillary an einen Läufer, dessen Füße kaum den Boden berühren – war immer wieder «Salt Peanuts, Salt Peaniuts» herauszuhören. Einmal, als Eagle eine musikalische Idee kam, die er auch sofort ausführte, schloß er für einen Augenblick seine Augen. Mit vorgebeugtem Kopf raste der Klavierspieler, um nicht den Anschluß zu verlieren, und der Schlagzeuger schien eine Bombe nach der anderen zu schmeißen, sein Mund stand weit offen, Schweiß rann über sein Gesicht, aber es gelang ihm, Schritt zu halten. Der Kontrabassist, ein Mann, nicht halb so breit wie sein Instrument, zupfte selig seine Saiten und gab allen anderen Instrumenten den sicheren Rhythmus.

Der Trompeter leckte sich nervös die Lippen und wartete auf sein Solo. Und obwohl er auf seinen Einsatz wartete, versäumte er diesen doch, und der Schlagzeuger klopfte mahnend auf, der Kontrabassist zupfte mit Nachdruck, und der Klavierspieler schlug warnend seine Akkorde an. Eagle warf dem Trompeter einen scharfen Blick zu, woraufhin der nun, wenn auch etwas verspätet, sein Solo begann und losraste, um mitzukommen. In seiner Verzweiflung erfand er eine Idee nach der anderen und baute auf diesen auf, bis er schließlich etwas Selbstvertrauen gewann, weil Eagle ihm ermunternd zunickte. Nun konnte er richtig in Fahrt bleiben. Die Schlagzeuger, die nicht begriffen hatten, was passiert war, atmeten auf und spielten nun mit völliger Selbstsicherheit. Als das Solo endete, applaudierte Eagle und streckte dem Solisten die Hand entgegen. Der Beifall, der sich nun erhob, war ebenso stürmisch wie der für Eagle.

Jetzt fegte der Klavierspieler über die Tasten, hier mit leichtem Anschlag, dort mit einem schweren Akkord, wobei er die Einfälle, die Eagle und der Trompeter gebracht hatten, übernahm und in seinem eigenen Stil ausschmückte. Nach zehn Minuten übergab er das Solo dem Trommler. Dann fielen alle wieder ein, und der Klavierspieler bereitete das Finale vor, bei dem Eagle und der Trompeter wieder zusammen blasen würden.

«Eagle!» rief der Trompeter.

«Crazy», brüllte der Klavierspieler zurück. Sein Bein pumpte auf dem Pedal, wie beim Radfahren.

Der Trommler hielt sich jetzt zurück, um Eagle nicht zu übertönen.

«Was jetzt?» fragte Eagle.

«Mo», keuchte der Trommler. «Mo.»

«Ihr Nigger müßt denken, ich bin verrückt. Glaubt ihr vielleicht, ich werde die ganze Nacht hier stehen und für nichts und wieder nichts blasen?» sagte Eagle.

Er legte das Horn beiseite und stieg vom Podium herunter, lächelnd und mit sich zufrieden. Der Trompeter und der Klavierspieler brachten die Nummer irgendwie zum Abschluß. Applaus erfüllte von neuem den Raum.

Eine junge Person verstellte Eagle den Weg. Eagle musterte sie schnell.

«Hallo, Baby», sagte er und wollte an ihr vorbei.

«Ich möchte mit dir schlafen», sagte sie.

«Süße, daraus wird nichts.»

«Aber ich möchte doch so gern mit dir schlafen.»

Sie war attraktiv, ihre Lider waren wild bemalt, ihr Körper war fest, wie Eagle durch ihr enganliegendes Kleid feststellen konnte. Heute nacht hatte er keine Lust, aber ganz auslassen wollte er sie auch nicht. Wenn sie schon so bereit war, sollte sie wenigstens blechen.

«Willst du mir einen Gefallen tun, Baby?»

«Was du nur willst.»

«Gib mir 25 Dollar.»

Einen Augenblick starrte sie ihn an. Das war bei Gott nicht, was sie gewollt hatte. Aber wenn sie es ihm nicht gab? Sie kramte in ihrer Handtasche und wußte plötzlich, daß aller Augen auf sie gerichtet waren. Das hätte ihr nichts ausgemacht, wenn sie dann mit ihm hätte schlafen können. Aber Geld, das war etwas anderes. Sie übergab es ihm.

Eagle küßte sie auf die Wange.

«Morgen um zwei werde ich hier sein. Wir treffen uns an der Bar.»

Die junge Frau nickte langsam. Was sie betraf, sie würde in vierundzwanzig Stunden hier sein, aber ihr Instinkt sagte ihr, daß Eagle nicht kommen würde. Auch am nächsten und am übernächsten Abend würde sie auf ihn warten, vergeblich. Er würde nicht kommen, außer er hätte gerade keine andere, und es gab immer eine andere, die bereit war und besser aussah.

Na schön, sie würde warten.

Eagle trat wieder an die Theke zu Hillary und bestellte einen Drink.

«Verkommenes kleines Luder», sagte er. «Gleich soll ich bereit sein, husch, husch, einfach ins Bett. Soll beseligt sein, bloß weil sie weiß ist. Miststück!»

Und von neuem spürte Hillary, daß er von Haß umgeben war.

1

Von Dellas Wohnung, die im Murray-Hill-Viertel lag, begab sich Keel zu Fuß zu seiner eigenen im West Village. Er ging die Twenty-third Street entlang, die Kälte störte ihn nicht. Nach den zwei Stunden mit Della fühlte er sich total erschöpft, seelisch erschöpft, sein Zustand hatte nichts damit zu tun, daß er den ganzen Tag über auf den Beinen gewesen war. Nun wanderte er allein zwischen den Hochhäusern, die beide Seiten der breiten Straßen flankierten. Hier hatte der Wind leichtes Spiel, unbehindert konnte er von Strom zu Strom, vom East River zum Hudson, stürmen, Ladenschilder schaukelten hin und her, kleine Ziegelbrocken schlugen gegen Schaufenster.

Alle Schaufenster waren um diese Stunde – es war vier Uhr morgens – unbeleuchtet. Selbst wenn es Weihnachten oder

Ostern gewesen wäre – also eine Zeit, in der die Schaufenster in der Twenty-third Street grell und bunt beleuchtet sind –, hier wären sie jedenfalls stockdunkel geblieben. Es war die Stunde, ehe die Hölle des Tages losbricht – die Stunde, in der die Busse und Untergrundbahnen ihre Menschenmengen ausspeien, Menschen, die zumeist in den Wohlfahrtsorganisationen arbeiteten, die hierherum ihren Sitz hatten. Aber jetzt: das reine Nichts.

Keel schlenderte gegen Westen und genoß irgendwie den Mechanismus seines Gehens, die Art, wie Beine und Füße sich bewegten. Einmal, als ihm bewußt wurde, daß er in Marschschritt gefallen war, blieb er mit einem Fluch stehen, nahm dann aber seinen Marsch rasch wieder auf. Ein kleines Schneegestöber setzte ein, die Flocken begannen allmählich den Gehsteig zu bedekken. Die saubere Luft tat ihm wohl.

Nächtens so allein durch die Straßen zu marschieren und die zergehenden Schneeflocken auf seinem Gesicht prickeln zu spüren, das machte, daß Keel sich plötzlich sehr verloren vorkam. Obwohl er doch New York kannte – schließlich war er hier geboren worden und zur Schule gegangen und hatte das Straßengewirr schon als Junge immer wieder durchforscht. Aber im Unterschied zu vielen Harlem-Negern hatte er auch die Gegenden jenseits der Twenty-fifth Street kennengelernt, hatte begriffen, warum es diese Gegenden gab und wie sie entstanden waren, was freilich auch vielen seiner Kameraden allmählich zu Bewußtsein kam, da sich ihre Arbeitsstätten immer mehr und mehr über dieses Areal hinaus verlagert hatten. Keel wußte, wie das Neger-Getto, das ursprünglich sozusagen um die Ecke von seinem Laden gelegen war, sich erweitert hatte bis etwa in die Gegend der Pennsylvania-Station und dann noch weitergewandert war, uptown bis Harlem, dem Viertel, das einst «die grünen Hügel» genannt worden war, die Gegend der wohlhabenderen Leute. Vorurteile und Rassendiskriminierung, so wie sie nun einmal waren – unentwirrbar verknüpft mit den ökonomischen Bedingungen –, spielten dabei doch nur eine eher untergeordnete Rolle. Die Klassengeschichte ihrer Bewohner erzählten hier die alten Gebäude. Manche von ihnen waren mit Fresken und Rokoko-Ornamenten überladen, weil es, wie die Eigentümer sagten, zu teuer gewesen wäre, sie abzuschlagen. So war es gekommen, daß dieses größte Getto der Welt der einzige Platz in New York City war, an dem sich Spuren einer einst sinnvollen Architektur des letzten Jahrhunderts erhalten hatten. Anderswo hatten die neuen Gebäude eine glatte, beinahe total vorfabrizierte Struktur, Fenster über Fenster, Klimaanlage über Klimaanlage, nicht mehr dekoriert mit Wasserspeiern oder Engeln, höchstens da und dort mit einer kleinen Leiste von bunten Ziegeln verziert.

Die Gebäude, an denen Keel nun vorbeikam, waren verschmutzt, ihre Fassaden waren kahl. Sie waren ausschließlich für Bürozwecke errichtet worden, vielleicht vor hundert oder vor fünfundsiebzig Jahren, und Keel wußte, obwohl er es nicht sehen konnte, daß die Fassaden direkt unter dem Dach den Namen des Eigentümers und das Jahr der Errichtung, eingelegt in ein Ziegelrelief, zu tragen pflegten. Er wendete sich nun südwärts, bei der Tenth Street schlug er sich wieder westlich und schritt langsam hinüber zu dem Haus, in dem er wohnte, und das in der Nähe der Westside-Autobahn und des Eisenbahnnetzes lag. Langsam stieg er die Treppen hinauf, betrat sein Appartement, zog die Tür hinter sich zu und begann sofort, sich zu entkleiden. Eine Dusche und eine Zigarette waren das letzte, was er noch zu leisten vermochte. Dann fiel er völlig erschöpft aufs Bett.

Es schien eine Ewigkeit vergangen zu sein, als er in der Dunkelheit beim Klang der Türglocke aufschrak und sich zu besinnen versuchte. Della, durchfuhr es ihn. Silbergraue Dämmerung lag im Fenster. Die Klingel schrillte von neuem, und von neuem durchfuhr es ihn: Della. Nein, sie konnte es nicht sein.

Sie würde nicht einfach so kommen. Zweimal hatte sie das getan, und beide Male war eine heikle Situation entstanden. Er zündete sich eine Zigarette an, und beim ersten Zug entschied er, daß es Eagle sein müsse. Nackt ging er zur Tür, schob den Riegel zurück und öffnete.

«Zum Teufel», sagte Eagle, der sich an ihm vorbei hineindrängte, «ich dachte schon, du läßt uns draußen in dieser verdammten Kälte stehen.»

«Warum bist du nicht im Bett?» fragte noch ganz verschlafen Keel. Man konnte immer ziemlich sicher sein, daß Richie Stokes wenig Rücksicht auf seine eigene Gesundheit nehmen würde.

«Warum hast du ihn aufstehen lassen?» fragte Keel Hillary, obwohl er genau wußte, daß hundert Männer wie er und Hillary nicht imstande gewesen wären, Eagle im Bett zu halten, wenn dieser erst einmal beschlossen hatte, aufzustehen. Keel wartete Hillarys Antwort gar nicht erst ab.

«Ist Della hier?» flüsterte Eagle argwöhnisch.

«Nein, sie ist nicht hier. Komm rein ins Schlafzimmer. Mir wird kalt.»

Sie betraten das Schlafzimmer, Keel legte sich wieder ins Bett, die beiden anderen setzten sich zu ihm auf den Bettrand. Keel schloß die Augen und fragte: «Was ist los?»

«Ich und der Prof, wir sind eben ein bißchen herumgebummelt, und da wollten wir nicht an deinem Haus vorbeigehn», sagte Eagle.

«Wo herumgebummelt? In Geschäften?»

«Mir scheint, du willst uns aushorchen», sagte Eagle, gab aber nichts preis.

«Versuchst du etwa den Prof in Schwierigkeiten zu bringen, du Bastard? Laß ihn gefälligst in Frieden!»

Zum erstenmal sah Eagle geradezu blöd drein.

«Hör mal, können wir nicht unsere Mäntel ausziehen und was zum Futtern bekommen?»

«Laß mich in Ruh», sagte Keel und verschwand unter der Bettdecke.

Hillary hatte sich den ganzen Tag über zerschlagen gefühlt, aber gegen Abend war es friedlicher in ihm geworden und er hatte die Dinge, die passiert waren, ohne jede Aufregung gelassen hinnehmen können. Nun, da der graue Morgen durch das Fenster drang und der Lärm der nahen Autobahn von Minute zu Minute lauter wurde, saß er etwas geistesabwesend in Keels sauberer Küche, während Eagle, der grau und übermüdet aussah, Frühstück machte.

«Mir hat das alles Spaß gemacht», sagte Hillary.

«Was war da schon so spaßig?» brummte Eagle.

«Hab mich vielleicht falsch ausgedrückt», sagte Hillary. Er strich sich mit der Hand über die Stirn.

«Was ich sagen wollte, war, ich hab was gelernt dabei. Und das kann manchmal Spaß machen.»

«Hängt davon ab, was du dabei gelernt hast», sagte Eagle, während er die Pfanne mit den Eiern über der Flamme hin und her schob.

«Eine ganze Menge», sagte Hillary, der sich plötzlich, so benommen wie er noch war, sehr selbstbewußt gebärdete.

«Was, zum Beispiel?» beharrte Eagle. Er machte die Flamme unter der Kaffeekanne größer.

«Ach nichts, Menschenskind.»

Wie hätte er bloß einem Mann wie Eagle erklären können, was er von ihm, seiner Welt, seinen Freunden und seinen Feinden lernte. Wie hätte er ihm erklären sollen, daß einer, der sich am liebsten niedergelegt hätte, um zu sterben, und plötzlich vor der Aufgabe steht, für Recht und Menschenwürde zu kämpfen, dadurch auch wieder Lebenslust bekommt?

Nicht, daß Hillary Eagles Fähigkeit zu verstehen unterschätzt hätte, es war genau umgekehrt. Er hatte bereits begriffen, daß die Einfühlungsgabe dieses Mannes erstaunlich, beinahe unbegrenzt war. Was Hillary zögern ließ, sich ihm zu eröffnen, war der Verhaltenskodex dieser Welt. Wie konnte man hier über Herzenssachen sprechen? Über Dinge, die einem die Kehle zuschnürten? Über Dinge, die machten, daß man sich abwendete, weil man nicht zeigen wollte, daß man weinte? Unverhüllte Zärtlichkeit hatte er hier noch nie gesehen, obwohl es Zärtlichkeit gab zwischen diesen Menschen. Eine kurze, flüchtige, sich scherzhaft gebärdende Zärtlichkeit, mit der man nicht viel Zeit verlieren durfte, da der Kampf ums Dasein und um die Menschenwürde alles in Anspruch nahm. Hillary empfand das in aller Deutlichkeit.

Aber gleichzeitig spürte er, daß er diese Gefühle nicht zugeben konnte, und etwas in seinem Innern nagte an ihm und schien ihm nahezulegen, daß er, obwohl ein Außenseiter, doch besser war als sie; oder jedenfalls, daß er, wenn er erst einmal sein Schuldgefühl gegenüber Angela losgeworden sein würde, besser dran sein würde als sie.

Er tastete nach Eagles Hundertdollarnote und dachte: Unsinn, Unsinn! Wie sollte er besser sein als sie, wenn er von ihren Almosen lebte? Sie würden in ihrer brutalen Art die ersten sein, die ein Almosen klipp und klar ein Almosen nennen würden. Aber er wußte auch, daß sie außerdem zugeben würden, daß jedermann einfach Pech haben könne. Das schienen sie besser zu verstehen als alle anderen Menschen, die er je gekannt hatte.

Eagle hatte Hillarys Antwort mit Achselzucken abgetan und die richtige Diagnose gestellt. Dieser Hillary war nicht zudringlich und lag einem nicht dauernd in den Ohren mit Jazzgeschwätz, wie es so viele Weiße taten, die damit beweisen wollten: Ich bin einer von euch. Eagle fiel wieder der Trommler ein, und er schmunzelte in Gedanken daran, wie dieser auf sein Zeichen eingesetzt hatte.

«Hast du viele von uns gekannt, Prof, bevor du zu uns gekommen bist?» fragte er.

«Nein. Mit einem bin ich freilich aufgewachsen. Borden hieß er.»

Sie rückten ihre Stühle heran und machten sich über ihr Frühstück.

«Wie war er?» fragte Eagle mit vollem Mund.

«Ein guter Junge», antwortete Hillary.

«Und was geschah dann?» insistierte Eagle. Ja, er wollte es noch einmal hören. Er fragte das immer wieder, wenn sich die Gelegenheit bot, weil er hoffte, endlich einmal zu hören, daß eine dieser Kinderfreundschaften über das dreizehnte oder vierzehnte Jahr hinaus von Dauer gewesen sei.

«Wir wurden eben älter», sagte Hillary unbestimmt.

«Und der hat dir das Boxen beigebracht?»

Hillary errötete.

«Gewöhnlich boxten wir draußen auf den Feldern», antwortete er lächelnd. «Er machte mich jeden Tag k. o.»

Er wußte, daß es das war, was Eagle zum Schmunzeln bringen würde. Und der schmunzelte denn auch. Sie aßen schweigend weiter, die Eier und der Kaffee verschwanden. Eagle lehnte sich bequem in seinem Stuhl zurück und sagte:

«Hör mal, laß mich in einer deiner Klassen mal eine Vorlesung über Jazz halten.»

Hillary blickte auf, ohne zu antworten.

«Wirst du denn nicht wieder unterrichten?» fragte Eagle.

«Weiß noch nicht.»

«Dieses Leben hier ist doch nichts für einen intelligenten Menschen wie dich», meinte Eagle nachdenklich. «Nichts für dich, einen Weißen.»

«Was hat das mit meiner Hautfarbe zu tun?» fragte Hillary gereizt. Bei diesen Leuten lief alles darauf hinaus, ob einer schwarz oder weiß war. Sie brauchten nur ihren Mund aufzumachen und schon kam heraus: «Du, als Weißer.»

«Alles hat damit zu tun», sagte Eagle mit Nachdruck. «Jahre hab ich damit verbracht, mir einzureden, daß dieser Unterschied unwichtig sei, und jeden zweiten Tag wurde ich eines Besseren belehrt, oder, richtiger gesagt, eines Schlechteren. Schließlich konnte ich sehen, wie es wirklich war, und seitdem fühle ich mich besser. Nun weiß ich, woran ich bin. Was nicht bedeutet, daß es mich nicht zuweilen juckt, den Revolver herauszuziehen und diese ganze Hurenstadt und dieses ganze Fickerland zusammenzuschießen ... Erzähl mir doch keine Märchen über Jazz und amerikanische Kunst, und wie das alles von uns Negern kommt. Scheiße.»

Eagle lümmelte sich über den Tisch.

«Ich kenn mich aus in diesem Geschäft. Das ist so ziemlich das einzige, wovon ich was versteh.»

Er sprach das alles in einer Weise aus, daß es gleichzeitig hochgestochen klang und den Akzent des Mannes aus dem Süden hervorkehrte.

«Wir haben keine jungen Negerkritiker. Und dabei können nur ein paar von den jungen Negern wirklich Rock and Roll spielen. Scheiße! Da kommen ein paar irische Jungs daher, nehmen ein Saxophon in die Hand und bilden sich ein, sie könnten Jazz spielen. Und sie kommen gleich ins Geschäft. Wenn das keine Scheiße ist!»

Eagle hatte rasch und wütend gesprochen, die Worte kamen gut rhythmisiert aus seinem Mund. Seine Augen blitzten, seine Schultern hatte er über den Tisch vorgeschoben. Er nickte bekräftigend mit dem Kopf, ehe er fortfuhr:

«Kapierst du jetzt? Du, ein Weißer! Es ist deine Welt, und du läßt uns nicht in ihr hochkommen. Wenn das keine Dreckswelt ist!»

Eagle erhob sich schwerfällig, griff nach seinem Mantel und ging ohne Gruß hinaus.

Währenddessen träumte Keel in seinem Bett, ohne zu ahnen, daß Eagle gegangen war und daß auch Hillary bald gehen würde, um sich was zum Anziehen und Briefpapier und Marken zu besorgen. In seinem Traum wurde Keel von einer Frau ausgepeitscht und boxte sie dann nieder. War es Alice? Dann fand er Geld, sogar ziemlich viel, was ihm ein Gefühl der Sicherheit gab. Er stopfte es rasch in die Tasche. Dann traten ihm aus der Dunkelheit plötzlich ein Mann und eine Frau entgegen. Sie fragten ihn, ob er nicht vielleicht Geld gefunden habe. Er log und verneinte. Das Lügen machte ihm Freude. Er war so vergnügt, daß er zu rennen begann, so wie er als Kind gerannt war. Aber er rannte so ungeschickt, als hätte er Plattfüße, und er konnte sich nicht auf die Zehenspitzen erheben und war darüber verzweifelt. Und plötzlich befand er sich mit jemandem – war es eine Frau? – in der Nähe eines Flughafens, und da saß er auch schon in einem Flugzeug, in einem, das wie eine der Corsaires aussah, die über die Kokospalmen von Tulgai hinweg zu dröhnen pflegten. Ein anderes Flugzeug tauchte auf und geriet auf Kollisionskurs. Ein Zusammenstoß war unvermeidlich, und er geschah auch. Das andere Flugzeug krachte in seines hinein, aber mit herkulischen Kräften gelang es ihm, die Trümmer beiseite zu schieben.

Der Traum war aus. Keel richtete sich auf und zündete sich eine Zigarette an. Er starrte in das kalte, klare Tageslicht, das nun durch das Fenster fiel. Er dachte, na, schieß los, Traumdeuter Joseph, du, mit deinem blutbefleckten Mantel, was bedeutet dieser Traum? Oder du, Tragore, mach deinen Mund auf. Sprich, Jesus, und sag, was dieser Traum bedeutet. Oder du, Mohammed! Na, Sigmund, und du, wo bleibt deine Couchweisheit?

Die Stille im Raum war tödlich. Der Mann und die Frau ... Der Mann und die Frau? Und warum hatte er nicht rennen können? Und die Sache mit dem Geld! Das erinnerte ihn daran, daß er sich heute um Geld kümmern mußte.

Angewidert drückte er seine Zigarette aus. Kein Zweifel, dieser Traum hatte von ihm und Della gehandelt. Er warf einen Blick auf das Telefon neben sich. Sehr verwirrt stieg er aus dem Bett, durchquerte die Küche, nicht ohne die ganze Sauwirtschaft zu bemerken, die Eagle und Hillary zurückgelassen hatten, und ging ins Badezimmer. Dort drehte er die Dusche an und ging dann noch einmal zurück, um zu sehen, ob genug Kaffee in der Kanne war. Er stellte fest, daß sie leer war und machte rasch frischen Kaffee. Er war dankbar für die plötzlichen Eisenbahngeräusche, die aus der Nähe, nur einen Block entfernt von seinem Haus, herüberdrangen. Eben wollte er unter die Dusche treten, da fiel ihm ein, daß er schon geduscht hatte, also drehte er den Hahn ab und ging zurück in die Küche. Die Eisenbahngeräusche hatten inzwischen aufgehört, und die Welt draußen war wieder so leer wie sein Inneres. Eine Schiffssirene begann mit tiefem Ton warnend zu tuten, ihr Echo brach sich an den Häuserfronten.

Wo sind die Allmächtigen in dieser Stunde? So flüsterte eine versteckte Stimme in ihm. Ich blicke nach Osten und verbeuge mich und nach Norden und nach Süden, und ich höre nichts als Schiffssirenen und das Echo von Radios. Alles übrige ist hohl und leer. Nur Della existiert. Und ich kann nicht entscheiden, ihr Allmächtigen, die ihr nicht mehr auf Erden wandelt (wenn ihr das je getan habt, und ihr habt es nicht getan, denn wenn ihr es getan hättet, dann hätte ich euch ja sehen müssen), nein, ich kann es nicht entscheiden, Allmächtige, ob ich sie liebe oder ob ich sie hasse.

Der Kaffee begann jetzt in der Kanne zu glucksen, und Keel wartete, bis der Duft aufstieg. Als er sich von seinem Stuhl erhob, begann wieder das Tuten der Sirenen. Es kam sogar zweimal, und Keel lauschte dem Echo, das zwischen den Häuserfronten von Manhattan hin und her geworfen wurde. Ich liebe sie, glaube ich, dachte er, aber ebenso möglich ist es, daß ich sie mehr hasse als liebe. Und wenn ich sie hasse, wie könnte ich sie dann lieben?

Die drei letzten Sirenenstöße des Schiffes, das im Begriff war, auszufahren, kamen ungefähr fünfzehn Minuten später, als Della von ihrem Amt die Straße entlang zu ihrem Lunch ging, auf den sie eigentlich gar keinen Appetit hatte. Sie wollte dennoch essen, einfach weil sie sich in dieser qualvollen Situation bei Kräften halten wollte.

Obwohl am letzten Abend kein Wort darüber gefallen war, wußte sie doch genausogut wie Keel, daß die endgültige Trennung unmittelbar bevorstand. Sie war wie erschlagen von dem

Gedanken, denn sie hatten geglaubt, diese Periode der häufigen Trennungen hinter sich gebracht zu haben, und hatten eigentlich schon vorgehabt zu heiraten. Nun gab es also diese neue Schwierigkeit und machte ihnen auf dramatische Weise alle bisher gemachten Fortschritte wieder zunichte. Sie hatte keinen Grund, Keels Erklärungen anzuzweifeln, obwohl diese Redereien über andere Frauen weh taten, auch wenn er sie mit psychoanalytischen Fachausdrücken einleitete. Soviel war jedenfalls klar, wenn zwischen ihnen beiden etwas nicht stimmte, dann lag die Schuld zum großen Teil bei ihr.

Sie versuchte, den Egoismus, der eine so wichtige Rolle in der Liebe spielte, zu bezwingen und fragte sich, ob vielleicht für Keel die Trennung nicht wirklich die beste Lösung sein würde.

Sie dachte an das lange Jahr, in dem sie beide ihrer Liebe keinen Ausdruck gegeben hatten. Sie war geduldig geblieben. Sie hatte einen Vorschlag nach dem anderen gemacht und gewartet. Sie hatte gewußt, daß ihr gar nichts anderes übrigblieb, als zu warten. All dies ging ihr jetzt durch den Kopf, als sie David Hillarys ansichtig wurde, der gerade, ein kleines Köfferchen in der Hand, daherkam. Und plötzlich kam ihr der Gedanke, daß keine wahre Liebe dadurch beschmutzt wird, daß man mit jemandem schläft, den man nicht liebt. War denn solcher Geschlechtsverkehr nicht einfach eine Angelegenheit der Hygiene, eine Sache, nicht anders zu bewerten als ein Schlafmittel? Das schoß ihr durch den Kopf, als sie Hillarys ansichtig wurde, oder vielleicht auch erst ein paar Sekunden später.

Sie beschleunigte ihre Schritte und drängte sich zwischen den Menschen durch, um ihn zu begrüßen.

S Wochen später schlich sich der Frühling ein. Er kam wie ein junges Mädchen, das frisch vom Lande in die Stadt kommt. Er kam nicht plötzlich, sondern leise und zögernd, ließ die Stadt morgens und abends noch immer in leichten Nebel gehüllt und vertrieb den harten Winter nur allmählich. Man dachte noch nicht an den brütend heißen Sommer, der vor einem lag. David Hillary, der bereits wie in alter Gewohnheit und mit völliger Sicherheit seine Arbeit im Laden besorgte, hatte Lust zu einem Spaziergang hinunter nach Battery. Die Tür zur Straße stand weit offen, aber der Straßenlärm wurde übertönt durch Eagles «Invitation», eine Platte, die Hillary so gerne hörte, daß er sie immer wieder auflegte.

Seine Bewegungen waren jetzt rasch und entschlossen, die anfängliche Unsicherheit war gewichen. Sein Gesichtsausdruck war wach, seine Haut besser durchblutet als früher. Selbst seine Augen, die so lange trüb und glanzlos gewesen waren, leuchteten jetzt zuweilen auf.

Ein kräftiger Windstoß brachte den frischen Geruch des Stromes ins Lokal, und Hillary atmete ihn tief ein. Dort unten sollte ich jetzt spazierengehen, dachte er. Er war die Strecke schon häufig gegangen. Die Lafayettestreet hinunter, wo es nur einige wenige Bars um das Rathaus und die Regierungsgebäude gab. Manchmal hatte er den Weg mit Eagle zurückgelegt, manchmal mit Della, und zwei- oder dreimal mit Keel. Manchmal hatten sie geplaudert, manchmal waren sie stumm nebeneinanderher gegangen. An Samstagen und Sonntagen in der Früh war dafür die beste Zeit, da gab es wenig Verkehr, weder Fußgänger noch Autos waren unterwegs, und man konnte ungehindert die breiten Straßen hinunterwandern, zwischen den hohen Gebäuden und den geschlossenen Geschäften hin zum Wasser, wo bereits kleine Vergnügungsdampfer bereitlagen, um eine Rundfahrt um die Sieben-Meilen-Betoninsel von Manhattan anzubieten.

Wenn er dort ankam, pflegte Hillary zunächst fasziniert auf die Freiheitsstatue zu blicken, wie sie sich dort aus dem Wasser erhob. Am Pier gab es stets, man konnte damit rechnen, ganze Rudel von Pfadfindern, Lagerfeuer-Mädels, und alle standen Schlange, um eines der Schiffe betreten zu können. Schließlich tollten sie auf dem Deck herum, ohne im mindesten zu begreifen, wozu so ein Schiff überhaupt da war. Hillary pflegte den Fähren zuzusehen, die sich wie Käfer zwischen Manhattan und Staten Island bewegten und deren Deck vollbepackt war mit Autos und sich drängenden Menschen. Manchmal kamen auch große Dampfer langsam stromaufwärts, sie hatten ihre Schornsteine umgelegt, und die Wellen sprangen an ihrem Bug hoch. Tauben und Möwen saßen auf den Geländern und vollführten ein wildes Geschrei. Manche der Möwen begleiteten das Schiff oder flogen ihm voraus. Und wenn die Sonne hinter den beinahe nur aus Glas bestehenden Wolkenkratzern stand, dann leuchteten sie feurig und bedrohlich auf wie riesige, polierte Schilde.

Wenn Hillary, an das Geländer gelehnt, hinaus auf den Ozean blickte, dann hatte er das Gefühl, das Wasser atme. Es warf Schaumspritzer und Holzstückchen in die Höhe und schien damit auf sich aufmerksam machen zu wollen. Wenn Eagle mit war, konnte Hillary sehen, wie fasziniert der von dem Anblick war und dabei ohne jede Angst blieb. Keel dagegen zeigte eine gewisse Scheu vor den Mysterien der See, er hatte niemals schwimmen gelernt. Della wieder sah im Meer den Inbegriff von Dauer und Kraft.

Für Hillary war das Meer eine riesige breite Autobahn gewesen, die ihn erst in den Krieg und dann in die Liebe geführt hatte. Es hatte ihn heil aus dem Krieg zurückgebracht und später in die Flitterwochen und einem neuen Leben entgegen. Manchmal, wenn er dort unten stand, fragte er sich, wie die Battery wohl ausgesehen haben mochte, als er und Angela nach Europa gefahren waren. Am liebsten machte er diesen Spaziergang eigentlich alleine, aber wenn schon in Begleitung, dann zog er die Gesellschaft von Della der der beiden Männer vor. Wenn er mit ihr war, war er sich stets bewußt, daß er auf irgend etwas wartete, auf irgend etwas, was Dauer haben sollte. Bis jetzt hatte er vergeblich gewartet.

Am zweitliebsten hatte er Keel als Begleiter. Keel wirkte stets etwas abwesend, und doch ging eine Wärme von ihm aus, die Hillary wohltat. Die Wärme, die Keel ausstrahlte, ging von seinen Augen aus, auch wenn sich sonst nichts in seinem Gesicht regte und er stumm blieb. Manchmal konnten diese Augen aber auch kalt blicken, selbst wenn er lächelte. Keel war im Begriff, so hatte er Hillary gestanden, immer mehr zu einem schwarzen Weißen zu werden und damit in doppelte Isolation zu geraten.

Dieses Gespräch hatte auf einem vierstündigen Spaziergang in der Battery-Gegend stattgefunden. Es war noch nicht recht warm gewesen, aber auch nicht mehr kalt. Der Sturm von der See hatte mächtig geblasen.

Er lebe, so hatte Keel gesagt, in einer Gesellschaft, in die er nicht gehöre. Ja, er habe es versucht, dazuzugehören, aber es war vergeblich gewesen, es lasse sich nichts dagegen machen. Er habe versucht, die Symbole dieses Landes – es waren schließlich die einzigen, die einem zur Verfügung standen – anzunehmen. Aber sie hatten, gleich, was ein paar Gesetze und Bücher beteuerten, keinen Bezug auf ihn, weil er eben ein Neger war. Und selbst unterstellt, man hätte sich diese Symbole erfolgreich angeeignet, die Hautfarbe konnte man deswegen doch nicht wechseln, man blieb, was man war. Aber da man nun einmal am Leben war, blieb einem nichts anderes übrig, als es immer wieder und wieder und noch einmal zu versuchen, so, wie wenn man einen Hügel hinaufsteigt und herunterrutscht und von neuem beginnt, hinaufzusteigen. Hillary erinnerte sich, wie Keel immer wieder und wieder davon gesprochen hatte, manchmal monoton, dann wieder außerordentlich lebendig, und daß er während der ganzen Zeit ununterbrochen auf das Meer geblickt hatte. Bis er schließlich mit einem schmerzlichen Lächeln, das eigentlich aber gar kein Lächeln war, denn es hatte etwas Verwegenes und auch etwas Bedrohliches an sich, gesagt hatte: «Todesursache: Widerstand gegen die Wirklichkeit.» – Wenn sie sich dann schweigend auf den Rückweg gemacht hatten, hatte sich Hillary gefragt, warum dieser Mann, der ein warmes Nest besaß und der von seinen Eltern Geld hatte, zwar nicht gerade viel, aber immerhin eine ausreichende Summe – sie hatten ihr Vermögen mit Grundstücksspekulationen in Harlem, Brooklyn und Astoria erworben –, warum dieser Mann sich als Lebensumkreis eine Wüste ausgewählt hatte. Vielleicht, um restlos zu büßen, so hatte Hillary versucht, es sich zu erklären, weil sein Protestantismus und sein Mohammedanismus irgendwie nicht gelungen waren.

Über das Thema, über das Hillary am liebsten etwas gehört hätte, nämlich über Della, sprach Keel niemals. Er hatte aber doch durch dieses Gespräch auch begriffen, wie voll von Widersprüchen Keels Position gegenüber Della sein mußte.

Eagle hatte keine solchen Probleme. Er nahm die Frauen, so wie sie kamen, und er sprach voll Verachtung darüber, wie oft sie kamen, und wie viele es waren, und darüber, was und wie er es mit ihnen trieb. Er sprach davon so ausführlich, als ob es seine Absicht gewesen wäre, Hillary damit wütend zu machen. Eagle attackierte alles mit geradezu unglaublicher Vehemenz und stieß sich damit selbst an allen Ecken. Er schien seine geistige und physische Zerstörung zu wollen, vielleicht um die Qualen zu beenden, die sich zuweilen in seinen Zügen malten. Er sprach boshaft über Candy, diese schicke Person mit dem etwas zu scharfen Profil, die zuweilen ins «Sadik» kam, um auf Eagle zu warten. Zuerst hatten diese Redereien Hillary ganz krank gemacht, bis er begriff, daß Eagle selbst das Opfer einer unheilbaren Krankheit war, und Heroin nicht die Ursache, sondern das Resultat davon war.

Hillary machte in der Küche eine Pause und trank ein Glas kaltes Bier. Er wollte den brennenden Durst nach schwerem Alkohol damit unterkriegen. Er hatte sich, und er schlug sich dabei belobigend selbst auf die Schulter, bisher ganz gut gehalten. Er dachte zurück an seine verschiedenen Reisen, und in diesem Augenblick ballten sich all die Gespräche, die er hier geführt hatte, dieser ganze Hippiejargon, den er mitangehört hatte, zu einem einzigen Gefühl des Entsetzens zusammen. Aber es war ein Entsetzen, das er nicht wahrhaben wollte, weil es einfach nicht existieren durfte. Rasch, und noch wie betäubt, begriff er, daß das Entsetzen von Keel und Eagle über diese Welt sehr real war, und mit einer gewissen Erleichterung stellte er fest, daß das seine nur ein böser Traum war, denn schließlich war er ja ein Weißer, der schon dadurch besser dran war als die beiden und schon dadurch vor der Kälte dieser Welt besser geschützt war.

Irgendwann, so sagte er sich, werde er mit Della reden müssen. Er warf von neuem eine Münze in den Plattenspieler und bemerkte dabei, daß ein kleiner, dicker Mann das Lokal betrat.

«Hallo», rief der Fremde lächelnd zum Gruß und machte eine Bewegung zum Musikautomaten. «Das ist von mir», sagte er. «Gefällt's Ihnen?»

«Und ob», sagte Hillary stirnrunzelnd, «ich mag es sehr. Aber soviel ich weiß, stammt es von Eagle.»

«Nein, nein, nein», sagte der Dicke lachend und klopfte sich dabei wohlgefällig auf die Brust. «Meine Firma. Ich hab die Platte gepreßt und in den Handel gebracht. ‹Invitation› heißt sie.»

«Ach so», sagte Hillary.

Das mußte also Moe Alvin sein. Den «Dingsda» nannten ihn die Musiker. Er besaß eine kleine Plattenquetsche in New Jersey und benützte die billigsten Aufnahmestudios in New York. Er trieb sich viel in der Stadt herum, zumeist an der Ecke des Turf-Restaurants, und wartete auf das Auftauchen beschäftigungsloser Musiker, denen er dann zwanzig oder dreißig Dollar für ihre Mitwirkung anbot. Und da die zumeist das Geld dringend brauchten, willigten sie ein, wobei ihnen alle Tantiemen und andere Einnahmen verlorengingen, weil Alvin nicht daran dachte, sie ihnen zu bezahlen. Es ging das Gerücht um, daß Rod Tolen zuweilen mit ihm arbeitete.

«Eagle klingt gut auf dieser Platte», sagte Hillary.

«Das will ich meinen», rief Alvin und lachte dröhnend. «Der klingt immer gut!»

Er hörte auf zu lachen und musterte Hillary genau. «Sie sind der Prof, nicht?»

«Ja.»

«Na, sehen Sie, ich weiß alles», meinte er. «Mir wird alles zugetragen. Allein hier?»

«Ja.»

Hinter ihnen schwang sich Eagles Melodie in inspirierten Passagen in die Höhe, beide waren ganz Ohr, Alvin schüttelte den Kopf, so als sei er überwältigt von etwas sehr Traurigem.

«Eagle ist seine fünfzig Millionen Dollar wert», sagte er.

Sie blieben stumm, bis die Platte abgelaufen war.

«Hat er nun eigentlich mit Demetriades Vertrag gemacht?» fragte Alvin. Er zog sich einen Stuhl heran und setzte sich.

«Er ist für ungefähr drei Wochen fort», antwortete Hillary. «Vielleicht treff ich ihn unterwegs.»

Vielleicht, dachte er, und hörte Alvin nicht länger zu, der in seinen Zähnen herumzustochern begonnen hatte. Vielleicht? Was fiel ihm da eigentlich ein! Sie hatten das doch heute morgen fest verabredet, als der Brief von der Universität gekommen war.

Er erinnerte sich, wie Eagle auf dem Weg nach Hause hereingekommen war, ehe er sich für ein paar Stunden Schlaf niederlegte. Er war gerade in dem Augenblick eingetreten, als er, Hillary, Doerffers Brief aufgerissen hatte.

«Was hast du da gekriegt, Jimsey?»

«Was vom College.»

«Was wollen die denn?»

«Stellenangebot», antwortete Hillary, noch im Lesen. «Sieht ganz gut aus.»

«Bravo. Müssen wir feiern.»

Eagle holte eine Flasche Scotch vom Regal.

«Garçon, Gläser!»

Lachend rannte Hillary in die Küche.

«Montag, Mittwoch oder Freitag, welchen Tag soll ich fahren?»

Er war zurückgekommen, und während Eagle die Gläser halb voll goß, las er den Brief noch einmal.

«Prosit!» rief Eagle.

«Prosit!»

Eagle goß von neuem ein.

«Genug, Mensch! Möcht mich nicht gleich besaufen.»

«Heute darfst du.»

«Montag», überlegte Hillary. «Das ist nicht so gut, da sind sie noch blau vom Wochenende. Mittwoch haben's alle eilig, zum Wochenende zu kommen. Freitag.»

Er nahm wieder einen Schluck.

«Da fällt mir ein, Mensch, an diesem Freitag gibst du doch dort ein Konzert!»

«Wirklich?»

«Sehen wir uns mal den Terminkalender an.»

Hillary sprang auf und kam mit einer handgeschriebenen Kopie der Termine für die verschiedenen Stationen der Konzerttourneen zurück. Dieser Zettel war für den internen Gebrauch der Musiker bestimmt, die immer gern wissen wollten, wer wo und wann zu spielen hatte.

«Führst du mich dann über den College Campus?» fragte Eagle

und fand das sehr komisch. «Durch die efeubewachsenen Gebäude?» Er beugte sich jetzt über den Tisch. «Wann bin ich denn dort? Wann?»

«Wenn ich den Freitag wähle», überlegte Hillary, «dann wirst du gerade dort sein. Du kommst schon am Abend vorher an, aber spielen wirst du erst Freitag abend.»

«Führ mich dann rum, Mensch, vielleicht kannst du mich einem dieser Philosophiedoktoren vorstellen, wär doch ein Heidenspaß.»

Angetrunken und überschwenglich wegen der Wende, die sein Schicksal genommen hatte, goß Hillary die Gläser von neuem voll, und die Flasche leerte sich rasch.

«Ich werde dich zu Dr. Doerffer führen und sagen: Dr. Doerffer, darf ich Ihnen Dr. Eagle vorstellen? – Sicher, Menschenskind, das mach ich.»

Er schlug mit der Faust auf den Tisch.

«Überlegen wir mal.»

Beschwipst tippte er sich an die Stirn, als wollte er sich dadurch zur Aufmerksamkeit mahnen, und sah sich den Terminplan noch einmal an.

«Hotel . . . Hotel . . .»

«Laß mich in Ruhe mit den Hotels, halt mich ohnedies nie in ihnen auf», unterbrach ihn Eagle. «Wir machen uns irgendeinen Treffpunkt aus.»

«All right», sagte Hillary und zog sich den Stuhl näher an den Tisch heran, um Eagle alles erklären zu können. «Du triffst mich Ecke Drake und Hammond Street. Du weißt, wo das ist?»

«Universitätsgegend?»

«Ja. An einer Ecke ist ein Drugstore und an der anderen eine Bar. Die heißt ‹Crimson›. Nicht zu verfehlen.»

«Für wann bist du bestellt?»

«Für zehn. Um elf Uhr dreißig bin ich fertig und kann dich treffen. Okay?»

«Verrückt», fand Eagle. «Schreib mir das genau auf.»

«Gib mir einen Stift», verlangte Hillary und schrieb Ort und Zeit für Eagle auf und notierte das auch für sich.

«Freu mich wahnsinnig auf das College.»

«Wann gehst du los?» fragte Hillary.

«Morgen. Und wir sehen uns also dann dort. Einfach verrückt, was?»

«Verrückt», bestätigte Hillary.

Was mein ich eigentlich mit «Vielleicht?», dachte er.

Da saß noch immer Alvin da und brummte:

«Auf Tournee. Busse. Texas, Oklahoma, Kalifornien, Illinois, Wisconsin. Ist nicht gut für Eagle. Zugig. Was heißt zugig. Hurrikane gibt's unterwegs.»

Hillary wußte, daß «zugig» der Ausdruck für angebliche oder wirkliche Diskriminierung der Neger war.

«Sandwiches immerfort und jede Nacht woanders. Und spielen vor Idioten, die keine blasse Ahnung haben, wem sie da eigentlich zuhören und wie großartig der ist. Scheiße.»

Wenn das so ist, dachte Hillary, warum raubst du ihn dann aus, du und deinesgleichen? Und schon gab Alvin auf diese unausgesprochene Frage eine Antwort. Ein wenig geistesabwesend sagte er:

«Na schön, Demetriades hat eben genug Moneten», lächelte er Hillary an, «er kann es sich leisten, zu zahlen. Ich dagegen muß Drecksgeschäfte machen. Irgendwie muß ja auch ich schließlich leben.»

Lebhafter werdend, schloß er:

«So ist er also fort, was?»

Hillary nickte.

«Ist überhaupt irgendeiner von den Musikern in der Stadt?» fragte Alvin ziemlich verzweifelt.

Hillary nannte ihm die Namen einiger Musiker, die das Lokal frequentierten und möglicherweise noch nicht ihre Frühjahrs- und Sommerverträge abgeschlossen hatten.

«Nichts, nichts und wieder nichts», seufzte Alvin. Verbittert fragte er schließlich: «Na, wie schmeckt's, für die Schwarzen zu arbeiten?»

Alvin mußte auf die Antwort ein wenig warten. Hillary zog sich ins Künstlerzimmer zurück und legte die Platte von neuem auf. Als er zurückkam, sagte er:

«Mir gefällt's, hier zu arbeiten.»

Alvin ging langsam zur Tür.

«Good bye», sagte er und stolperte über die erste Stufe, so daß er fast hingefallen wäre. Im letzten Augenblick fing er sich noch auf und verschwand. Hillary setzte sich. Nie zuvor, seit er im «Sadik» tätig war, hatte ihn eine solche Wut gepackt wie jetzt. Eine verzweifelte, hilflose Wut, denn was konnte einer tun oder sagen, was diese scheußlichen Praktiken hätte ändern können? Gleichviel, irgendwer würde irgendwo und irgendwann einmal den Versuch unternehmen müssen, das zu ändern. Und was gab ihm eigentlich das Recht, so wütend zu sein? Was gingen ihn denn schließlich diese Alvins und diese Tolens und diese Cranes, ja sogar Leute wie Eagle und Keel an?

Einfach deshalb, weil ich ein Mensch bin, sagte er sich in ohnmächtiger Wut, deshalb empfinde ich so.

Aber warum, so fragte er sich weiter, gehst du denn gleich in die Höh, wenn einer fragt, wie es schmeckt, für die Schwarzen zu arbeiten?

Er stand rasch auf, ging wieder ins Nebenzimmer, warf eine Münze nach der anderen in den Automaten und drehte auf volle Lautstärke. Eine Garner-Platte wollte er hören, eine von Basie, besonders wegen des großartigen Bassisten Walter Page. Und eine Platte von Kenton, mit diesem aufregenden, lärmenden Blech. Dann ließ er eine Yards-Platte laufen und dann natürlich eine von Duke Ellington. Immer, wenn er eine Münze eingeworfen hatte, zog er sich in eine Ecke des Raums zurück, um zu lauschen, und stand immer wieder erst auf, wenn er eine neue Platte einlegte.

Er war so versunken in die Musik, daß er überhaupt nicht bemerkte, daß jemand eintrat.

«Hallo», rief Della, «warum sitzt du so gottverlassen da?» In ihrer Stimme lag Traurigkeit. Sie stand im Schatten, so daß er nicht gleich ihre Züge erkennen konnte, aber ihre Stimme erkannte er. Sie stand da, die Hände in den Taschen ihres lichtgrauen Regenmantels. Statt einer Antwort zuckte er die Achseln. Della zog ihren Mantel aus, warf ihn über einen Stuhl und setzte sich.

«Es war ein so schöner Tag heute», erklärte sie, «daß ich mich beeilte, um ein bißchen spazierenzugehen.»

«Wie geht's?» fragte Hillary.

Sie nickte und meinte, es ginge ihr gut, aber ihr Gesicht wirkte abgespannt. Einen Augenblick lang saßen sie still und lauschten der Musik. Es war nicht das erste Mal, weder hier noch auf ihren Spaziergängen zur Battery, daß sie alleine waren. Dreimal, dachte Hillary, so wie ein Junge die Besuche seiner mit Geschenken beladenen Großmutter zählt, dreimal waren sie zusammen gewesen, dreimal hatten sie miteinander geschlafen. Eigentlich ein euphemistischer Ausdruck, denn geschlafen hatten sie natürlich nicht und einander geliebt natürlich auch nicht. Selbst während ihrer Umarmung hatte er sie so weit fort von sich empfunden, wie sie es jetzt war, da sie ihm gegenübersaß. Sie erinnerte ihn an einen Traum, in dem ein Mann den ganzen Tag auf staubiger Chaussee stumpf dahinwandert, dann an einer Quelle Halt macht, um zu trinken, nicht etwa deshalb trinkt, weil er eine besondere Vorliebe für Wasser hätte, sondern einfach, weil sein Körper danach verlangt, und der dann weitermarschiert und nach ein paar Augenblicken bereits vergessen hat, daß er überhaupt eine Pause eingelegt hatte. Manchmal fragte er sich dann, wie es zwischen ihr und Keel stand. Sie hatte ungeachtet ihrer Beziehung zu Keel jedesmal in ihm ein Gefühl der Dankbarkeit für ihre Güte zu erwecken vermocht. Es war ein Gefühl, wie er es aus der Zeit mit Catherine gekannt hatte, einem Mädchen aus Fayetteville, die es mit jedem trieb, wenn er nur traurig genug dreinsah oder Pickel im Gesicht hatte, oder wenn man mit jemandem ging wie mit Angela, mit der man vor der Ehe gar nicht schlafen wollte, es zumindest nicht tat.

Jedesmal, wenn es vorbei war, war er gleich gegangen, förmlich dazu gezwungen durch Dellas unzweideutiges und schlecht verhohlenes Unbehagen, das sie in seiner Gegenwart empfand. Was, du bist noch immer da? schien ihr Gesichtsausdruck zu sagen.

«Worüber brütest du?» fragte Della.

«Über nichts, nichts», antwortete er, aber er wußte, daß er im nächsten Augenblick von sich und seinen Problemen würde reden müssen.

«Della?» sagte er und räusperte sich.

«Ja? Was gibt's?» fragte sie zurück. Hier im Lokal hatte ihre Stimme nicht den Unterton von Schuldbewußtsein, den er nachts aus ihrem Schlafzimmer kannte.

«Ich möchte mit dir reden. Moe Alvin war hier ...» Er sprach so leise, daß Della sich vorbeugen mußte, um ihn zu verstehen, und er sah, wie sie in seinen Zügen zu lesen versuchte.

«Ich will nicht wie ein Esel dastehen, aber hast du nicht, wie ich, ich gebe es zu, zuweilen Scham darüber empfunden, darüber ... darüber, daß du dich hier aufhältst?»

Er unterbrach sich und blickte sie ängstlich an, ohne sich dessen bewußt zu sein, daß er sich in seinem Stuhl etwas von ihr fortgeschoben hatte.

«Nun, mein Guter», begann sie behutsam und leise lächelnd, ohne ihn dabei anzublicken. «Wie meinst du das?»

Ihr Ton war ein wenig herablassend. Er preßte seine Lippen zusammen und hob energisch seinen Kopf.

«Alvin hat mich nämlich gefragt, wie es mir paßt, für Keel zu arbeiten.»

«So», sagte sie nur.

Hillary bemerkte, daß ihre Hände beim Öffnen der Handtasche zitterten. Sie zündete sich eine Zigarette an und blickte ihn erwartungsvoll an.

«Und das haben schon viele gefragt, und ich muß gestehen, mir ist wirklich ein wenig unbehaglich zumute, weil ich für Keel arbeite.»

Er konnte ihr jetzt nicht ins Gesicht sehen und starrte auf das rotkarierte Tischtuch vor sich.

«Ich brauche deine Hilfe, Della», sagte er, ohne aufzublicken.

«Sprich weiter», forderte sie ihn auf.

«Wir sind beide Weiße ...» sagte Hillary unbeholfen. Er blickte auf, ihre Augen waren jetzt eiskalt.

«Was meinst du mit ‹wir›, weißer Mann», murmelte sie und wußte bereits, was nun kommen würde.

Verzweifelt beschleunigte Hillary sein Tempo.

«Die zwei, Keel und Eagle, haben mich gerettet.»

Er machte eine vage Handbewegung und blickte Della ängstlich an.

«Natürlich sind sie furchtbar nette Menschen.»

Er versuchte sie anzulächeln.

«Um die Wahrheit zu sagen, die einzige Sache, die mir Keel vergällt, ist, daß er dich hat.»

Della warf einen Blick nach hinten, als ob sie wünschte, daß jemand eintrete, um ihr Gespräch zu unterbrechen. Eine Angewohnheit, die, wie Hillary beobachtet hatte, von fast allen, die ins Lokal kamen, geteilt wurde.

«Ich hab eine ganze Menge hier gelernt. Ich komm mit allem besser zurecht als früher.»

«Und?» sagte sie und tippte ihre Asche in den Aschenbecher.

Hillary war nervös, fuhr aber dennoch fort:

«Trotz der Wahrheit, die ich verstandesmäßig zugebe, nämlich daß Keel und Eagle mir in gewissem Sinn überlegen sind, gefühlsmäßig kann ich das nicht akzeptieren. Deshalb verursachen mir Leute wie Moe Alvin Unbehagen, wenn sie mir zu verstehen geben, daß ich weniger bin als sie.»

«Du meinst also wirklich, daß sie dir überlegen sind?»

«Ich wäre einfach nicht imstande, das zu ertragen, was sie tagtäglich zu ertragen haben, und trotzdem noch weiterleben zu wollen.»

Er sah in Dellas Augen einen Funken ihrer alten Vertrautheit.

«Ich glaub, Faulkner hat das irgendwo gesagt. Sie halten es aus. Sie halten die Alvins aus, die Cranes, die Tolens, die neugierigen Touristen, die heute abend hier hereinströmen werden. Sie halten sich selber aus. Ich, ich könnte das nicht.»

Hillary machte mit seinem Kinn eine Bewegung in die Richtung seines Zimmers.

«Manchmal, wenn ich hier Feierabend gemacht habe und alle gegangen sind, liege ich in meinem Zimmer, oft betrunken, aber in der letzten Zeit häufiger nüchtern, und ich danke meinem Herrgott dafür, daß er mich weiß geschaffen hat.»

Er ließ seinen Kopf wieder sinken.

«Es ist wie in der Armee. Den Jungen neben dir trifft's, und du bist verdammt froh, daß es nicht dich getroffen hat. Anders kann man nicht weitermachen. Du rechnest damit, daß der andere die Prügel bezieht.»

Er beobachtete, wie sie einen Lungenzug machte.

«Ich bin mit einem Schwarzen aufgewachsen. Borden hieß der.»

Er machte eine Pause, dann sagte er:

«Der hat mich nicht gehaßt.»

Della drückte ihre Zigarette etwas gewaltsam aus.

«Woher willst du das so genau wissen?»

Sie setzte wieder dieses gewisse tolerant mokante Lächeln auf, das sie für gewöhnlich für ungehobelte Gäste bereithielt.

«Wahrscheinlich weiß ich's wirklich nicht.»

«Dann bist du also erst später auf diesen Haß gestoßen?»

Sie lachte kurz auf.

Hillary nickte, dann runzelte er die Stirn. Er rutschte auf seinen aufgestützten Ellbogen weiter nach vorne auf der Tischplatte und schien zu dem Aschenbecher zu sprechen, den Della mit zwei Fingern umspannt hielt. «Ich glaube, ich hielt mich für so smart, weil ich ihre Sprache sprechen konnte und sie verstand, und ich ging auch gern auf schwarze Dancings und tanzte mit schwarzen Mädels ...»

Er lachte, es war herzerwärmend, an diese problemlosen Jugendtage zurückzudenken.

«Sie waren die einzigen, die richtig tanzen konnten.»

«Das brauchst du mir nicht zu erklären.» Sie sagte das lächelnd, und Hillary wußte, daß es diesmal ehrlich gemeint war.

«Wir verjagten dann die Negerjungen, kannst du dir ja vorstellen. Wir platzten beinahe vor Stolz, weil die Mädchen nach uns fragten, wenn wir nicht auftauchten.»

Hillary schüttelte den Kopf.

«Mit denen kam dieses unbehagliche Gefühl nicht auf, das wir heute haben.»

«Menschenskind, jemanden akzeptieren heißt schon fast ihn verstehen», sagte sie.

Keel nennt sie niemals «Menschenskind», fuhr es ihm durch den Kopf und er blickte sie an.

«Psychoanalyse für Sozialarbeiter, was?» witzelte er.

«Weich gefälligst nicht aus. Jetzt bin ich an der Reihe. Hab dir schließlich gut zugehört.»

Hillary nickte.

«Schieß los.»

«Die Menschen hassen, weil sie gehaßt werden. So einfach ist das. Nimm den ursprünglichen Haß fort, und der Gegenhaß verschwindet ebenfalls. Aber wer soll Leuten wie meinem Keel» – Hillary zuckte zusammen – «und Eagle und all den anderen sagen: ‹Schau gut her, Mensch, der Haß ist fort!› Man hat ihnen das so oft erzählt, und das Ergebnis kennst du ja. Und worüber wir sprechen, ist eben dieses Ergebnis.»

Sie schüttelte den Kopf.

«Nein, ich fürchte, wenn der Haß einmal fort sein wird – und diese Möglichkeit allein hält mich aufrecht, nicht die Tatsache, daß immer wieder einer dem anderen den Schwarzen Peter zuschieben kann –, ich fürchte, Keel und Eagle und all die anderen werden es dann erst mühsam und allmählich erlernen müssen, daß dem so sein wird. Wechselwirkung.»

Warum, so fragte sich Hillary, besteht sie darauf, so mit mir zu reden? So als wenn gar nichts zwischen uns vorgegangen wäre? Und dabei hat sie wieder gezittert. Der Aschenbecher zwischen ihren Fingern schlug gegen die Tischplatte.

«Du sitzt da, Menschenskind, und prahlst mit den herrlichen Zeiten, die du mit Negern verbracht hast.»

Sie lehnte sich zurück und setzte ein gekünsteltes Lächeln auf.

«Wie reizend», sagte sie bissig. «Und jetzt werde ich dir erzählen, wie die Sache sich mit mir verhält.»

Sie kramte wieder in ihrer Handtasche und holte eine Zigarette heraus. Hillary bot ihr ein Streichholz an, aber sie wehrte ab.

«Ich hatte keine Neger als Spielkameraden in der Kindheit.»

Sie hielt inne, er sollte das erst einmal kapieren. Dann fuhr sie fort:

«Doch kannte ich im College ein paar Neger. In meinen Augen waren sie einfach Menschen, und ich vermied es, von ‹Negern› zu sprechen, so wie andere es vermeiden, von ‹Juden› zu sprechen, weil diese Ausdrücke nur gemeine Etiketten sind. Keel ist nichts Exotisches für mich.»

Sie lehnte sich wieder zurück und sah ihn überlegen an.

«Ich weiß, was du jetzt denkst. Manchmal steht's dir im Gesicht geschrieben. Ich hatte einen besonderen Grund, warum ich mich mit dir einließ –»

«Ich weiß», sagte Hillary und errötete. «Ich hab dir leid getan. Aber nachher hast du mich gehaßt.»

Della öffnete ihren hübschen Mund. Sie wollte ihm sagen, daß eigentlich sie und Keel ihm hätten leid tun müssen, aber dann ließ sie es sein. Der Angriff, den sie vorgehabt hatte, war bereits durch seine Feststellung kraftlos geworden.

Sie sagte einfach und wiederholte damit nur, was unglaubwürdig klingen mußte:

«Ich liebe Keel, ich liebe ihn tief. Aus all den Gründen, aus denen eine Frau einen Mann eben liebt. Ich möchte seine Hand halten, aber ich tue es nie. Es ist wie eine stillschweigende Abmachung zwischen uns. Die Leute stieren uns an, und das geht zumeist so vor sich: Irgendein Weibsstück entdeckt uns, uns, das ungleiche Paar, und dann stößt die ihre Begleiter an, und alle glotzen sie mich an, mustern mich von oben bis unten, von vorn und hinten und starren mir schließlich unverschämt ins Gesicht.»

Hillary senkte rasch die Augen. Auch er hatte zuweilen so gehandelt. Dann blickte er sie scheu von der Seite an, ob sich in ihrem Gesicht etwas lesen ließe.

«Manchmal blicken sie mich geradezu angewidert an, manchmal völlig ausdruckslos und manchmal», fuhr sie fort, und Hillary war sicher, daß sie eigentlich mehr zu sich selbst sprach, «manchmal scheint etwas wie Ermutigung in ihrem Blick zu liegen, das kommt freilich nur höchst selten vor. Manche Frauen starren wie die Tiere, schließlich ist Keel ein gut aussehender Mann.»

Innerlich mußte Hillary dem zustimmen.

«Auch die Männer schauen mich an, aber für gewöhnlich besehen die sich Keel eingehender. Sie sehen ihn an, als wäre er irgendwie gezeichnet.»

«Kannst du dich denn nicht daran gewöhnen?»

«Keel hat sich nie daran gewöhnt.»

«Und du?»

«Ich nehme es zur Kenntnis. Aber ich lasse es Keel niemals merken, daß ich mich jedesmal ebenso getroffen fühle wie er.»

Während sie einen tiefen Zug aus ihrer Zigarette machte, fragte sich Della, ob sie eigentlich sentimental geworden sei. Es tat ihr wohl, sich einmal aussprechen zu können.

«Keel glaubt, und glaubt das in allem Ernst, daß unser Hand-in-Hand-Gehen in aller Öffentlichkeit etwas Provozierendes an sich hätte. Daß das eine Gefahr bedeuten könnte, er leicht getötet werden könnte oder am Ende er sich hinreißen ließe und selbst jemanden umbrächte.»

Hillary dachte zurück an die gemischten Paare, die ihm begegnet waren. Manche waren Hand in Hand gegangen, die meisten freilich nicht. Meistens sah sich das an, als wären Mann und Frau durch einen unsichtbaren Zaun getrennt.

«Wie darf ich es mir herausnehmen, meinem Keel zu sagen, daß er unrecht hat. Ich kann es ja auch nicht wissen. Einmal sind wir über den Times Square gegangen, und da hat ihm einer von diesen Dreckskerls aus dem Süden ins Gesicht gespuckt. Ich habe es nicht bemerkt und erfuhr es erst ein paar Tage später. Aber so ist das eben.»

Sie beugte sich vor und lächelte ihn an, aber es war ein verquältes Lächeln.

«Da sitzen wir nun und reden und reden, und niemand kann sagen, ob du eines schönen Tages nicht genötigt sein wirst, auf die andere Straßenseite zu gehen, um nicht dasselbe zu tun. Könnte sein.»

«Hör auf, Della», sagte Hillary scharf, «das geht denn doch ein bißchen zu weit.»

«Aber es steckt eben auch in dir.»

«Eine einzige Sache will ich zugeben.»

Dellas Lächeln war verschwunden. Sie wartete.

«Ich denke jeden Augenblick daran, wie sehr ich dich für mich haben möchte.»

Della schob ihren Stuhl etwas abrupt zurück, stand auf und zerdrückte ihre Zigarette im Aschenbecher. Die Asche flog daneben.

«Ich vergaß, dir von den weißen Lumpen zu erzählen, die mich zuweilen in Keels Gesellschaft sehen.»

Sie hatte ihre Stimme nicht mehr ganz in der Gewalt. Sie stand jetzt hoch aufgerichtet und riß ihre Handtasche an sich.

«Sie machen mir Anträge und machen Andeutungen über Keel, sie glauben, ich sei ein Flittchen, und ich weiß, daß sie mich nur deshalb haben wollen, weil Keel mich gehabt hat. Pathologisch sind die.»

Sie warf ihm einen eisigen Blick zu. Mühsam brachte sie noch heraus:

«Sie machen mich wahnsinnig. Ich könnte schreien!»

Sie rannte in die Küche und schmetterte die Tür hinter sich zu. Hillary stand auf und rief:

«Della, Della! So hatte ich es doch nicht gemeint ...!»

Er hielt inne und hörte sie schluchzen. Er ging zur Tür und wollte die Klinke niederdrücken.

«Untersteh dich hereinzukommen, ich bring dich um.»

Hillary hörte sie mit dem Besteck klappern und blieb draußen.

«Della, ich hätte das nicht sagen sollen! Entschuldige bitte!»

Er drehte sich rasch um. Um Gottes willen, wenn jetzt Keel hereinkäme!

«Was ich gemeint habe, war, daß ich dich für mich haben möchte, aber doch nicht so, wie du es aufgefaßt hast!»

Er wartete und lauschte. Wenn nur jetzt Keel nicht kommt! Er horchte von neuem, hörte ihr Schluchzen und überlegte, was sie gesagt hatte. Einen Augenblick lang fragte er sich, ob das vielleicht wirklich der Grund war, warum er sie begehrte. Der Gedanke machte ihn ganz krank. Dann raffte er sich zusammen und fragte durch die Tür:

«Kann ich irgend etwas für dich tun?»

«Nein.»

Ihr Schluchzen war abgeebbt.

«Della, ich bitte dich, komm doch raus. Es tut mir wirklich leid.»

«Du Idiot, merkst du denn nicht, daß ich meinetwegen heule, aus Gründen, von denen du gar nichts wissen kannst. Ich hab dir ja das Recht gegeben, so etwas zu sagen, weil –»

Das Weinen und Schluchzen begann von neuem. Hillary zog sich in sein Zimmer zurück und warf sich aufs Bett.

Später würde er sich einen Drink leisten und sich danach hoffentlich besser fühlen.

9

An diesem Abend begann sich das «Sadik» früh zu füllen. Es herrschte eine Unruhe auf den Straßen, die es nur in New York gibt, wenn die Leute merken, daß der Frühling einzieht. Aus dem polnischen Klub, ein paar Häuser entfernt, drang Polkamusik. Halbwüchsige, bereits in Sandalen und Shorts, waren in ganzen Rudeln mit ihren Congas und Bongos unterwegs, um Ausschau zu halten nach Plätzen, wo sie ungestört spielen konnten. Für das «Sadik» hatten sie im Vorüberrennen kaum einen Blick. Die puertoricanischen Männer des Blocks standen irgendwo beisammen, abwechselnd lehnte sich immer ein anderer gegen die Stange einer Parkverbottafel, und schwatzten drauflos in ihrem Kolonialspanisch. Die Jüngeren von ihnen trugen ihre Nationaltracht mit den typischen Stickereien. Der Crosstown-Bus, der vorbeidonnerte, war vollgepfercht, denn die attraktiveren Teile des Village lagen jenseits, im Westen. Kam der Bus zurück, war er gewöhnlich zu drei Vierteln leer. Auf den Stufen der Häuser hockten die alten Leute und genossen das Schauspiel, das die Straße bot. Kinder spielten und balgten sich, versöhnten sich und begannen von neuem zu balgen. Im Schnapsladen, vom «Sadik» ein paar Häuser entfernt, drängte sich die Freitagabendkundschaft. Weinkenner, Touristen, die ihre Flaschen in den Seitentaschen mitbrachten und die Barmänner in den Lokalen dadurch um ihren Gewinn bringen wollten. Smarte Arbeiter aus besseren Gegenden, etwa aus der Madison Avenue, die für Weekendparties hier billigen Schnaps einkaufen wollten, um ihn dann in Flaschen mit Markenetiketten umzufüllen. Auch David Hillary war hier Kunde. Schon waren die Straßen angefüllt mit Wagen, die nur langsam vorwärtskriechen konnten und deren Nummernschilder bewiesen, daß sie weder aus der Stadt noch aus dem Staat New York kamen. Aus manchen Autos sahen Leute betont gleichgültig heraus, es gehörte in New York einfach zum guten Ton, möglichst unbeteiligt zu wirken, und die von auswärts kamen, machten das nach. Irgendwo an der Third Avenue raste die Feuerwehr, ihre Sirenen jaulten bösartig. Ein paar Kinder schossen zur nächsten Ecke und blieben so lange stehen, bis die Feuerwehr nicht mehr zu sehen war. Ein Polizeiauto, schwarz-weiß und grün, mit seinem sich drehenden Alarmlicht, raste die Straße hinunter, nahm mit quietschender Bremse die Ecke und jagte der Feuerwehr nach.

Der Lärm der Autos und der Menge drang durch die offene Tür des Lokals. Auf jedem Tisch war eine Kerze bereits angezündet, und die winzigen orangefarbenen Flämmchen züngelten in den verschiedenen farbigen Glaskugeln. Es sah aus, als wenn die Windgläser bebten. Ein paar Musiker waren bereits da, sie hörten sich Platten an und tranken Kaffee oder Alkohol aus Bechern, die sie zu ihren Arbeitsplätzen mitzubringen pflegten. Nun, da der Frühling gekommen war, hatten fast alle von ihnen Arbeit in der Stadt oder den Vorstädten. Es gab Geld, und Geld bedeutete für gewöhnlich Whisky. Einige Pärchen, die das Village erforschen wollten, machten im «Sadik» halt, bestellten «American Coffee» und blickten höflich umher in Erwartung der Bongo-Spieler und der Poeten. Andere Pärchen aus der Nachbarschaft, die bloß ausgegangen waren, weil es ein schöner Freitagabend war, studierten sorgfältig die Menükarte und suchten nach etwas Exotischem, das der Atmosphäre des Lokals entsprechen sollte.

Das Geschäft ging gut und würde später noch besser gehen.

Hillary erwiderte Keels Lächeln. Er war gerade aus seinem Zimmer herausgekommen, wo er sich einen guten Schluck Rye genehmigt hatte. Aus irgendeinem Grunde schien Keel in besserer Laune zu sein. Während der letzten Wochen war er manchmal kurz angebunden gewesen, zuweilen ganz in sich gekehrt. Della, so erinnerte sich Hillary, war nicht jeden Abend gekommen, und manchmal, wenn sie da war, hatte Keel sie nicht nach Hause gebracht. Hillary zählte nach, drei solche Abende hatte es in der letzten Zeit gegeben.

«Du solltest besser auf dich aufpassen, Prof», sagte Keel, als er an ihm vorbeiging. «Es ist doch noch recht früh am Abend. So gesoffen hast du die letzten zwei oder drei Wochen nicht mehr. Ist dir was über die Leber gekrochen?»

Hillary schüttelte den Kopf und übernahm von Della eine Bestellung auf zwei Cappuccinos mit türkischem Honig. Della fügte nichts weiter hinzu, und Hillary brachte die Getränke aus der Küche.

Crane und Tolen traten ein und begaben sich in das Künstlerzimmer, wo sie sofort in eine Fachsimpelei mit Kilroy, Back-

Es gab Geld…

...und Geld bedeutete Whisky. Und Whisky bedeutete... Nun ja, man kann alles in Wasser ertränken, nur seine Sorgen nicht.

Benjamin Franklin hat einmal gemeint, Sorgen vertreibe man besser durch Arbeit als mit Whisky. Aber es ist keine Frage, was besser schmeckt.

Zu dumm nur, daß man um so mehr Sorgen bekommt, je weniger Geld man hat.

ground und einem kleinen Mann mit goldgefaßter Brille gerieten. Background spielte alle Saiteninstrumente: Kontrabaß, Cello, Bratsche und Geige. Er hatte diesen Spitznamen bekommen, weil er alle eigentlich nötigen, aber in der Partitur nicht aufgezeichneten Töne durch Pfeifen ergänzte. Der Lärm ihrer Unterhaltung schwoll so an, daß man bald die Platten nicht mehr hören konnte. Keel und Della schlängelten sich geschickt zwischen den Tischen durch, auf ihren Gesichtern spielte das flackernde Kerzenlicht.

Hillary setzte seine Füße etwas merkwürdig auf, als ob er durch Morast zu waten hätte. Della beobachtete ihn besorgt.

Und Keel beobachtete das gleichfalls. Aus irgendeinem Grund war es ihm heute egal, daß Hillary betrunken war und offenbar immer betrunkener wurde. Vielleicht war das so gekommen, weil der Frühling ausgebrochen war, oder vielleicht (und das kam der Wahrheit näher) hatte es mit dem zu tun, was zwischen ihm, Keel und Della vorging. Es war besser zwischen ihnen geworden. Er vermochte wieder ihre Liebe zu spüren, ihre Besorgnis um ihn. Dieses Gefühl pflegte bis zum Abend bei ihm anzuhalten, bis zu dem Augenblick, in dem er sich vorstellte, daß er mit ihr zusammen sein werde. Dann verschwand es, traurig wie ein nächtlicher Nebelfetzen, der vom Winde verweht wird. Keel ging ins Künstlerzimmer, wo Crane sich gerade mit Background unterhielt.

Background war einer von jenen Musikern, die in jedem Katalog von Charles Delaunys Musikzeitschrift «Discographie», in jeder Nummer und auf jeder Seite erschienen. Er hatte praktisch mit jedermann irgendwann gespielt und galt noch immer als kompetent. Zuweilen konnte er sich noch zu erstaunlicher Virtuosität aufschwingen und durch sein geistvolles und schwungvolles Spiel sein Publikum mitreißen. Einmal hatte er sogar Feather zu beweisen versucht, daß der große Mingus bei ihm, Background, gelernt habe.

Keel flüsterte Kilroy zu:

«Versucht dieser Kerl noch immer, dich auf Lester scharfzumachen?»

Kilroy lächelte. In den Augenblicken, in denen er nicht sein Clownsgesicht aufsetzte, hatte er einen wirklichen Charakterkopf, ein altes und verwittertes Gesicht.

«Kapier das doch endlich, so ein Kerl gibt nie auf.»

Kilroy sah auf und lächelte Crane an, der etwas gezwungen zurücklächelte, aber Keel bemerkte sehr wohl, daß der Kritiker durch die Unterbrechung seiner Unterhaltung peinlich berührt war.

«Mach Moneten, Background, mach Moneten», brummte Keel.

Rod Tolen blickte auf und wehrte ab. «Menschenskind, wie du redest, gewisse Dinge sind für Geld einfach nicht zu kriegen.»

«Crane wird damit schon allerhand einhandeln!» Background kicherte.

«Verdammt wahr», meinte Keel.

Tolen höhnte: «Wozu brauchst du eigentlich Geld, Background? Du hast es doch nicht nötig. Bist nicht verheiratet, hast für keine Alte zu sorgen, und trinken tust du auch nicht soviel.»

Background und Kilroy tauschten vielsagende Blicke. Dann wendete sich Background zu Tolen:

«Ich kauf mir garantiert ein paar Revolver, sag ich dir. Und dann knall ich diese Lumpen einfach ab, wenn wir wieder einmal in der Scheiße sitzen.»

Eine Stille entstand. Keel versuchte zu lächeln. Er kannte Background gut. Wenn es etwas gab, was diesen Musiker in Wut bringen konnte, dann war es ein Weißer, der ihm erzählen wollte, er, Background, benötige kein Geld. Tolen hätte das wissen müssen.

«Jawohl, das ist es, was ich tun werde», sagte Background in das Schweigen hinein. «Eine Pistole kauf ich mir. Wenn man so alt geworden ist wie ich und so viel erlebt hat, dann weiß man, daß all diese Redereien und all diese Verträge zu nichts und wieder nichts führen.»

Er lächelte und wendete sich an Crane:

«Na, was hatten Sie da zuletzt gesagt?»

Vorne im Hauptraum des Lokals kehrte Hillary zum drittenmal zu einem Tisch zurück, um nach der Bestellung zu fragen. Er konnte sich nicht erinnern, ob dieses Paar in mittleren Jahren, offensichtlich keine New Yorker, Kaffee oder Wiener Würstchen bestellt hatten. Er entschuldigte sich umständlich und benahm sich so unbeholfen, daß er fast das Tischtuch heruntergerissen hätte und es ihm nur im letzten Augenblick gelang, die brennende Kerze aufzufangen. Die Frau schrak vor seiner Whiskyfahne zurück.

Als Della das sah, kam sie ihm zu Hilfe und nahm selbst die Bestellung entgegen.

«Ins Bett mit dir», flüsterte sie ihm zu.

Unsicheren Schritts und sehr benommen schleppte er sich in sein Zimmer, trank seine Flasche völlig leer und horchte auf das Stimmengewirr, das immer lauter wurde. Nur am Vibrieren des Plattenspielers merkte er, daß die Musik noch nicht abgestellt war. Einmal hörte er Kilroys Stimme heraus, der überlaut und rasch sprach. So vergnügt wie Kilroy sollten sie alle sein, dachte Hillary. Kilroy fand offenbar auch Vergnügen daran, sich in laute und schreiende Farben zu kleiden, und spielte sich gerne als Clown auf.

Unruhe überkam plötzlich Hillary, und er begann nervös das Geld zusammenzuzählen, das er von Keel erhalten hatte. Das war nicht wenig. Wenn er jetzt ein bißchen an die frische Luft käme, würde das die Benommenheit vertreiben. Schließlich waren es doch nur ein paar Drinks gewesen, um den Nachmittag mit Della fortzuspülen. Und er war auch schon lange nicht an der Battery gewesen, wie er es sich vorgenommen hatte. Ein Spaziergang würde ihm jetzt guttun.

Natürlich, er mußte immer damit rechnen, daß Keel wütend werden konnte. «Während der Arbeit kein Alkohol», hatte er angeordnet. Aber, so überlegte Hillary, er war schließlich die meiste Zeit nüchtern gewesen. Keel konnte ihn auch auffordern, weiter hier wohnen zu bleiben, sofern er das wünschte, und nicht mehr zu arbeiten. Alles egal, es war schließlich Frühling.

Hillary rappelte sich zusammen und schob die Geldscheine zur Sicherheit tiefer in seine Hosentasche. Er stolperte gegen die Tür, torkelte zurück, öffnete sie und machte ein paar schlurfende Schritte hinaus. Er bemühte sich aufrecht zu gehen, verlor aber sein Gleichgewicht, stieß gegen einen Tisch, fing sich auf und bemühte sich, die Ausgangstür zu erreichen. Den Versuch, nüchtern zu wirken, hatte er aufgegeben.

Della eilte ins Künstlerzimmer, um Keel das zu berichten.

«Offenbar muß er manchmal ein paar kippen, Baby.»

«Aber so hat er sich seit Wochen nicht aufgeführt.» Ekel lag in ihrer Stimme.

«Vielleicht hat es irgend etwas gegeben, was ihn so aus dem Gleichgewicht geworfen hat. Werd ihn mir später vornehmen.»

«Hoffentlich passiert ihm unterwegs nichts», sagte sie.

«Nicht unmöglich. Aber irgendwas muß doch geschehen sein. Hat er vielleicht was Unangenehmes vom College gehört? Haben die ihm vielleicht abgesagt?»

«Nein, Baby, ich bin schuld.»

Keel sah sie ausdruckslos an.

«Was meinst du?»

«Wir haben eben miteinander gesprochen.»

Keel setzte ein gezwungenes Lächeln auf.

«Ein Gespräch zwischen Weißen?»

Della nickte.

«Ein Gespräch zwischen Weißen», wiederholte sie bitter.

«Einmal mußte das kommen», meinte Keel seufzend. «Was hast du ihm da angetan?»

«Wir haben einfach miteinander gesprochen. Nur so.»

«Okay, Baby. Sorg dich nicht. Wie gesagt, ich werd ihn mir später vornehmen.»

Della verschwand wieder in der Küche, und Keel sah ihr lange nach.

Draußen schwankte Hillary zur nächsten Straßenecke, wo die alte Blumenhändlerin gerade ihren Laden öffnete. Der diensthabende Polizist, der an der Mauer lehnte, sah ihn vorbeitorkeln. Er hatte kurz vorher seinen Dienst angetreten, und es blieben ihm noch fünf Minuten, ehe er der Polizeistation telefonisch seinen Rapport zu erstatten hatte. Danach würde er diese Ecke schleunigst verlassen, denn wenn er bliebe, würde er drei von fünf Personen wegen Trunkenheit arretieren müssen.

Mit wirrem Haar und mit offenem Mund, so, als bekäme er nicht genug Luft, torkelte Hillary weiter, vorbei an einer kleinen Bar, aus der Jazzmusik drang. Er stützte sich mit beiden Händen gegen das Schaufenster, um hineinzublicken.

«Lumpen», murmelte er.

Die Musik klang süß und gut gemacht, war aber hohl und leer.

Gegenüber befand sich noch eine Bar mit kaputtem Ziegelfußboden und billigen Schnäpsen auf den Regalen. Die Freitagabend-Boxkämpfe liefen auf dem Bildschirm, und Hillary wurde nicht weiter beachtet, als er eintrat. Der junge Barmann gab ihm einen Doppelkorn. Hillary wischte sich über den Mund und beobachtete, wie auf dem Bildschirm der weiße Boxer in schwarzer Hose den schwarzen Gegner in weißer Hose in die Ecke trieb. Beifall erhob sich, Hillary verließ das Lokal.

Stoßzeit hatte eingesetzt, eine ununterbrochene Kette von Autolichtern und Geräuschen. Über der Straße schaukelten die Bogenlampen, da und dort standen ein paar armselige Bäumchen. Hillary kam an der Heilsarmee vorbei und grinste. Dort, wo Houston Street und Bowery zusammenlaufen, saßen irgendwo in einer Ecke ein paar Männer herum, ein morgendlicher Sklavenmarkt. Kleinere Arbeitgeber, auf der Suche nach Hilfsarbeitern, würden irgendwann vorfahren und sich die Kräftigsten und die, die am wenigsten besoffen sein würden, heraussuchen. In der ganzen Houston Street waren die Geräusche der Bocca- und Handballspieler zu hören.

Auf dem Weg durch Chinatown starrten ihn junge Chinesen an, ohne eine Miene zu verziehen. Weiße, die gerade auf dem Weg zu ihrem Dinner waren, blickten durch ihn hindurch, als wäre er Luft. Hillary spürte, daß sie sich gerade hier, in diesem Viertel, seiner schämten. Er verließ Chinatown wieder und geriet in die Gegend der großen, dunklen Hochhäuser, der Gerichtsgebäude und der städtischen und staatlichen Ämter. Er überquerte die Straße zu einer einsam liegenden Bar, nahm auch dort wieder einen Doppelkorn, den ihm ein angewiderter Barmann zuschob, und setzte sich dann auf eine der Bänke am Foley Square. Dort döste er etwa eine Stunde lang.

Als er erwachte, merkte er, daß seine Hose naß war, und er mußte auch sofort scheißen gehen. Er kehrte in die Bar zurück und merkte zu seiner Überraschung, daß er nicht mehr taumelte. Er wusch sich in der Toilette und striegelte sich sein Haar zurück, dann verließ er das Lokal in Richtung Uptown. Er war ziemlich entsetzt über sich. Er hatte seine Hose vollgemacht und ruiniert. Schon einen anderen in dieser Verfassung zu sehen, wäre peinlich genug gewesen. Aber daß ihm selbst das passiert war, das war ein richtiger Alptraum. Er schlug ein schnelleres Tempo an, lief wie im Hundetrott die leeren Straßen entlang. Er roch den Uringestank an sich, fühlte die kalte Feuchtigkeit seiner Hose, die an seinen Beinen klebte. Nicht einmal Eagle hätte so was passieren können. Wohin, so fragte er sich, konnte er in diesem Zustand gehen? Zurück ins «Sadik», naß und stinkend das Lokal durchqueren, um in sein Zimmer zu kommen? Von allen, auch von Della gesehen zu werden? Ausgeschlossen.

Er verlangsamte seine Schritte. Nein, dann schon lieber weitertrinken. Er spielte ein wenig mit diesem Gedanken, aber dann fiel ihm der Augenblick ein, in dem er die Kontrolle über seinen Körper verloren hatte, und er verwarf ihn sofort wieder. Vielleicht sollte er zu Eagle gehen? Dort könnte er sich eine Hose von Eagle ausborgen, sofern der überhaupt eine zweite besaß. Auf jeden Fall würde sie ihm zu weit sein. Er begann sich jetzt etwas besser zu fühlen und ging wieder schneller, ohne zu bemerken, daß Keel ihm entgegenkam.

«Prof, wie geht's denn?»

Hillary fuhr zusammen. Verflucht noch einmal, dachte er. Dieser Kerl versucht Gott zu spielen und taucht so einfach aus dem Nichts auf. Er brummte etwas Unverständliches.

«Was hast du gesagt?»

Keel hatte kehrtgemacht und ging nun an seiner Seite. Er bemerkte die durchnäßte Hose, machte aber keine Bemerkung darüber.

Hillary latschte weiter.

«Ich bin ein wenig erstaunt über dich. Hatte mir vorgestellt, du wärest sternhagelvoll.»

Hillary schlurfte weiter, ohne eine Antwort zu geben.

«Ich wollte ohnedies mit dir reden», sagte Keel. «Hatte mir gedacht, ich müßte dich erst nüchtern machen. Zeit zum Reden hab ich genug.»

Hillary blieb stumm.

«Della hat sich um dich Sorgen gemacht.»

Jetzt blickte Hillary ihn an.

«Ist sonst nicht ihre Gewohnheit.»

Auch darauf blieb Hillary eine Antwort schuldig, Keel juckte es, ihm eine herunterzuhauen.

«Sie braucht sich nicht um mich zu sorgen», meinte Hillary schließlich.

«So ist sie nun einmal. Halt! Wart gefälligst auf das Grünlicht.»

Sie standen schweigend an der Straßenkreuzung, bis das Grünlicht kam. Dann setzten sie ihren Weg fort. Sie hatten gut zehn Häuserblocks hinter sich gebracht, ehe Keel fragte:

«Wie geht's dir jetzt?»

Vielleicht war es der Ton, in dem Keel gefragt hatte, oder etwas in Hillarys Innerem, was gerade in dem Augenblick, da die Frage gestellt wurde, nach Hilfe schrie. Vielleicht aber war es einer der seltenen Augenblicke im Leben eines Menschen, in dem Verstandenwerden eben wie ein Blitz einschlägt.

«Ich bin», sagte Hillary schließlich, «nur müde, sehr, sehr müde, aber ich bin froh darüber, daß du hier bist, und froh darüber, daß Della sich Sorgen um mich macht, obwohl sie das eigentlich nicht tun sollte.»

Keel antwortete nicht. Er dachte daran, daß er noch vor wenigen Augenblicken sich hatte zurückhalten müssen, ihm nicht ins Gesicht zu schlagen.

«Ich fühle mich wie ein Idiot, daß ich dir das sage», gestand Hillary, «aber ich bin froh, daß ich es getan habe.»

«Ich auch», sagte Keel. «Ich weiß nicht, warum wir manchmal nicht den Mut aufbringen, auszusprechen, was wir fühlen.»

«Ich fange an zu begreifen, warum.»

«Wirklich?»

«Ja.»

«Dann müssen wir unbedingt miteinander reden. Heute abend noch. Wollen wir jetzt zu Eagle hinaufgehen?»

Hillary lächelte im Dunkeln. Natürlich, Keel hatte sofort begriffen, daß er nicht in diesem Zustand ins «Sadik» zurückwollte und sich bei Eagle gern ausruhen würde. Dieselbe Dunkelheit, die sein Lächeln unsichtbar gemacht hatte, verbarg nun auch sein Stirnrunzeln. Er überlegte, ob er sich vielleicht nur deshalb so besoffen hatte, damit Keel ihm zu Hilfe käme? Nein, es war dieses Gespräch mit Della, das ... Aber wollte er denn irgend etwas testen, und wenn, warum dann?

«Rotlicht», warnte Keel wieder.

«Ich paß schon auf», sagte Hillary gereizt. «Ich kann ja selbst sehen, daß rot ist.»

Keel sah ihn etwas befremdet an, dann überquerten sie die Straße.

10

Keel saß und wartete geduldig, während Hillary herumstolperte, erst ins Badezimmer, dann zu Eagles Wandschrank, wo er nach einer Hose suchte. Das kleine Appartement schien ohne Eagle darin ungeheuer groß und leer. Keel dachte, wie leer fast alles ohne Eagle sein würde.

Hillary fand schließlich eine Hose, sie war gestreift. Eagle hatte eine Vorliebe für Gestreiftes und Kariertes, Farben und Muster konnten für ihn nie schreiend genug sein. Die Hose war Hillary um die Hüften und um das Gesäß viel zu weit, er blickte kläglich grinsend an sich herunter, als er sich neben Keel setzte.

«Bißchen weit», sagte er.

«Ja, er ist korpulenter, als er aussieht», bemerkte Keel.

Eine Stille entstand, beide rauchten.

«Wohin gehen wir nun von hier?» fragte Keel schließlich.

«Weiß nicht.»

«Du bist aber heut abend in einem scheußlichen Zustand gewesen.»

«Ja, ich weiß.»

«Sternhagelvoll.»

Hillary blickte ihn an. Keel rieb sich das Kinn.

«Ich kann dich nicht raussetzen.»

Hillary blieb stumm.

«Wußtest du das?»

«Ich dachte, du kannst mich rausschmeißen, wann immer du dazu Lust hast.»

«Hab ich auch gemeint.»

«Ich fürchte, ich war stockbesoffen.»

«Gibt es einen Grund dafür, ist dir irgend etwas zugestoßen?»

Keels Gesichtsausdruck verriet nichts.

Hillary drückte seine Zigarette aus.

«Nein.»

«Ich hab mich gewundert», sagte Keel, «wie gut du dich in den letzten Wochen gehalten hast. Da muß doch irgend etwas passiert sein, was dich so umschmeißen konnte.»

«Ich hab in meinem ganzen Leben noch nie zuvor so gelebt wie jetzt», gestand Hillary. «Manchmal bringt es mich ganz aus der Fassung, die Leute hier, was da vorgeht, der Haß, die Verzweiflung, die Liebe, auch die Liebe. Ich kann das alles nicht verkraften.»

«Das ist es eben», sagte Keel. «Du gehörst nicht hierher. Was gibt's da viel zum Verkraften? Man lebt, man versucht gar nicht erst, sich zu fragen, warum.»

Hillary dachte, warum will er mir Angst einjagen?

Und auch Keel dachte, ich versuche ihm Angst einzujagen, warum eigentlich?

Dann kroch langsam in ihm selber die Angst hoch, und er wußte die Antwort. Er spürte, daß da irgend etwas zwischen Hillary und Della vorging, etwas, was er nicht in der Gewalt hatte. Etwas, was – verflucht, warum denke ich so? – zwischen Weißen spielte.

«Komisch», bemerkte Hillary, «daß du das sagst, denn ich hatte sehr gemischte Gefühle darüber. Erst dachte ich auch, ich gehör nicht hierher (und vielleicht denkst du, dachte Keel, daß auch Della nicht hierher gehört), und dann fand ich, daß es hier für mich eine Menge zu lernen gibt, zu lernen, wie ich mein Leben wieder neu beginnen könnte.»

«Wie ein Eintauchen ist das», sagte Keel. «Wie eine Taufe.»

«Eine Feuertaufe.»

«Eine Lebenstaufe», verbesserte Keel.

Hillary zündete sich eine zweite Zigarette an und starrte auf den Fußboden.

«Ich hatte heute ein langes Gespräch mit Della», sagte er, ohne aufzublicken.

«Hat sie mir erzählt», sagte Keel, ohne ihn anzusehen.

«Oh», sagte Hillary. Diese Eröffnung bestürzte ihn. Er kam also gar nicht weiter mit ihr. Sonst hätte sie das nicht Keel erzählt. Natürlich hatte sie Keel nicht alles erzählen können. Oder vielleicht doch? Aber wenn Keel alles wüßte, könnte er nicht so tolerant sein, kein Mensch könnte das.

In Wirklichkeit wußte Keel nur, daß sie ein Gespräch gehabt hatten. Er hatte Della nicht gefragt, worüber sie gesprochen hatten, und das würde er auch weiterhin nie tun. Wenn sie es ihm erzählen wollte, gut, wenn nicht, auch gut. Aber jetzt wünschte er, etwas darüber zu wissen. Nicht alles. Er hatte Angst davor, in alles eingeweiht zu werden. Er fürchtete, eine Bestätigung dessen zu erhalten, was ihm in der letzten Stunde solches Unbehagen bereitet hatte. Sein Blick fiel wieder auf Hillary und auf die nervösen Handbewegungen, mit denen dieser seine Zigarette an dem verschmutzten Aschenbecher abstreifte.

Hillary versuchte sich vorzustellen, was Della, so wie er sie kannte, wohl erzählt haben mochte. Er schloß, daß es wahrscheinlich nichts gewesen war, was für Keel oder auch für ihn hätte verletzend sein können. Nun zuckte er die Achseln.

«Es war über einige Probleme, die mir zu schaffen machten.»

«Hmmm», machte Keel. Er tappte noch immer im dunkeln. «Also, wie findest du es, für mich zu arbeiten?»

Hillary blickte lächelnd auf. Er war sich bewußt, daß dieser Mann ihm jetzt scharf mißtraute.

«Manchmal», gestand er, «fühle ich mich dabei nicht so wohl, wie ich eigentlich sollte.»

«Das ist ganz natürlich, glaube ich.»

«Wirklich? Ist es natürlich, daß es mir Unbehagen bereitet, für jemanden zu arbeiten, der zufällig nicht dieselbe Hautfarbe hat wie ich?»

«Darum geht es doch gar nicht», meinte Keel.

Hillary gab keine Antwort. Dellas Ausbruch heute nachmittag hatte ihm gereicht. Della gegenüber konnte er es zugeben, daß er sich tatsächlich Keel überlegen fühlte. Aber jetzt in seiner Gegenwart fand er es schwierig, diese Feststellung zu wiederholen. Er drückte seine zweite Zigarette aus und bemerkte, daß Keel während der ganzen Zeit nicht geraucht hatte.

«Ich glaube», sagte Keel und blieb reglos sitzen, «ich sollte jetzt zurückgehen und Della mitteilen, daß du all right bist.»

Plötzlich schien es nichts mehr zu geben, worüber sie sich hatten aussprechen wollen.

«Sie hätte sich keine Sorgen machen sollen», sagte Hillary. Er bemerkte, daß seine zweite Zigarette, nur zur Hälfte geraucht, im Aschenbecher lag.

«Sie macht sich immer über alle verlorenen Schafe Sorgen», sagte Keel etwas zerstreut. «Kommt wohl daher, daß sie sich den ganzen Tag mit all diesen Kindern und ihren Problemen abgeben muß.»

«Eagle», sagte Hillary behutsam, «hat mir erzählt, daß du und Della an Heiraten denkt.»

«Stimmt», sagte Keel und blickte Hillary direkt ins Gesicht. «Darüber haben wir ziemlich häufig gesprochen. Warum fragst du?»

«Nur so. Ich finde sie sehr nett. Eine gute Partnerin.»

«Findest du sie nicht etwas neurotisch?» fragte Keel lächelnd.

«Wie meinst du das?»

«Prof, du weißt verdammt gut, was ich meine.»

«Manchmal hab ich das wirklich geglaubt, aber jetzt nicht mehr.»

«Scheiße.»

«Laß gut sein.»

Hillary griff nach einer dritten Zigarette, überlegte es sich dann aber anders. Vielleicht hatte Keel recht. Vielleicht fand er sie wirklich neurotisch.

«Was hat dich so verändert, Menschenskind?» fragte Keel kopfschüttelnd. Jetzt zog er langsam eine Zigarette heraus und blickte über das angezündete Streichholz hinweg in Hillarys Augen.

«Weiß nicht. Vielleicht die Spaziergänge zur Battery. Vielleicht die Bekanntschaft mit dir, mit Della, mit Eagle und den übrigen. All das oder vielleicht auch gar nichts. Ich weiß nicht, was mich verändert hat. Vielleicht fühl ich hier bei euch eine Kraft, die ich vorher nicht gekannt hatte. Weiß nicht.»

«Hör auf mit deinem ‹Weiß nicht›.»

«Aber ich weiß wirklich nicht.»

«Wer zum Teufel, soll es dann wissen?»

Wieder verstummten sie, bis Keel sich in seinem Stuhl zurechtrückte und sagte:

«Manchmal kommt mir das alles so fremd vor, wie es dir vorkommen muß. Eines Tages werde auch ich mich davonmachen müssen. Und mir schwant, daß es nicht mehr lange bis dahin sein wird.»

Hillary blickte rasch auf.

«Wohin willst du gehen?»

Keel sagte, ohne ihn anzublicken:

«Darüber werde ich mir den Kopf zerbrechen, wenn es soweit ist.»

«Du sagtest, ‹nicht mehr lang bis dahin›.»

«Zeit ist letztlich relativ, weißt du. Wenn man sich erst einmal dazu entschlossen hat, sich selbst als ein unendlich winziges Pünktchen im Universum zu sehen, was man ja auch wirklich ist, dann macht man sich nicht allzuviel Sorgen über sich selbst.»

Er gab sich plötzlich einen Ruck und sagte:

«Verdammt noch einmal, wenn ich das, was ich da sage, nur auch wirklich glauben könnte!»

«Es ist schön, daß du so menschlich sein kannst.»

Hillary blickte Keel an.

«Ich erinnere mich an den Abend, an dem wir uns kennengelernt haben. An den Abend mit Eagle. Du konntest mich nicht ausstehen.»

«Weißt du, warum?»

«Nein.»

«Jeder nützt Eagle aus. Wirklich jeder. Und in meinen Augen warst du um nichts besser als einer jener Lumpen, die darauf aus sind, Eagle zu ruinieren, ihn, der ja schließlich, ob du's glaubst oder nicht, zu uns gehört, ein Teil von uns ist. Gewiß, wir verstehen die NAACP (National Association for the Advancement of Colored People, gemäßigte Negerorganisation, von den jungen Negern als ‹Uncle Tom› belächelt und abgelehnt), auch wenn wir über sie lachen, aber das ist nichts, was uns persönlich betrifft. Es gibt Leute, die schätzen und sammeln alte Plastiken und alte Zeichnungen. Aber wir brauchen Eagle und müssen ihn behüten. Er ist wir. Er ist charakterstark und charakterschwach. Er ist stolz und kann auch wieder würdelos sein. Er ist gutartig und bösartig zugleich. In seiner Musik ist unser aller Leben mitaufgezeichnet. In diesen Blues, warum, zum Teufel, kommt seine beste Musik immer von Blues? Ist das nicht ein entsetzliches Spiegelbild von uns allen? Eagle baut seine Musik mit solcher Schnelligkeit und mit solcher Raffinesse auf den Blues auf, daß wir es im ersten Moment gar nicht wahrnehmen, daß es sich um Blues handelt. Wir bemerken das gar nicht gleich, aber wir nehmen es sofort gewaltig übel, wenn ein Weißer das nachzuahmen versucht. Eagle ist der Inbegriff unserer Aggressionslust, unserer Verzweiflung, unseres Selbsthasses, aber auch unseres entschlossenen Willens, trotz allem weiterzuleben, zu überleben. Er ist das Sinnbild unserer rebellischen Seele. Keine Negerorganisation vermag uns so zu repräsentieren.

An diesem Abend dachte ich, du seist auch einer von den Lumpen, die ihm das Fleisch aus dem Leibe reißen wollen, und ich haßte dich dafür. Die letzte Verzweiflung, den Wunsch, Schluß zu machen, jeden Tag kannst du das in Eagles Augen lesen, kannst sehen, wie dieser Wunsch von ihm Besitz zu ergreifen sucht.»

«Ich denke, ich hab das alles bemerkt.»

«Ich will dir das gerne glauben.»

Dann saßen sie wieder schweigend, jeder von ihnen dachte an Eagle und an irgend etwas, was er mit ihm zusammen erlebt hatte. Hillary war nicht imstande, sich Eagle in diesem Augenblick vorzustellen, Keel dagegen sah ihn leibhaftig vor sich, im Bus oder in den verschiedensten Gegenden oder in der staubigen Eisenbahn, während die anderen Band-Mitglieder (jeder von ihnen ein tüchtiger Handwerker, aber keiner ein Genie wie Eagle) im gut gekühlten Speisewagen bequem ihr Dinner verzehrten. Wenn sie mit Essen fertig waren, dann brachten sie Eagle ein paar Sandwiches oder das ganze Dinner tropfend auf einem Pappteller mit zu seinem Platz. Aber er würde es sein, der die Band in der nächsten gottverdammten Stadt inspirieren und zu einer Bravourleistung würde mitreißen können. Nur er würde das zustande bringen.

«Fühlst du dich jetzt besser?» fragte Keel.

Hillary nickte.

«Vielleicht solltest du vorausgehen und Della ein bißchen helfen. Ich werd in wenigen Minuten nachkommen. Ist jetzt die Zeit, da der Laden sich zu füllen beginnt.»

Hillary erhob sich wortlos und ging. An der Tür blieb er noch einen Augenblick stehen und warf Keel einen langen Blick zu, dann verschwand er.

Keel saß da und schaute hinunter auf die nun dunkel gewordene Straße. Er überlegte sich, wie es sein würde, wenn er, wie andere Leute, bei Tageslicht aufstünde, um seiner Arbeit nachzugehen, wie er es früher gewohnt gewesen war. Aufstehen am Morgen, um zur Arbeit zu gehen, gleich welche Arbeit, und abends nach Hause zu kommen, wenn es noch hell war, wie wäre das? Und doch, das Wichtigste spielte sich nachts ab. Die meisten Leute starben in der Nacht, und nachts wurden auch die meisten Babys geboren, hatte ihm einmal eine Krankenschwester erzählt.

Und auch Eagle musizierte öffentlich kaum bei Tag, es sei denn gelegentlich an einem Sonntag nachmittag oder im Studio in der Fifty-seventh Street oder in einer Privatwohnung, sofern er seine Musiker, die die ganze Nacht durchgearbeitet hatten, dazu zusammenbringen konnte. Man mußte seine Musik schon sehr lieben, um sich nach einer im verrauchten, stinkenden Lokal durchspielten Nacht dazu bereit zu finden.

Warum hocke ich eigentlich hier und bestehe darauf, dachte Keel, daß den Schlüssel zu meinem Leben irgendein Baumwollpflücker namens Richie Stokes in Händen hält?

Ein Bus fuhr vorbei, von oben sah sich das an wie ein vorbeiflitzender Lichtstreifen. Von der Straße her drang Musik aus einer Juke-Box herauf. Die polnische Band gegenüber hatte gerade eine Pause eingelegt. Die jungen Polkatänzer waren auf die Straße getreten und schwatzten.

Yards gestopftes Horn drang jetzt durch die Nacht, es klang frech und traurig zugleich. Yards war nie zu höheren Gedanken fähig gewesen, und deshalb konnte er auch nicht, so behauptete Eagle, in der Musik Höheres erreichen.

Keel aber war nun nicht gewillt, weitere Gedanken an Yards oder an dessen Musik zu verschwenden. Er knipste das Licht aus und ging hinunter auf die Straße. Dabei dachte er an Hillary.

David Hillary war der erste wirkliche Konkurrent, den er je in seiner Beziehung zu Della gehabt hatte. Gewiß, es hatte andere Männer gegeben, die sich ihr zu nähern versucht hatten, aber die waren entweder von Della selbst oder von den Musikern abgewimmelt worden. Außerdem hatte Keel früher ein absolutes Vertrauen in seine Liebeskraft gehabt. Aber das war nicht mehr der Fall, und er war sich dessen schmerzlich bewußt.

Offenbar ahnte Hillary nichts davon, hatte Della ihm nichts von diesem, seinem Handikap erzählt, vermutlich weil sie selbst mit einbezogen war. Wahrscheinlich würde sie genauso wie er mit niemandem, außer vielleicht mit einem Analytiker, darüber sprechen, und diese Möglichkeit zogen sie beide nicht mehr in Betracht. Anderseits – und bei diesem Gedanken wurde ihm heiß – hatte sie das Geheimnis vielleicht doch preisgegeben, um Mitgefühl für sich selbst zu erwecken und um sich ohne Schuldgefühl ausleben zu können. So wie Della beschaffen war, konnte er sicher sein, daß sie keinem der Musiker oder irgend jemandem sonst, außer eben vielleicht Hillary, etwas davon erzählt hatte.

Keel, auf halbem Weg zum «Sadik», verlangsamte nun seinen Schritt. In seinen sehr konfusen Gedanken tauchten mancherlei Gefahren auf. Vor allem die, Della zu verlieren. Warum soll ich mir da etwas vormachen, dachte er.

Etwas hoffnungsreicher sah die Sache vielleicht aus, wenn er sich Hillarys bedienen und ihn einschalten würde. Hillary mochte Della, er brauchte sie sogar. Aber von Liebe konnte dabei doch wohl keine Rede sein. Es war allmählich besser für Hillary geworden, er sah besser aus, kleidete sich sorgfältiger und war auf dem Weg zurück in sein früheres Leben. Vielleicht würde es ihm wieder gelingen, eine Anstellung an der Universität zu bekommen, statt hier bei ihm zu servieren. Keel begriff, daß Hillary durch das Leben hier unter ihnen eine Menge Erfahrungen gesammelt hatte, die ihm von Nutzen sein würden. Aber nur ein Narr konnte übersehen, daß der wahre Grund seines weiteren Hierbleibens Della war. War sie ihm gegenüber «entgegenkommend» gewesen? Wahrscheinlich, dachte Keel. Beschämt gestand er sich ein, daß, sollte es zu so etwas gekommen sein, ihm dafür immer noch Hillary lieber war als Eagle oder Kilroy oder irgendeiner der anderen. Wer weiß, ob nicht Eagle trotz seines Respekts für seine, Keels, Beziehung zu Della bei günstiger Gelegenheit nicht alle Bedenken beiseite gefegt hätte.

All right, wenn Hillary die Ursache so vieler Probleme war, dann mußte er eben entlassen werden.

Keel blieb einen Augenblick auf den Stufen zum «Sadik» stehen. Stimmengewirr und Musik drangen undeutlich zu ihm. Warum, zum Teufel, stellten sie den Apparat immer nur dann auf laut, wenn Yards spielte?

Hillary, so dachte Keel weiter, bleibt nur deshalb noch hier, weil er auch für mich wichtig ist. Er lächelte. Ich brauche Della, so wie er sie braucht. Ich brauche ihn, um ihm zu beweisen, daß auch ich ein Mann bin, und zwar einer, der ihm überlegen ist. Wenn er von Della Besitz ergreifen sollte (aber das wird dieser Bastard doch nicht etwa tun?), dann beweist er sich in seinen Augen als mir überlegen. Er betrat das Lokal.

Della bewegte sich gewandt zwischen den flackernden Schatten der Gäste an den Tischen. Als Keel eintrat, warf sie ihm einen prüfenden Blick zu und entschied, daß alles gutgegangen war. Sie hatte nichts zu Hillary gesagt, als der gekommen und dann schweigend in der Küche verschwunden war, um dort aufzuräumen. Er war so weit nüchtern, fand Della, daß er weder das Geschirr noch das Mobiliar noch die Gäste durch sein Herumstolpern gefährden würde. Keel kam auf Della zu.

«Hei», sagte sie.

«Hallo», sagte er.

«Komm mit in die Küche.»

«Warum?»

«Ich möchte dich küssen.»

«Wo ist der Prof?»

«In der Küche.»

«Nein!»

«Aber ich möchte dich doch küssen.»

Manchmal zierte sie sich ein wenig, und Keel erinnerte sich, daß er das immer gern gehabt hatte. Aber jetzt fragte er:

«Was ist los?»

«Darling, warum soll denn irgendwas los sein?»

«Weiß nicht ... Hab das Gefühl, es ist schon seit langem was los.»

Sie gingen zusammen auf die Küche zu. Keel winkte, als sie am Künstlerzimmer vorbeikamen, und ein Chor von Stimmen antwortete ihm. Er begrüßte einige der Stammgäste.

Dann betraten sie die Küche. Hillary stand mit dem Rücken zu ihnen und hantierte gerade mit dem Geschirr im Seifenwasser. Er spürte, was hinter ihm vorging, spürte ihre Umarmung.

Keel hielt Della so, daß er Hillarys Rücken sehen konnte. Er meinte, gewahr zu werden, wie dem der Atem stockte. Della in Keels Armen, ihrerseits mit dem Rücken zu Hillary, spürte, wie Keel lauerte und welche Genugtuung es ihm bereitete, sie in Hillarys Anwesenheit zu küssen. Nun war das also geschehen.

Würde es Della genügen, Hillary zu zeigen, was sie sich eigentlich wünschte? Würde er nun aus freien Stücken fortgehen, da Keel ihn ja nicht fortschicken würde? Dadurch könnte er ihr helfen. Seit dem Nachmittag bis in den Abend hinein hatte sie über mögliche Lösungen gegrübelt. Selbst über die Möglichkeit, daß Hillary in seiner Betrunkenheit Keel über ihr intimes Zusammensein berichtet haben könnte. Dann mußte die ganze Sache eben platzen, hatte sie gedacht. Aber wenn es nicht dazu gekommen war, dann würde sie selbst die Dinge in die Hand nehmen, so wie sie es eben getan hatte.

So leid es ihr tat, dieser Hillary mußte aus ihrem Leben verschwinden. Er war zu leicht zu haben und zu empfindlich gegenüber Keel – das war deutlich genug an diesem Nachmittag geworden –, als daß es ohne weitere Komplikationen hätte abgehen können.

Keel ließ Della los und ging zurück ins Lokal. Della seufzte und führte eine Kaffeebestellung aus. Hillary blieb über das Spülwasser gebeugt, seine Hände glitten nervös über Tassen und Teller.

11

Hillary und Keel wischten schweigend den Fußboden des Lokals auf. Sie hatten in den letzten zwei Tagen kaum ein Wort miteinander gewechselt. Die Tür nach draußen stand, wie gewöhnlich, offen, und das einfallende Sonnenlicht schien um gute Laune zu bitten. Von draußen drang Kilroys Stimme herein, und die beiden drehten sich rasch dem Eingang zu. Kilroy kam in Gesellschaft seines ständigen Begleiters Background. Sie kamen die Stufen herunter und ließen sich, ohne die beiden zu beachten, grußlos und ein wenig großspurig an einem der Tische nieder. Hillary und Keel wechselten Blicke.

«Weißt du», sagte Kilroy zu Background, «heutzutage laufen eine Unmenge von Prachtmädeln hier herum.»

«Das will ich meinen», sagte Background.

Es war schon zehn Uhr morgens, aber die beiden waren noch völlig blau von der vorangegangenen Nacht. Sie setzten ihre Unterhaltung fort, ganz so, als ob Keel und Hillary einfach nicht vorhanden wären. Hillary und Keel schmunzelten und warfen einander von neuem Blicke zu. Es war hübsch, Freunde beisammensitzen zu sehen, selbst wenn sie in solch einem Zustand waren und sich so hochnäsig benahmen, wie sie es nüchtern nie getan hätten.

«Diese Mädels», rief Kilroy jetzt und schwenkte seine aufgeweichte Zigarre durch die Luft, «diese Mädels, weißt du, die sind nicht mehr so wie seinerzeit, diese Landpomeranzen, die nichts als Stroh im Kopf hatten. Denen konnte man sagen, kommt, und husch, hatte man sie im Bett.»

«Genau», pflichtete Background bei.

Kilroy hat recht, dachte Keel. Eine ganz neue Schicht weißer Frauen aus dem Mittelstand, Büroangestellte und Sekretärinnen und solche, die vorgaben, so was zu sein, war da in der letzten Zeit aufgetaucht.

«Top sind die», meinte Kilroy. «Sekretärinnen, Lehrerinnen, Sozialarbeiterinnen – mit denen ist's nicht mehr ganz so einfach.»

«Richtig, Baby», sagte Background mit einem weisen Kopfnikken. «Aber sie kriegen, das ist eine andere Sache.»

«Sie kriegen, das ist der Punkt!» grölte Kilroy und wollte sich ausschütten vor Lachen. «Goldrichtig, was du da sagst, Baby. Wie soll man an die bloß rankommen, frage ich dich.»

In seinem eigenen Interesse und auch in dem von Hillary knurrte Keel jetzt warnend:

«Halt gefälligst den Mund, Mensch!»

«Was geht das dich an, was, frage ich», protestierte Background.

Zum erstenmal seit Tagen lachten Keel und Hillary einander strahlend an, so komisch war das. Die beiden Musiker schwammen weiter in ihrer eigenen Welt des Suffs.

«Ihr zwei alten Knacker, ihr solltet lieber mit euren Enkelkindern spielen und die großen Mädchen in Ruhe lassen. Könnt sonst schlecht ausgehen, könnt euch der Schlag treffen.»

Kilroy schlug jetzt einen aggressiven Ton an. Er wandte sich direkt an Keel:

«Nie hab ich ein Weibsstück getroffen, mit dem ich nicht machen konnte, was ich wollte. Nie! Nie!»

«Nie, nie», echote Background, «ist mir auch nie passiert.»

Er drehte sich unbeholfen Keel zu und glotzte ihn herausfordernd an.

Kilroy wechselte das Thema.

«Da bin ich neulich mit Ruppert rauf in Yordans Büro.»

«Ist er schon zurück?» fragte Background.

Keel und Hillary teilten sich einen Stoß frischer Tischtücher und begannen, sie auf den Tischen aufzubreiten. Beide bewegten sich langsam, als wenn sie mit zu raschen Bewegungen die Unterhaltung der beiden Musiker hätten stören können.

«Ja, er ist zurück», brummte Kilroy. «Jedesmal, wenn er zurückkommt, ruft er mich an und sagt: ‹Hör mal, Mensch. Ich muß da jetzt mit Yordan abrechnen und mir mein Geld in bar holen. Komm mit.› – So geh ich halt mit. Und dieser Schlaumeier hat einen Zettel bei sich mit einer Menge Zahlen drauf. All die Zahlen bedeuten, was Yordan ihm schuldig ist, kapierst du? Für die drei Monate Tournee, die sie unterwegs gewesen sind. Wir trinken irgendwo Kaffee, und dann geht Ruppert zum Telefon und ruft den Mann an und sagt ihm, daß er zurück ist und daß er in einer Stunde bei ihm im Büro sein wird, und er soll gefälligst das Geld für ihn bereit halten!

Und dann machen wir uns also auf den Weg da hinauf in das Büro, und Ruppert zieht seinen Mantel aus und –» Kilroy unterbrach sich und korrigierte sich: «Nein, zuvor haben wir noch bei der Bank halt gemacht und uns dort ein paar Säcke geben lassen, so feste, grobleinene Geldsäcke, kapiert?»

Background beugte sich über den Tisch und lachte schallend. Hillary wendete sich rasch ab, um nicht herauszulachen, und Keel grinste über das ganze Gesicht und schüttelte den Kopf.

«Also, wie wir dort hinkommen ins Büro, da kommen all die Angestellten gerannt, all die Mädels tun Ruppert schön und rufen: ‹Da kommt ja Mister (!) Ruppert, Mister (!) Ruppert›, und sie bringen solche dicken Bücher und machen sie auf und häufen das Geld vor ihm auf dem Tisch auf ...» Kilroy hielt inne, um Atem zu holen und auch, damit die anderen drei sich erst einmal richtig auslachen sollten. Hillary begriff nicht ganz, warum das «Mister» Ruppert so betont wurde.

«Das ist ein toller Bursche, dieser Ruppert», fügte Kilroy nun hinzu. «Er zieht also seinen Zettel aus der Tasche und beginnt dort alle Zahlen abzulesen. Ich sitze inzwischen in einer Ecke, blas den Rauch aus einer Chesterfield, und dieser tolle Bursche sagt zu niemandem Scheiße oder so, Baby, er zählt einfach seine Geldscheine zusammen!

Jetzt paß aber mal auf. Da waren irgendwo fünf Cents zuwenig oder so. Mensch, da hättest du hören sollen, wie der Hurensohn losgelegt hat! Er hat sich den Yordan vorgeknöpft, und sie haben noch einmal von vorne angefangen zu zählen und alles nachgezählt, bis es ganz genau stimmte. Verstanden?»

Jetzt konnte sich Background einfach nicht mehr halten vor Lachen. Es warf ihn förmlich immer wieder von seinem Sitz. Er hämmerte mit den Fäusten auf die Tischplatte. Keel stimmte schallend in das Gelächter ein und rief dazwischen:

«Zum Teufel, Background, mach mir nicht den Tisch kaputt!»

Hillary spürte, daß dieses hemmungslose Gelächter noch irgendeine tiefere Bedeutung haben mußte, aber er lachte gleichfalls, weil Lachen eben ansteckend ist und auch auf ihn befreiend wirkte.

Das Gelächter ging langsam in ein Kichern über, und dann fuhr Kilroy fort:

«Dann hat Ruppert all die Moneten gezählt, und wir haben sie in die mitgebrachten Säcke gestopft. Ruppert unterschreibt den Empfang, er hat nie Schecks angenommen, zu viele von den Agenten haben immer welche ausgegeben, die dann nicht gedeckt waren, weil's nicht für alle Musiker gereicht hat. Dann», sagte Kilroy, der seine Geschichte gern noch weiter ausschmükken wollte, «dann packte Ruppert drei von den Geldsäcken, und ich die anderen drei, und auf und wieder zurück zur Bank.»

«Und dort ist Ruppert wieder die Sensation», warf Background ein, dem es nicht schnell genug ging.

«Und wie!» brüllte Kilroy nun mit weit aufgerissenen Augen.

Die beiden bogen sich wieder vor Lachen, trampelten mit den Füßen, der Tisch, vor dem sie saßen, geriet wieder ins Wackeln.

Keel warf von neuem einen Blick zu Hillary und bemerkte, daß hinter dessen Lächeln die Verständnislosigkeit für den Grund dieser Ausgelassenheit lag. Irgendwann, dachte Keel, würde er ihm erklären müssen, daß Ruppert der einzige unter den Musikern war, der sich weigerte, sich von den Agenten übers Ohr hauen zu lassen. Er lieh sich kein Geld von ihnen aus, ließ sich von ihnen auch nicht zum Essen und Trinken einladen. Er bestand kaltblütig auf dem rein Geschäftlichen, auf Barzahlung, und war vielleicht gerade deshalb der einzige Musiker, den sie mit «Mister» titulierten. Ruppert tat, was die große Mehrheit der schwarzen Musiker nicht zustande brachte. Deshalb war es eine großartige Sache zu hören, wie Ruppert sich von den Weißen, den «Whities», nicht hereinlegen ließ.

«Hat er vielleicht irgendwo unterwegs zufällig Eagle getroffen?» fragte Keel.

Das Gelächter war abgeebbt.

«Ja. In Minneapolis. Als schon alle im Auseinandergehen waren, aber sie konnten noch miteinander reden. Demetriades hat im letzten Moment noch einige weitere Städte an die Tournee angehängt. Der versteht, sein Geld zu machen. Zwei Tage Pause gab es dadurch.»

«Welche Städte hat er angehängt?» erkundigte sich Background.

«Erie, Buffalo, Rochester, Syracuse, Onondaga Falls, Utica, Albany ...»

«Pfui Teufel», sagte Background. «Das ist ja eine komplette neue Tour.»

Einen Augenblick herrschte Schweigen. Background und Kilroy dachten an diese Städte. Sie kannten sie gut, hatten schwere Jahre damit verbracht, jede Nacht in einer anderen von ihnen zu spielen.

«Meine Stadt», sagte Hillary, «dort hab ich mal unterrichtet.»

«Welche meinst du?» fragte Kilroy, der bereit war, über jede Stadt, die Hillary nennen würde, sich weitschweifig auszulassen.

«Onondaga Falls.»

Hillary machte eine Pause.

«Ich warte auf einen Bescheid von dort. Wahrscheinlich werd ich dorthin zurückgehen.»

«Eine beschissene Stadt», meinte Background.

«Wie bläst denn Eagle jetzt?» fragte Keel. Er warf Hillary einen ermunternden Blick zu.

«Ruppert hat nichts darüber gesagt», erwiderte Kilroy.

«Wenn Eagle besonders gespielt hätte, hätte Ruppert das gewiß erwähnt.»

«Armer Eagle», sagte Background aus Gedanken heraus. «Ist alt geworden, sieht fast schon so alt aus wie ich.»

Und Background hatte die Fünfzig schon hinter sich. Er dachte zurück an den Eagle der alten Zeiten, in denen sie in Woodside und im «Minton» zusammen gespielt hatten. Das stimmte ihn traurig, weil es so lange her war. Und noch immer war er dabei, noch immer gab's eine Menge Arbeit im Studio für ihn, zuweilen half er auch aus, wenn Chico in die Stadt kam und keinen Cellisten mitbrachte. Oder er saß in der Band von Mingus, wenn dieser Kontrabassist das Gefühl hatte, sein Publikum verstünde genug von Musik, daß er seine Stücke für Saiteninstrumente wagen dürfe. Eagle dagegen war schon auf dem Weg abwärts.

«Hier sieht's jetzt anständig aus», bemerkte Hillary zufrieden und zündete sich nach getaner Arbeit eine Zigarette an.

«Und ob», stimmte Keel zu.

Kilroy und Background hatten die Köpfe zusammengesteckt und tuschelten wieder über Eagle.

«Die zwei sind schon Typen, wie man sie nicht alle Tage trifft, meinst du nicht auch?» sagte Keel mit einer Kopfbewegung zu den beiden hinüber.

Hillary nickte zustimmend und lachte gutmütig.

«Er tut sich das alles doch selbst an», knurrte Kilroy, der jetzt wieder lauter geworden war. Hillary und Keel hoben die Köpfe.

«Stimmt nicht», widersprach Background.

«Kein anderer tut ihm das an», sagte Kilroy.

«Eagle hat was im Kopf», meinte Background verärgert. «Ein großes Talent. Er kann einfach über alles reden und dabei auch noch immer recht behalten. Ich habe mit ihm fast zwei Jahre lang Tag und Nacht durchgeredet. Wenn ich dir verraten würde, was und worüber wir gesprochen haben, wäre sofort das FBI hier ...»

«Ist gewiß schon hier gewesen», antwortete Kilroy.

«Ich will von diesem ganzen Drecksgesindel nichts hören», warf Keel ein. Er wußte, daß Kilroy ihn zu solchen Äußerungen reizen wollte, aber es machte ihm Spaß, da ein bißchen mitzuspielen.

Kilroy nahm das Thema wieder auf.

«Man kann bei diesen Lumpen nie wissen, Keel. Ich weiß noch gut, wie sie einmal viele Monate hinter Eagle her waren.»

«Eagle versteht es aber ganz gut, diese Idioten an der Nase herumzuführen», meinte Background.

Das eilige Klappern von Absätzen auf den Steinstufen war zu hören, und alle drehten sich zum Eingang. Candy kam hereingestürzt. Sie war noch bleicher als gewöhnlich und sah abgehetzt aus. Unter ihren Augen lagen schwere Ringe, sie war früh aufgestanden. Instinktiv wußte Keel sofort, daß irgend etwas passiert sein mußte. Candy pflegte nicht vor zwei oder drei Uhr nachmittags aus dem Bett zu kriechen.

«Keel», sagte sie und hielt inne, als sie Kilroys ansichtig wurde. «Ach so.»

Irgend etwas lag in ihrem aufgeregten Benehmen, was bewirkte, daß Keels Verachtung, die er für gewöhnlich für sie empfand, sich im Augenblick verflüchtigte. Sie rückte sich einen Stuhl heran und setzte sich zu den beiden Musikern.

«Kaffee?» fragte Keel. Er wendete sich zur Küche, und als er sah, daß Hillary bereits auf dem Weg dorthin war, setzte er sich zu den anderen.

«Ruppert ist in der Stadt», stieß sie hervor.

«Wirklich? Na so was!» sagte Kilroy, stellte sich dumm und wendete sich zu Background. «He, hast du gehört, Ruppert ist in der Stadt!»

Er war bereit, eine heitere Szene loszulassen.

«Nicht die Möglichkeit. Du kannst mir nichts weismachen, Kilroy.»

«Also was, zum Teufel, ist eigentlich los?» fragte Keel.

«Minneapolis. Hab gerade einen Anruf von einem Mädel dort gehabt. Sie wollen Eagle umbringen.»

Keel überlegte. Er hätte nie gedacht, daß diese Frau sich wegen irgend jemandem ernstlich Sorgen machen könnte.

«Was redest du da?»

«Eagle ist ausgerissen, auf und davon mit der Frau von diesem Kerl ...»

Sie unterbrach sich.

«Wenn ich bloß Ruppert erwischen könnte. Der weiß vielleicht, wo Eagle steckt.»

«Ist er nicht mit den anderen ...?»

«Nein, er ist nicht mit den anderen aus Minneapolis abgereist, und der Kerl hat auch schon einen angeworben, daß er ihn umlegt.»

«Unsinn», sagte Background. «Da kann man fünf Kerle ausschicken, um ihn umzulegen. Eagle versteht, wenn's darauf ankommt, allen zu entwischen.»

Background fegte alle Bedenken beiseite.

Halb wahnsinnig vor Angst schrie Candy:

«Der Kerl, der hinter ihm her ist, ist ein Profi, ein Berufskiller!»

Sie agierte, als hätte sie eine Pistole in der Hand und drückte dreimal auf den Hahn.

«Weiß Eagle überhaupt, daß man ihm ans Leben will?» fragte Keel. Er nahm die Tasse Kaffee entgegen, die Hillary gerade hereinbrachte, und stellte sie vor Candy hin.

Sie schüttelte den Kopf.

«Nein. Und niemand hat eine Ahnung, wo er sich aufhält.»

Sie blickte hilfesuchend von einem zum anderen. Hillary, der sich einen Stuhl an den Tisch herangezogen hatte, spürte plötzlich eine warme Welle von Sympathie für sie in sich aufsteigen.

«Sollten wir nicht versuchen, Ruppert zu erreichen?» fragte Hillary.

«Richtig. Du rufst ihn an und sagst ihm, ich muß ihn unbedingt sehen», sagte Keel zu Kilroy, stand auf und nahm rasch die Arbeitsschürze ab.

«Sag ihm, wenn er nicht hier herunterkommen kann, bin ich bereit, zu ihm zu kommen, aber sehen muß ich ihn auf jeden Fall, und zwar sofort.»

Kilroy sprang auf und verließ das Lokal, Background latschte hinter ihm her. Früher einmal hatten sie ein Telefon hier im «Sadik» gehabt, aber es war zuviel Betrieb dadurch entstanden. Irgendwer hatte einen Anruf gemacht und daraufhin waren allerhand Leute aufgetaucht, hatten den Musikern «Hallo» gesagt und waren gleich wieder gegangen. Und die Frauen hatten ununterbrochen telefoniert, und waren nicht sie es, dann die Musiker, die irgend jemanden erreichen wollten. Keel hatte das Telefon abmontieren lassen.

«Du siehst elend aus», sagte Keel zu Candy. «Trink deinen Kaffee aus und hopp, nach Hause mit dir. Ich bleibe schon mit dir in Verbindung.»

«Ich hab gewußt, daß das eines Tages so kommen würde», sagte sie und trank rasch ihre Tasse leer.

«Wenn es nur nicht in diesem Augenblick passiert!»

Keel wollte sagen, ich hatte keine Ahnung, daß du so an ihm hängst. Aber er überlegte es sich anders und sagte:

«Ich ruf dich sofort an, sobald ich von Ruppert gehört habe.»

Candy stand auf, zog ihren Mantel enger um sich und sagte bloß:

«Danke, Keel.»

Der Ton, in dem sie das sagte, bewirkte, daß Keel sich ein bißchen schämte, sie bisher so falsch eingeschätzt zu haben. Hillary sah ihr nach, wie sie hinausging, und auch er dachte jetzt anders über sie.

Kilroy und Background kamen wieder hereingetrottet.

«Candy schon fort?» fragte Kilroy.

Background, noch immer halb benommen, ließ keinen Blick von seinem Freund.

«Ja», sagte Keel. «Was hat Ruppert gesagt?»

«Er hat gesagt, du sollst zu ihm raufkommen.»

«Hab ich doch gewußt.»

Keel sah sich im Laden um und sein Blick blieb an Hillary haften.

«Kommst du mit?»

«Ja», sagte Hillary.

«Wollt ihr inzwischen hierbleiben und euch ausschlafen oder wollt ihr lieber gehen?»

«Wir gehen lieber. Zu viel Betrieb hier», sagte Kilroy.

«Genau», sagte Background.

Die zwei Freunde schwankten wieder hinaus, Kilroy voran, Background hinten nach.

«Soll ich euch wo absetzen?» rief Keel ihnen nach.

Sie hörten das nicht mehr. Schulter an Schulter latschten sie nebeneinander her, wieder tief in eine Unterhaltung versunken.

Ruppert wohnte in einer der Eighties Streets, West, direkt am Central Park. Hier, uptown, waren die Straßen ebenso von pulsierendem Leben und Musik erfüllt wie downtown.

«Schon wieder einmal», sagte Hillary und meinte damit die Jagd nach Eagle.

«Richtig», sagte Keel. «Wir sind angelangt. Dort drüben ist das Haus.»

Das Taxi hatte seine Fahrt verlangsamen müssen, weil Kinder ihm in den Weg gelaufen waren.

«Bastards», fluchte der Fahrer.

«Nur mit der Ruhe», meinte Keel. «Irgendwo müssen sie schließlich spielen. – Das Haus dort.»

Sie hielten.

Sie stiegen aus und blieben einen Augenblick an der Ecke stehen.

«Noch zehn Jahre», meinte Keel, «und das alles hier wird ein Teil von Harlem geworden sein. An der East Side werden sie das nicht erlauben!»

Sie stiegen die paar Stufen zu dem altmodischen Backsteinhaus hinauf. Keel drückte auf Rupperts Klingel. Während sie warteten, sagte Keel:

«Drei andere Musiker wohnen auch hier mit ihren Frauen und Kindern. Alles schwarz-weiße Paare.»

Das sagte er, um Hillary zu warnen, kein Zeichen von Überraschung oder Unbehagen zu zeigen. Hillary lächelte.

Keel dachte an die weißen Frauen in diesem Hause, die, während ihre Männer auf Tournee oder in Europa waren, ihre Zeit damit verbrachten, einander zu besuchen, für einander Babysitter zu spielen oder einkaufen zu gehen, kurz, unentwegt eben Hausarbeit zu erledigen. Sie kämpften gegen die Einsamkeit, die ihnen durch ihre Ehe auferlegt war, und doch waren sie, die Männer und die Frauen, sonst wie andere Leute. Vielleicht würden er und Della genauso wie die werden.

Rupperts Frau, eine kleine Brünette, kam herunter, um zu öffnen.

«Keel, Baby», sagte sie und küßte ihn auf die Wange, dann trat sie zurück und wartete darauf, mit Hillary bekannt gemacht zu werden.

«Das ist Dave Hillary, und das ist Toot, Rupperts Frau.»

Toot trat vor, lächelte und streckte Hillary ihre Hand entgegen.

«Hallo, Dave!»

Ohne sich weiter aufzuhalten, drehte sie sich um und sagte mit einer Kopfbewegung:

«Kommt mit rein.»

Während sie die teppichbelegten Treppen hochstiegen, erkundigte sich Toot nach Della.

«Sie ist all right. Sie arbeitet. Hör mal, Kleine, es ist etwas Geschäftliches, was wir mit deinem Alten zu besprechen haben. Wo steckt er denn?»

«Oben, im dritten Stock. Er erwartet dich.»

Hillary und Keel blickten nach oben. Hillary hatte das Gefühl, daß der Mann, der da über das Treppengeländer gebeugt heruntersah, ein wütendes Gesicht machte. Aber Keel wußte, daß das seine Art zu spaßen war.

«Ich werd dich gleich verdreschen, Keel, wenn du wagst, mein Eheweib zu küssen.»

Dann fiel sein Blick auf Hillary.

«Dich auch, Mensch. Bist dabeigestanden und hast das zugelassen.»

Ruppert kam ihnen auf dem Treppenabsatz mit ausgestreckten Armen entgegen.

«Ich wollte selbst hinunterkommen, Keel, aber Toot hat's mir nicht erlaubt.»

Als Toot an ihnen vorbei im Innern der Wohnung verschwunden war, sagte Keel:

«Was du meinst, ist natürlich, du wolltest sie nicht hinuntergehen lassen.»

«Genau.»

Freundlich schaute er Hillary an.

«Wen hast du mir da mitgebracht?»

«Das ist Prof – Dave Hillary. Das ist der, der den Eagle, als der seinen letzten, hmmm, Unfall hatte, gerettet hat.»

Ruppert und Hillary schüttelten einander die Hände.

«Ein Vergnügen, Sie kennenzulernen, Prof. Gehen wir hinein und trinken wir erst mal ein Bier.» Er rief: «Toot!»

«Ja, mein Herz?» rief sie zurück und spielte die Komödie der aufmerksamen Gattin.

Ruppert hob seine Hand und knipste dreimal mit den Fingern. Toot blickte ihn fragend an.

«Soll das drei Bier bedeuten?»

«Drei Bier.» Er blickte Keel und Hillary an und erläuterte: «Ich versuch, sie zu erziehen.»

«Und ich», sagte Toot, als sie mit dem Bier zurückkam, «ich versuch die Ergebene zu spielen, für ein paar Tage jedenfalls. Aber die sind jetzt vorüber», schloß sie. «Und wenn du mehr Bier haben willst, hol dir's gefälligst selbst.»

«Gewiß, Häschen», sagte Ruppert und tat, als sei er eingeschüchtert.

«Kann ich nicht dableiben?» fragte Toot sachlich, und nun war alle Verspieltheit vorbei.

«Nein, Baby», sagte ihr Mann.

Sie ging und schloß die Tür hinter sich.

«Hat Kilroy dir erzählt, was Candy berichtet hat?»

«Ja», sagte Ruppert. Er war ein schwerer, sehr dunkelhäutiger Mann mit rundem Gesicht und angenehmen Manieren. Hinter ihm an der Wand hingen Fotos, Bilder von Ruppert mit anderen Musikern zusammen. Dieser Ruppert, dachte Keel und ließ seinen Blick über die Fotos wandern, kann sich wirklich wohl fühlen unter seinen Musikern, die ihn für ihren Schutzpatron halten.

«Der Kerl hat wieder mal über die Schnur gehauen», erklärte Ruppert. «Er ist auf dieses Weibsstück geflogen, und sie hat ganz schön mitgemacht. Hübsches Luderchen. Mir ist sie zuerst aufgefallen. Ich wußte, daß sie die Frau des Eigentümers ist. Und ich dachte, die weiß schon, wie sie ihrem Mann Hörner aufsetzt, ohne daß der's merkt. Schein mich geirrt zu haben.»

«Was für ein Typ ist denn ihr Mann?»

«Das ist schon so ein Kerl, dem zuzutrauen ist, daß er tut, was Candy befürchtet. Der braucht sich nicht anscheißen zu lassen. Er hat die ganzen Gangster hinter sich. Ist so was wie der Oberste der Mafia. Ein Augenzwinkern von ihm genügt, und schon treten die an, wenn's gilt, einen zu liquidieren.»

«Aber das ist dann doch reiner Zufall, daß nicht auch ich ...» sagte Hillary entsetzt.

Ruppert grinste.

«Ja, ist schon reine Glückssache. Dieser Kerl schreckt vor nichts zurück. Hätte auch mich treffen können. Toot wär daran zugrunde gegangen.»

«Wenn wir nur erst wüßten, wo er sich aufhält, dann könnte man ...», überlegte Keel laut. «Er hat also nicht mit der Band Minneapolis verlassen?»

«Er wollte wohl irgendwo mit diesem Weibsstück allein bleiben, hat die anderen abgewimmelt. Wird vermutlich in Milwaukee oder in Chikago wieder zu ihnen stoßen.»

«Könnte aber auch sein, daß er aus Minneapolis lebend gar nicht mehr rauskommt!»

«Wie könnte man das noch verhindern?» fragte Hillary.

Ruppert und Keel wechselten Blicke.

«Hoffen wir, er hat einen Talisman, der ihn schützt», meinte Ruppert schließlich.

Hillary konnte sehen, daß auch Keel keine bessere Antwort wußte.

«Vielleicht können wir eine Nachricht für ihn im Hotel in Milwaukee hinterlassen», meinte Keel.

«Machen wir», sagte Ruppert. «Wird ihm schon nichts passieren.»

Schweigend tranken sie ihr Bier aus, dann begleitete Ruppert sie hinunter. Draußen auf der Straße sah sich Keel nach einem Taxi um.

«Gehen wir lieber zu Fuß», schlug Hillary vor.

«Menschenskind, das ist doch eine Riesenstrecke. Wir sind hier in der Eighty-second Street.»

Nach einem Blick auf Hillary meinte er:

«Na schön, Prof, sollst deinen Willen haben.»

12

Richie Stokes saß auf dem ersten Fensterplatz links, hinter dem Busfahrer. Er hatte den Hut tief in die Stirn gedrückt, blickte aber unter der Krempe hervor, hinaus in die Gegend. Sie fuhren gerade in eine mittelgroße Stadt ein. «Onandaga Falls», brummte jemand. Der Bus bewegte sich langsam durch den nächtlichen Verkehr. Das Gleißen der Bogenlampen und der Neonlichtreklamen war fast unerträglich für die Augen nach der langen, dunklen Wegstrecke, die sie eben durchfahren hatten. Die Musiker wachten einer nach dem anderen aus langem Dösen auf. Ein Gemurmel erhob sich, ein Geschiebe von Koffern begann. Glücklicherweise war das nächste Konzert erst für den folgenden Abend angesetzt, man würde sich also nach Herzenslust ausschlafen können. Viele von ihnen hatten das freilich gar nicht vor. Eagle zum Beispiel dachte an die paar Bekannten, die er in dieser Stadt hatte, und wo sie wohl an diesem Abend anzutreffen sein würden.

Er war allerdings so hundemüde, daß er für diese Bekannten jetzt nicht einmal einen Funken Wärme aufbringen konnte, es war einfach eine Gewohnheit, überall nach Bekannten Ausschau zu halten. Seit er in Milwaukee wieder zu der Gruppe gestoßen war (wo ihn Keels Benachrichtigung auch tatsächlich erreicht hatte), hatte er sich fest vorgenommen, nie wieder auf Tournee zu gehen. Das hatte nichts mit Keels Nachricht zu tun, schon bei Beginn der Tournee hatte er das Gefühl gehabt, endlich mit Reisen Schluß machen zu wollen. Es war nicht so, wie bei vielen anderen Musikern, daß einzig und allein New York für ihn zählte. Was ihm einfach bis zum Halse stand, war die ewige Herumfahrerei.

Er war keineswegs ein Hellseher, und ebensowenig hatte er mystische Neigungen. Anderseits kannte er die Legenden, die sich um seine Person gebildet hatten, und es machte ihm Spaß, sich zuweilen dementsprechend zu benehmen. Zum Beispiel liebte er es, wenn jemand ins Zimmer trat, ein Auge aufzuschlagen und dabei so zu tun, als ob er auf diese Weise zu schlafen pflegte. Warum eigentlich steht mir die Herumreiserei bis zum Halse?, fragte er sich.

Er konnte keine Antwort darauf finden und döste weiter. Der Bus hielt knirschend vor einem Hotel. Der Busfahrer öffnete den

Schlag, und Demetriades, der der Gruppe in seinem Cadillac gefolgt war, stieg ein.

«Gentlemen», begann er. «Wir sind hier in Onandaga Falls. Wie Sie wissen, findet heute abend kein Konzert statt. Morgen dagegen spielen wir im Kinkaid Auditorium. Die meisten von Ihnen wissen ja, wo das liegt. Bitte erscheinen Sie dort um sieben. Und bitte», schloß er mit einem Seitenblick auf Eagle, «ersparen Sie es uns, an allen Ecken der Stadt erst nach Ihnen suchen zu müssen.»

Die Musiker stiegen aus. Eagle war der letzte.

«Gib mir ein paar Moneten, Walter», sagte er.

«Also Richie», wehrte Demetriades ab.

«Ich brauch's, gib mir was.»

«Wieviel?» fragte Demetriades.

Stokes konnte gefährlich launenhaft werden. Wenn man ihm kein Geld gab – mit dem er umging, als ob es an den Bäumen wüchse –, dann konnte es geschehen, daß er vergaß, beim Konzert zu erscheinen. Man hätte ihn dann natürlich gerichtlich belangen können, aber das Eintrittsgeld, das man zurückerstatten mußte, weil der Star nicht erschienen war, dieses Geld würde auf jeden Fall futsch sein.

«Einen Fetzen», verlangte Eagle.

«All right.»

Demetriades gab ihm einen Hundertdollarschein und machte sich im Geiste eine Notiz, daß das von Eagles Honorar abzuziehen war. Wenn Demetriades sich eine solche Notiz im Geiste machte, war das wie in Granit gemeißelt. Der Mann vergaß nichts.

«Schau her», sprach er, «ich an deiner Stelle würde mir einen ruhigen Abend machen. Was kannst du schon viel unternehmen in diesem Provinznest? Schlaf dich aus.»

Aber Demetriades wußte sehr genau, daß, wo immer Richie Stokes auftauchte, etwas Wildes losgehen würde. Eagle antwortete gar nicht, stopfte das Geld in die Tasche und ging an Demetriades vorbei ins Hotel, froh darüber, nicht mehr im Bus zu stekken, denn während der letzten acht Stunden hatten sich die Musiker wie Gefangene gefühlt. Und wenn sie sich trotzdem lustig gebärdet hatten, so war das eher aus Verzweiflung geschehen.

Während Eagle zu seinem Zimmer ging, überlegte er, wen Demetriades wohl beauftragt haben würde, ihn bis zum Konzert nicht aus den Augen zu lassen. Wer immer es sein sollte, er würde es schon verstehen, ihm zu entwischen.

Er duschte, und während er sich danach anzog, blickte er zum Fenster hinaus. Alles wirkte grau und langweilig, irgendwo hinten lag ein See, in dem sich der Vollmond spiegelte. In diese Richtung würde er bestimmt nicht gehen, dachte Eagle. Die Aussicht war scheußlich, die Stadt eine Drecksstadt, wie alle übrigen. Um wieviel besser wäre es, jetzt in New York zu sein, obwohl auch New York lausig sein konnte.

Jemand klopfte.

«Nur herein», rief Eagle.

Die Tür ging auf, und Al Fox trat ein. Er war der Tenor-Bläser der Gruppe.

«Hallo, Al, was gibt's, Baby?» fragte Eagle. Er wußte, daß Al sehr viel an dieser Tournee gelegen war, möglicherweise hatte er sich Demetriades dafür sogar angeboten. Es war kein Geheimnis, daß Al Eagle anbetete. In den letzten zwei Jahren hatte sich das ein wenig abgekühlt, aber vorhanden war diese Schwärmerei noch immer. Eagle hatte ihm immer gestattet, in seiner Nähe zu sein, und sie hatten sich oft miteinander unterhalten, eben wie Lehrer und Schüler.

«Wie sind deine Dinnerpläne, Richie?»

«Bin hungrig wie ein Löwe. Ich weiß da einen Platz.»

«Okay, bist du bald fertig?»

«Gleich, Baby, niemand kann schneller machen als ich.»

«Einverstanden, Richie.»

Mit flottem Schwung band Eagle sich seine breite, großgeblümte Krawatte und schlüpfte in sein kariertes Jackett, das gut abgestimmt zu seiner Hose paßte. Er besah sich prüfend im Spiegel und lächelte befriedigt. Dann steckte er beide Zeigefinger in den Mund und glättete mit den befeuchteten Fingern seine Augenbrauen.

«Fertig», sagte er.

Unten auf der Straße ging Al neben Eagle, ohne zu wissen, wo ihr Ziel lag.

«Wohin?»

«Ein kleines Lokal, dort herunter», antwortete Eagle. Seine Augen wanderten die Straße entlang auf der Suche nach Plätzen oder Menschen, die er vielleicht kannte. Lieber wäre er allein gewesen. Er wußte nicht, ob Al über ihn Bescheid wußte, wahrscheinlich nicht. Auf keinen Fall wollte er, daß diese jungen Musiker ihn in dem Zustand sehen würden, in den er zuweilen geriet. Vielleicht konnte er Al, nachdem sie gegessen hatten, abschieben. Al würde ihm jetzt rascher auf die Nerven gehen als selbst Demetriades.

«Hör mal, Al», sagte Eagle, «ich wollte schon seit langem mal mit dir reden. Dein Spiel hat sich in letzter Zeit etwas verändert. Ich glaub, es wär besser für dich, wenn du zum Klavier übergingst. Oder nimm ein paar Lektionen bei einem guten Gitarristen und laß dir von ihm ein paar Tricks beibringen über Akkorde und harmonische Progressionen, was hältst du davon?»

«Hast du je mit Charlie Christian gespielt?» fragte Al statt zu antworten.

«Mein Gott, ich hab doch praktisch schon mit jedem gespielt, der einigermaßen gut blasen kann.»

Eagle blieb plötzlich stehen.

«Mein Guter, vielleicht wird dich das verletzen, was ich sage. Aber hör auf, Pres nachzumachen. Du mußt deinen eigenen Stil finden, einen Stil, der zu dir paßt und der ausdrückt, was du denkst und empfindest. Du ahnst nicht, was Pres alles versucht hat in seinen Anfängen, ehe er seinen eigenen Stil gefunden hatte. Ihm ist es genauso wie dir ergangen.»

Wenn Eagle freundlich war und Ratschläge gab, dachte Al, dann konnte er einem auf die netteste Art die unnettesten Dinge beibringen.

«Aber ich versuche doch gar nicht, Pres nachzumachen», verteidigte sich Al.

«Na schön, Baby, all right, all right.»

Schweigend bogen sie in eine dunkle Straße ein und blieben dann an einer Ecke stehen.

«Was ist los?» fragte Al.

Eagle wendete sich ihm langsam zu und grinste.

«Nichts Besonderes. Hab nur wieder einmal eine meiner scheußlichen Launen.»

«Mensch, hör mal, wir sind an drei oder vier Restaurants einfach vorbeigegangen», beklagte sich Al.

«Richtig. Hab ganz vergessen, daß du hungrig bist.»

«Ich war der Meinung, wir wollten zusammen wo essen gehen, Richie.»

«Ja, ja, stimmt. Du mußt was in den Magen bekommen. Ich mach dir einen Vorschlag ...»

Er nahm Al unter den Arm und zog ihn ein paar Schritte weiter.

«Geh da rein, wo wir zuletzt vorbeigekommen sind, und bestell was für uns beide. Ich muß mich ein wenig auslaufen, aber ich komm gleich nach. Bestell was Gutes für mich, Baby.»

Eagle drehte sich um und war rasch im Dunkeln verschwunden. Al kehrte um. Auch er wollte nicht mit Eagle zusammen sein, wenn der in einen seiner bekannten Zustände geriet. Keiner aus der Gruppe konnte Richie dann ertragen. Demetriades konnte ihn wirklich nicht zur Verantwortung ziehen, wenn er Richie aus den Augen verlor.

David Hillary blickte auf, als der neue Gast eintrat, dann beugte er sich wieder über seinen Teller. Hillary war am Nachmittag mit einem Greyhound-Bus angekommen, um die Verabredung mit dem Leiter der Englisch-Abteilung an der Universität einzuhalten. Es gab da eine Chance, im Sommersemester für jemanden einzuspringen. Morgen würde er endgültigen Bescheid bekommen. Sowohl Keel wie Della, die er freilich seit ein paar Tagen nicht mehr gesehen hatte, hatten ihm viel Glück für die Unterredung gewünscht. In letzter Zeit schienen die beiden wieder besser miteinander auszukommen, aber Hillary spielte noch immer mit dem Gedanken, falls das mit der Stellung etwas werden würde, Della zu bitten, mit ihm zu kommen.

Er hatte an diesem Nachmittag New York verlassen, war bei schönem Wetter über die Autobahn gefahren. Als der Bus in das Weichbild dieser Kleinstadt einfuhr, hatte er wieder an Angela denken müssen. Um ihr Bild auszulöschen, hatte er ein paar Drinks gekippt. Vergeblich. Morgen, wenn er Doerffer aufsuchen würde, der ja Bescheid wußte, würde auch sie wieder auftauchen, alles würde wieder auftauchen. Er würde dagegen ankämpfen oder damit leben müssen.

Der junge Schwarze, der gerade eingetreten war, setzte sich an einen Fensterplatz. Während er aß – ein zweiter voller Teller wurde neben dem seinen hingestellt und das Essen darauf wurde kalt, wie Hillary bemerkte –, blickte er immer wieder durch die Scheibe auf die Straße.

Ein Mädel, natürlich, dachte Hillary, läßt ihn hängen. Er trank sein Bier aus, zahlte und ging. Von draußen warf er noch einen letzten Blick durch die Scheibe ins Innere des Lokals. Der junge Mann saß noch immer wartend da und hielt ängstlich Ausschau. Muß ein ziemliches Luder sein, dachte Hillary, ihn so lange sitzenzulassen. Er spielte ein wenig damit, öfter als ihm guttat, ins «Crimson» zu gehen, aber schließlich verwarf er diesen Gedanken. Er hätte dort leicht ehemalige Kollegen aus der Abteilung treffen können, noch ehe er mit Doerffer würde gesprochen haben. Es fiel ihm ein, daß er noch Durst hatte, und er kaufte sich auf dem Weg ins Hotel noch eine Dose Bier und eine Zeitung.

Nachdem er Al Fox abgeschüttelt hatte, begab sich Eagle ins Negerviertel. Zuerst war ihm der Gedanke, mit Al zu essen und zu schwatzen, ganz annehmbar erschienen. Aber dann hatte ihn wieder einmal so eine wilde Hoffnungslosigkeit überkommen. Und was hatten denn er und Al gemeinsam? Eagle aß allein in einem kleinen billigen Lokal, das von Wanderarbeitern frequentiert wurde. Dieser Teil des Viertels hatte sich gänzlich verändert, seit er zum letztenmal hier gewesen war. Lauter fremde Gesichter. Als er aufgegessen hatte, wischte er sich den Mund ab und legte seinen Hundertdollarschein auf die Theke. Wie erwartet, schlug ihm sofort eine Welle des Mißtrauens entgegen. Er lachte. Der Koch schickte jemanden um Wechselgeld aus, und Eagle saß wartend da und schmunzelte, weil alle ihn anstarrten, wirklich alle. Als das Wechselgeld kam und er bezahlt hatte, legte er ein größeres Trinkgeld umständlich und demonstrativ daneben und verließ das Lokal.

Aufmerksam sich nach allen Seiten umblickend, streifte er durch die dunkel werdenden Straßen. Wie ein Schatten bewegte er sich zwischen den paar armseligen Ulmen und Birken am Straßenrand. Hie und da schrie jemand auf, dazwischen hörte man grelles Gelächter. Ein Radio wurde plötzlich auf Laut gestellt und dann ebenso abrupt wieder auf Leise. Ein großer offener Wagen ratterte vorbei, vollbesetzt mit leise schwatzenden Negern. Eagle ging an einer Kirche vorbei, an einer Bar, an einem schäbigen Plattenladen und an einer Grillstube, die den ganzen Häuserblock mit ihrem Fettgeruch erfüllte. Schließlich blieb er vor ein paar besonders schäbigen Häusern stehen und blickte forschend die Straße hinunter. Dann durchschritt er eine Passage, die zu einem Hinterhaus führte, und stieg dort vorsichtig die abgetretenen Stufen hinauf. Kein Licht brannte im Treppenhaus, aber er kannte sich hier wohl gut aus, klopfte an einer bestimmten Tür und wartete. Leise Schritte waren zu hören.

«Wer ist da?» fragte eine Männerstimme.

«Eagle.»

«Eagle?»

«Mach schon auf, Baby. Ja, Eagle.»

Vorsichtig wurde die Tür geöffnet.

«Komm rein», sagte eine unkenntliche Gestalt.

Eagle betrat einen übelriechenden, verwahrlosten Raum, in dem nichts wahrzunehmen war, aber man roch Verfall und Moder. Der Fremde nahm Eagle beim Arm und führte ihn quer durch den Raum in eine andere Wohnung. Er schloß und verriegelte die zweite Tür. Hier war alles luxuriös eingerichtet, dicke, weiche Teppiche verschluckten jeden Schritt. Die Wände waren strahlend weiß, die Vorhänge rot und das Mobiliar kostbar. An einer Wand befanden sich Regale voller Bücher, auf der anderen welche mit Schallplatten. Auf einer langen roten Couch lag ein Mädchen im Trikot und sah sich das TV an. Gleichzeitig erscholl von einer Platte eine männliche Stimme.

«Ich hab die Zeitungen gesehen», begann der Fremde, «und ich hab mir gedacht, daß du den Weg hierher zum Futtertrog finden würdest.»

Er wendete sich dem Mädchen zu.

«Baby, das ist Eagle. Hast mich oft genug von ihm sprechen hören.»

Das Mädchen blickte auf.

«Hallo, Eagle», sagte sie.

«Hallo», sagte Eagle. «Ich weiß, du hast eine Schwester. Ist sie das, Brindle?»

«Besser als eine Schwester», antwortete Brindle. Und zu dem Mädchen sagte er: «Ruf Shirley.»

«Jetzt?»

«Heb deinen Hintern gefälligst und hol Shirley. Sag ihr, sie soll hier herunterkommen.»

«Hat das nicht Zeit, bis die Reklamesendung vorbei ist?»

«Nein. Jetzt.»

Brindle drehte sich um, öffnete einen Schrank und brachte ein Tablett mit einer Whiskyflasche und Gläsern.

«Bedien dich!»

Das Mädchen stand seufzend auf und verließ das Zimmer. Man hörte sie draußen mit Shirley sprechen.

«Gib mir einen Shot in den Arm», verlangte Eagle, nachdem er ein halbes Glas Scotch gekippt hatte.

Brindle, ein kleiner, großäugiger Mann von unbestimmtem Alter, sagte «komm mit» und führte Eagle ins Badezimmer.

«Wart hier.»

Eagle nahm sein Jackett ab und krempelte einen Hemdärmel auf. Brindle kam zurück und hielt die Nadel hoch, um die Luft herauszulassen.

«Wo kann man bei dir überhaupt noch einstechen?» fragte er.

Eagle deutete auf eine Stelle.

«Hier, nein, etwas tiefer. Ja, das ist gut.»

Brindle hantierte sehr geschickt.

Eagle griff in seine Hosentasche.

Brindle lächelte.

«Hab ich je einen Cent von dir genommen?»

«Nein.»

«Warum glaubst du, ich werd es heute annehmen?»

Eagle stopfte das Geld zurück in seine Tasche.

«Cool», sagte er.

«Hab gehört, du wolltest abspringen», sagte Brindle.

«Hör ich zum ersten Mal.»

Sie gingen zurück ins Zimmer. Das Mädchen lag wieder auf der Couch.

«Suzy, kommt sie?»

«Ja.»

«Diese Mädel gehen aufs College und sind dabei dumm wie

Bohnenstroh!» brummte Brindle. «Kennen nichts als Fernsehen, Fressen und Bumsen.»

Eagle besah sich das Mädchen auf der Couch. Sie war recht hübsch. Ihr Haar trug sie kurz geschnitten, zerzauste Fransen hingen ihr in die Stirn bis zu den schön geschwungenen Augenbrauen. Jetzt griff sie nach einer Marihuanazigarette, zündete sie an und atmete den Rauch tief ein.

«Alles schön an seinem Platz bei dieser Schokoladepuppe», sagte Eagle und machte es sich in seinem Stuhl bequem. Er fühlte sich plötzlich hundemüde.

«Wie gehen die Geschäfte?»

«Könnt besser sein.»

Brindle reichte ihm wieder die Whiskyflasche. Manchmal erlaubten sich seine Gäste – nachdem sie den Shot bekommen hatten – hinterher blöde moralische Bemerkungen.

Eagle malte mit den Händen eine Wölbung in die Luft.

«Hat Shirley so einen Vorbau?»

«Mächtiger», sagte Brindle.

Das Mädchen auf der Couch hatte sie nicht gehört.

Eagle lehnte seinen Hinterkopf gegen die Rücklehne des Stuhls und begann sich zu entspannen. Er spürte den Stoff durch seinen Körper rinnen und fühlte sich leichter und meilenweit entfernt von Brindle und dem Mädchen. Was da auf dem Bildschirm gesprochen wurde, übertönte die Musik des Plattenspielers in der Ecke. Der pikante Duft der Marihuanazigarette erfüllte den Raum. Brindle rauchte nun auch, die Zigarette wippte zwischen seinen vollen Lippen. Eagle streckte seine Hand verlangend aus, und Brindle reichte ihm wortlos eine. Eagle zündete sie an Brindles Zigarette an, ein Streichholz hätte von dem Marihuana zuviel aufgezehrt. Brindle reichte nun Eagle – Brindles Bewegungen schienen ihm nun flüssiger und geschmeidiger geworden zu sein – fünf weitere Zigaretten. Eagle ließ sie in seine Brusttasche gleiten. Einen Augenblick lang dachte er, da sitze ich nun und warte auf ein Weibsstück. Wie manchmal auch in Europa, wo in der Gastfreundschaft häufig auch ein Mädel mit inbegriffen war. Keine schlechte Sache, das.

Er überlegte, wie alt das Mädel auf der Couch wohl sein mochte. Vielleicht zwei- oder dreiundzwanzig. Ihre Freundin würde wahrscheinlich im selben Alter sein. Jung. Festes Fleisch. Keine Falten an gewissen Stellen unter der Brust, auch keine am Hintern.

«Laß sie herein», sagte Brindle scharf. «Shirley ist draußen.»

Das Mädchen stand auf, taumelte einen Augenblick und ging hinaus.

«Das war für heute abend deine letzte Marihuana. Laß sie rein und leg dich wieder hin.»

Eagle schien es, als ob das Mädchen nur eine Sekunde draußen gewesen wäre, bevor sie mit dem anderen Mädchen namens Shirley wieder eintrat. Er war fassungslos bei ihrem Anblick. Herrgott im Himmel, dachte er.

«Nimm dir einen Drink, Shirley», sagte Brindle und reichte ihr eine Zigarette. Das Mädchen zögerte.

Eagle sah wortlos zu. Sie nahm die Zigarette nur langsam und ließ sich von Brindle Feuer geben.

«Das ist Eagle», sagte Brindle.

«Hallo», sagte Shirley.

«Hei, Baby», sagte Eagle. Sie war ein kleines Persönchen, scheu, jung und fest und aus irgendeinem Grunde verschämt.

«Setz dich», sagte Eagle.

Shirley setzte sich, ihre Blicke wanderten von Eagle zum Bildschirm und dann wieder zu Eagle zurück. Für einige Augenblicke war nichts zu hören außer den Tönen vom Bildschirm und vom Plattenspieler.

Schließlich sagte Brindle zu dem Mädchen auf der Couch: «Verschwinden wir, aber dreh den Plattenspieler und das TV ab. – Wir haben eine kleine Besorgung zu machen», erklärte Brindle. «Fühl dich wie zu Hause. Wir bleiben eine Weile fort.»

«Blödes Getue», sagte Eagle.

«Bis nachher, Shirley», sagte das Mädchen im Trikot und winkte.

«Bis nachher», sagte Shirley.

Als die zwei gegangen waren, sagte Eagle:

«Komm her, Shirley.»

Das Mädchen stellte ihr Glas auf den Fußboden, setzte ein geziertes Lächeln auf und machte eine Bewegung, als wolle sie sich auf Eagles Schoß setzen. «Nein», sagte er, «setz dich hierher.»

Er zeigte auf die Seitenlehne seines Sessels.

«Du arbeitest für Brindle?»

«Nein», sagte sie rasch. «Ich bin nur eine Freundin von Suzy.»

«Hör auf mit der Lügerei. Du gehst wirklich aufs College, du und deine Freundin?»

Shirley nickte.

«Könnt wetten, Anatomie brauchst du nicht zu studieren. Warum treibst du so was? Tust du das gern? Ich meine, du gehst aufs College und versuchst, was aus dir zu machen. Und das hier, hast du das nötig? Da scheint mir was nicht zu stimmen. Warum suchst du dir keinen Job?»

«Es gibt nicht viele Jobs, die was einbringen.»

«Wieso nicht? Du hast doch was gelernt.»

«Ja.»

«Ja, was ja?»

«Einfach ja.»

«Wir brauchen gute Studenten für die Negerbewegung. Und du, was machst du aus deinem Studium, du verluderst!»

«Aber ich tu es doch gerne», sagte sie mit einem schiefen Lächeln. «Dagegen kann man halt nichts machen.»

«Das heißt nicht unbedingt, etwas gern tun, weil einen etwas dazu zwingt, es zu tun», sagte Eagle.

Er schnaufte vor Erregung.

«Ihr von der jungen Negergeneration seid alle angestopft mit Psychologie, stimmt doch?»

Das Zimmer um ihn schien sich riesig aufzublähen und war jetzt erfüllt von Musik. Alles schien auf Eagle einzudringen und ihn einhüllen zu wollen. Erschöpft beugte er sich vor und legte einen Arm um Shirleys Taille. Dann bog er sie zurück und beobachtete ihre Reaktion, so wie man einen Käfer beobachtet, den man auf den Rücken gelegt hat. Damit verschwendete er nur einen kurzen Moment, dann drückte er sein verschwitztes, aufgedunsenes Gesicht gegen das ihre, die beiden glitten zu Boden. Ihr Gesicht war ausdruckslos geworden wie eine Maske, Eagle geriet in wilde Wut und bekam Lust, ihr etwas anzutun. Warum wurde bei ihm alles zu einem Kreis, aus dem es kein Entrinnen gab? Seine Zerstörungswut war stärker als sein Trieb. Da hatte er sie nun auf dem Boden liegen, aber ihre Haltung zeigte weniger Unterwerfung als Gier. Was Eagle jetzt vollzog, war kein Liebesakt, sondern nackte Aggression.

Schon am nächsten Tag konnte er sich kaum mehr an sie erinnern.

Als es vorüber war, verließ er sie wortlos, suchte den zerknüllten Zettel hervor, auf dem er den Ort der Verabredung notiert hatte, und begab sich geradewegs an die Ecke Drake und Hammond Street. Hillary war noch nicht da. Eagle postierte sich an dieser Ecke, leicht verwundert darüber, daß er es sich gefallen ließ, auf Hillary warten zu müssen. Er paffte drauflos und genoß es, daß ihn hier niemand kannte. Dann begann er zu fluchen, blieb aber weiter rauchend und wartend stehen.

Der Polizist Howard Procopio bemerkte Eagle, als dieser rauchend in der Ecke stand. Die wenigen Neger, die man in diesem Viertel sah, waren zumeist wohlhabendere Studenten in Kaschmirpullovern und den üblichen weißen Halbschuhen. Aber dieser Schwarze mit seinem aufgedunsenen Gesicht war anders, auch älter. Auf Procopio wirkte er abstoßend. Der grelle Anzug dieses Mannes mißfiel ihm gründlich, er rückte sich selbstgefällig seine keineswegs besonders adrette Uniform zurecht und trat auf ihn zu, ohne recht zu wissen, wieso und warum. Zwei Jahre tat er nun bereits in dieser Gegend Dienst, und er kannte die ganze Unterwelt dieser Stadt vom Sehen. Diesen Neger aber kannte er nicht. Einen Augenblick lang zögerte er noch, dann ging er entschlossen auf diesen Mann zu, der es plötzlich eilig zu haben schien und sich in Bewegung setzte.

Eagle hatte den Cop auf sich zukommen sehen und daraufhin die Marihuanazigarette rasch ins Gebüsch geworfen.

«Momentchen mal», sagte Procopio und stellte sich breitbeinig vor Eagle hin und begann herausfordernd auf einem Bein zu wippen. Eagle war sorgfältig darauf bedacht, nichts von der Empörung zu verraten, die er tatsächlich in sich aufsteigen fühlte. Procopio hatte aber gerade diesen harmlosen Blick erwartet, gerade das bestätigte seinen Verdacht, bestätigte ihm, daß er richtig handelte, wenn er diesen Neger anhielt. Vor dem Polizeirichter hätte er freilich nichts anderes angeben können, als daß dieser Neger ihm verdächtig vorgekommen war.

«Was ist los?» fragte Eagle und setzte ein Bein vor, um dabei anzudeuten, daß er es eilig hatte.

«Wohnst du in der Gegend?» fragte Procopio, der die Antwort im voraus wußte und sie einfach als Einleitung benützte.

«Nein», sagte Eagle.

«Arbeitest aber hier in der Gegend?»

Neger waren hierherum in Gaststätten beschäftigt.

«Nein.»

Procopio hielt inne, etwas verwirrt durch die Knappheit von Eagles Antworten und durch sein uneingeschüchtertes Benehmen. Er hatte eine umständliche Antwort erwartet, etwa «Nein, aber ich ...»

Procopio runzelte die Stirn.

«Wie heißt du?»

«Warum?» fragte Eagle. Er wollte schleunigst aus dieser Situation heraus, aber doch mit einer gewissen Würde.

Procopio schlug nun einen aggressiveren Ton an.

«Hab ich dich nicht gefragt, wie du heißt? Also raus damit. Wie heißt du?»

Er hatte aufgehört, mit dem Fuß zu wippen.

Eagle hatte sich inzwischen eine Taktik zurechtgelegt, seufzte und fragte:

«Die Frage ist die, warum Sie eigentlich meinen Namen wissen wollen.»

«Also, was ...»

«Richie Stokes», sagte Eagle jetzt ganz rasch. Er war ärgerlich über sich selbst, weil er von seiner ursprünglichen Taktik abgegangen war.

«Stokes? Stokes?»

«Ja», sagte Eagle und entschied sich, nun unwiderruflich bei seiner ersten Taktik zu bleiben.

«Und wie heißen Sie, Cop?» Er lächelte spöttisch.

«Paß mal auf», sagte Procopio, ohne auf die freche Frage einzugehen, und begann wieder auf einem Bein zu wippen. «Bist du etwa hinter einer der Studentinnen her?»

Eagle dachte blitzartig, daß das gar nicht so falsch sei. Shirley war Studentin. Er blieb die Antwort schuldig und versuchte, an dem Cop seitlich vorbeizukommen. Es war nicht dieser Versuch, der Procopio erbitterte, sondern der Umstand, daß dieser Nigger es offenbar für überflüssig hielt, ihn einer Antwort zu würdigen. Er zog seinen Gummiknüppel hervor und begann ihn durch die Luft zu wirbeln. Eagle tat, als sei er entsetzt, und sprang beiseite.

«Sind Sie verrückt geworden!» rief er und hoffte, den Cop dadurch zur Besinnung zu bringen.

Eagle unterdrückte seine Wut und spielte jetzt den Feigling. Er blieb reglos stehen, das hatte schon öfter den Eindruck nicht verfehlt, warum sollte es nicht auch diesmal wirken?

Procopio trat mit erhobenem Gummiknüppel näher an ihn heran. Eagle wehrte ihn nicht ab, hielt seine Arme eng an seine Beine gepreßt und brummte:

«Cop, ich stehe hier und kümmere mich um meine eigenen Angelegenheiten, und Sie kommen da und drohen mit Gewalt!»

Procopio war jetzt ganz nahe bei ihm und umtänzelte ihn.

«... und Sie schwingen da Ihren Gummiknüppel», fuhr Eagle fort. «Was hab ich Ihnen denn getan? Aber ich weiß, warum. Sie brauchen es mir gar nicht erst zu sagen.»

Seine letzten Worte klangen resigniert. Noch während er sprach, fühlte er plötzlich die Hand des Polizisten in seiner Hosentasche, sie war schwerer als er vermutet hätte.

«Nehmen Sie gefälligst Ihre verdammten Flossen sofort aus meiner Tasche.»

Procopio merkte, wie Eagles Körper sich versteifte, blickte ihm ins Gesicht und sah, daß er zu weit gegangen war.

«Nehmen Sie Ihre Flossen sofort aus meiner Tasche», wiederholte Eagle und war bemüht, sich an seine ursprüngliche Taktik zu halten.

Procopio wich zurück und suchte noch immer vergeblich nach einem Zeichen von Angst in den Augen des Negers. Er konnte darin nur lesen, was der andere über ihn dachte. Procopio stieß ihn zurück und schwang wieder bedrohlich seinen Knüppel.

Plötzlich spürte Eagle, wie ihn die gleiche Erschöpfung überkam, die er vorhin bei Shirley erlebt hatte. Und obwohl er wußte, und sehr gut wußte, wie sinnlos das war, griff er nun diesen Mann in der schlampigen Uniform an. Was ihn dazu trieb, war, wie gesagt, nicht eigentlich dieser Mann selbst, sondern noch immer die melancholische Wut auf Shirley.

Er griff nach dem Knüppel, seine Hand, eine riesenhafte schwarze Klaue, umklammerte ihn und riß ihn in die Höhe. Da bekam Procopio es mit einemmal mit der Angst zu tun. Er wich zurück, und obwohl es ihm gelang, den Knüppel wieder an sich zu reißen, begriff er doch beschämt in einem Winkel seiner Seele, daß es ein Nigger war, vor dem er zurückwich. Seine Angst wuchs. Einen Augenblick lang stand er mit erhobenem Knüppel und stampfte mit dem Fuß auf. Daraufhin wich Eagle nun seinerseits zurück. Dann ging Procopio mit aufgerissenem Munde nun wirklich auf Eagle los und schlug mit dem Knüppel zu. Für einen Bruchteil einer Sekunde wartete er auf eine Reaktion. Und die kam auch.

Eagle machte eine Wendung und begann sich in den Schultern zu wiegen. Das sah für einen Augenblick so komisch aus, daß Procopio zu lachen begann. Das Lachen verging ihm aber sofort, denn der Neger holte aus und boxte ihm ins Gesicht. Nur mit Mühe konnte Procopio dem Schlag standhalten, und er versuchte sogar zum Angriff überzugehen. Eagle wich dem ersten Schlag grölend aus, dann ließ Procopio seine Faust krachend auf dem Schädel des anderen niedergehen. Er schlug blindlings weiter und bemerkte sehr wohl, daß der andere sich gar nicht mehr wehrte und alle Schläge hinnahm. Jetzt sprang der Polizist hinter Eagle, riß ihn am Kragen hoch und schleppte ihn zum telefonischen Polizeimeldekasten. Erst in diesem Augenblick bemerkte er eine kleine Gruppe von Studenten, die aus einiger Entfernung zusahen.

«Los», knurrte Procopio und gab Eagle, der sich widerstandslos alles gefallen ließ, einen Extratritt. Eagle zählte die Schritte, eins, zwei, drei, spürte die Faust im Nacken, die nicht losließ, und gab endgültig auf. Sie standen nun vor dem Meldekasten. Das Ganze hatte nicht länger als fünf Minuten gedauert.

David Hillary kam entspannt und in bester Laune aus Doerffers Büro. Vor dem Tor des Gebäudes atmete er tief die gute Frühlingsluft ein. Die Stadt unter ihm lag eingehüllt in purpurnen Dunst. Von hier gesehen nahm sie sich fast hübsch aus. Er blieb noch einen Augenblick stehen und blickte nach Osten, wo irgendwo seine ehemalige Wohnung zwischen den Hügeln lag. In ein paar Wochen, wenn er erst einmal wieder in der gewohnten

Ordnung installiert sein würde, dann würde er anfangen, Besuche in der Stadt zu machen. Alles würde wieder ins Lot kommen. Einem College-Dozenten gelingt es immer, sich Respekt zu verschaffen und Anerkennung zu finden. Seiner Familie würde er zuerst davon Mitteilung machen, daß er wieder im College gelandet war. Das würde die Beziehung wieder verbessern.

«David ist wieder an der Universität», würden sie sagen, mit jenem alten Stolz von Leuten, die gewohnt sind, daß alles seine Ordnung hat, und die nur tun, was «man» eben tut.

Natürlich hatte er gehofft, die Stellung zu bekommen, aber die Sache war weit besser ausgegangen, als er erwartet hatte. Man hatte ihm Einführungskurse angeboten, sowohl für das Sommer- wie für das Herbstsemester. Das war ein guter Neubeginn. Doerffer hatte ihn über sein Trinken ausgefragt, und Hillary hatte sagen können, daß das gar kein Problem mehr sei. Dann hatte Doerffer vorsichtig über Angela gesprochen – wie liebenswert sie gewesen war, und daß er, Hillary, sie gewiß sehr geliebt hatte. Doerffer war froh gewesen, zu sehen, daß Hillary sich nicht durch Trauer und Alkohol ganz ruiniert hatte.

Noch wagte Hillary nicht aufzuatmen, aber dann fiel das entscheidende Wort. Doerffer sagte:

«Herzlich willkommen. Nun kehren Sie in die Collegefamilie zurück.»

Da hatte das plötzlich alles hinter ihm gelegen, so hinter ihm, als ob es nie passiert wäre. Er würde wieder zwischen diesen sanften Hügeln leben, der Lärm des Sportstadions würde herüberklingen, und er würde sich wieder zwischen diesen ehrwürdigen Gebäuden bewegen und lange Spaziergänge machen.

Langsam setzte er sich wieder in Bewegung, und mit einigem Unbehagen dachte er an seine Verabredung mit Eagle. Er wußte, es war spät geworden, und heimlich hoffte er, daß Eagle bereits gegangen sein würde, anderseits hätte er Eagle auch wieder ganz gern jetzt neben sich gehabt und ihm alles erzählt. Wartete Eagle etwa noch dort, wo sie sich verabredet hatten? Hillary beschleunigte seine Schritte auf seinem Weg talabwärts. Er war, so sprach er zu sich selbst, wie neugeboren, verwandelt durch die Menschen, mit denen er bis jetzt zusammen gelebt hatte. Er dachte jetzt wieder mit Wärme an Eagle, während er die Straße überquerte. Wie war es nur möglich gewesen, daß er einen Augenblick lang gehofft hatte, ihn zu versäumen, dachte er beschämt. Er sah sich schon im Geiste Eagle herzlich begrüßen. Vielleicht würden sie zusammen ins «Crimson» gehen, um seine Anstellung mit einem Drink zu begießen, aber nur ein einziger durfte es sein. Er sah sich dann mit Eagle die Straße zum Campus hinaufsteigen, und wie er Eagle alles zeigen würde. Sie würden Leuten begegnen, die ihn wiedererkannten und ansprachen, und Doerffer würde sich freuen über Hillarys wiedererwachte Menschlichkeit. Hillary bemerkte, daß drüben an der Ecke etwas los war. Dumpf ahnte er, daß der klobige Schwarze dort Eagle war, aber er gestattete sich nicht, das als Realität zur Kenntnis zu nehmen. Er ging ein paar Schritte weiter und erlaubte sich nicht einmal unterschwellig, den Tumult, den er sah, richtig zu deuten. Dann stoppte er, begriff, und seine erste Reaktion war Wut, aber nicht auf den Cop, sondern auf Eagle. Der hatte also auf ihn gewartet! Die Menge gaffte regungslos, kein Wort wurde gesprochen. Hillary sah sich im Geist über die Straße rasen, den Arm des Polizisten packen und ihm ins Gesicht schlagen, ganz so, wie er damals den Kerl in dem tschechischen Lokal niedergeboxt hatte. Aber hier war nicht das tschechische Lokal, hier war er nicht so isoliert wie dort, wo er einfach hatte handeln müssen, wo das Gesetz «Aug um Aug» gegolten hatte. Irgendein Passant sagte:

«Die Polizei geht aber wirklich zu brutal mit unseren Negern um.»

Hillary schnitt eine Grimasse und starrte reglos auf die Szene. Eagle hatte alle Versuche, sich zu verteidigen, aufgegeben, aber der Gummiknüppel sauste noch immer auf ihn nieder. Hillary konnte seine Augen nicht von diesem Gummiknüppel losreißen. Er fühlte sich schuldig, gleichzeitig aber auch nicht ohne eine gewisse Schadenfreude. Endlich hielt der Polizist inne. Hillary hoffte in seinem tiefsten Innern, daß dies nur eine Pause in diesem düsteren Adagio sei und noch weitere Schläge folgen würden. Statt dessen schleppte der Polizist sein Opfer zum Meldekasten. Auf Eagles Gesicht spielte ein trauriges Lächeln. Er wischte sich mit dem Handrücken müde das Blut von den Schläfen. Hillary sah ein Polizeiauto heranfahren. Die Sirene heulte und verstummte dann. Zwei Polizisten sprangen heraus und schoben

Eagle auf den Rücksitz. Der Cop mit dem Gummiknüppel musterte noch einmal herausfordernd die herumstehenden Studenten. Dann sprang auch er in den Wagen, schob Eagle einfach beiseite und setzte sich neben ihn. Hillary sah, wie er noch immer den Knüppel bedrohlich hin und her schwang. Knirschend fuhr der Wagen los in Richtung Downtown. David Hillary fand sich zu seinem Erstaunen in den letzten Reihen der Leute, die die Szene beobachtet hatten. Rasch verließ er den Platz – mit dem bitteren Gefühl, versagt zu haben.

Gegen sieben Uhr abends beschloß er, nachdem er ziellos durch die graue und trübselige Stadt gewandert war, doch das Konzert zu besuchen. Die Zeitungen und Radiostationen hatten die Nachricht gebracht, daß Eagle wegen öffentlicher Ruhestörung verhaftet, aber dann auf freien Fuß gesetzt worden war. Er hatte sich gar nicht die Mühe genommen, irgend etwas aufzuklären, und obwohl Walter Demetriades im Polizeigericht einen Wutausbruch wegen der Verhaftung seines Stars gehabt hatte, hoffte er doch, daß der Zwischenfall sich lohnen und eine große Menge herbeilocken würde. Damit sollte er recht behalten.

Hillary hatte einen Balkonsitz. Über dem Saal lag Hochspannung. Es herrschte das aufgeregte Stimmengewirr eines erwartungsvollen Publikums. Einige wußten, was geschehen war, die meisten waren einfach gekommen, weil sie sich eine Sensation erhofften. Hillary fühlte sich plötzlich eingesperrt wie in einem Käfig.

Ein Aufschrei begrüßte das Hochgehen des Vorhangs. Eagle sah all right aus. Er stand etwas abseits von der Band, ein triumphierendes Grinsen lag auf seinem Gesicht, ein Pflaster lief quer über seine Schläfe. Der Beifallssturm schwoll an, und Eagles Grinsen wurde noch breiter. Sie bejubeln ihn, nicht weil er Eagle ist, dachte Hillary, sondern weil er von der Polizei zusammengeschlagen und hinter Gitter gebracht worden war und nun wieder heil vor ihnen stand. Es war eine Demonstration gegen die Polizei, der man es besonders verübelte, wenn sie gegen Künstler vorging. Eagles Lippen bewegten sich, und Hillary stellte sich vor, er sage: «Hallo, ihr Idioten, da bin ich wieder!» – Eagle warf lachend seinen Kopf zurück und sagte etwas zu einem jungen Kerl mit einem Tenorhorn. Hillary erkannte ihn verblüfft wieder.

Das war der Mann, der so lange neben ihm im Lokal gewartet hatte. Die beiden lachten noch immer, als der Trommler und der Kontrabassist mit den ersten Takten der Einleitung einsetzten, noch immer begleitet von frenetischen Jubelrufen und Pfiffen des Publikums.

13

Schon seit Tagen war es Della aufgefallen, aber jetzt war es an der Zeit, es auszusprechen.

«Du scheinst dich in der letzten Zeit wohler zu fühlen.»

Keel grinste und zuckte die Achseln, oder richtiger gesagt, Della nahm an, daß er das getan hatte. In der herrschenden Dunkelheit hatte sie nur eine Bewegung seines Körpers gespürt, die sie das vermuten ließ. Schlaf fanden weder sie noch er.

«Ja», sagte er.

Sie spürte seine Berührung. Erst diese Berührung machte sie ihres eigenen Körpers bewußt, wie wenn der gar nicht voll Leben gewesen wäre, ehe er sie berührt hatte. Della fühlte sich warm geborgen in diesem Gedanken, und sie schmiegte sich fest an seine Brust. Es war ihr, als hörte sie ganz von fern eine altvertraute Melodie, ganz leise, als ob es ein Echo wäre. Behutsam wandte sie ihr Gesicht mit geschlossenen Augen dem seinen zu. Es war die alte, vertraute Berührung, so alt, daß sie schon wieder fast neu war, wunderbar neu. Sie lag still und ganz reglos, um dieses Gefühl nicht zu verlieren.

Keel glaubte zu fühlen, daß es wieder bergauf mit ihm ging, jawohl, bergauf. Er war sich dessen nur noch nicht ganz sicher. Er spürte, wie seine Stirn und seine Achselhöhlen feucht wurden. Und dann wußte er, daß er dazu wieder imstande sein würde, daß er es konnte, und er seufzte tief erleichtert auf. Sein Körper sehnte sich, aber er war seiner Sache noch nicht ganz sicher, und so entzog er ihr bebend seine Hand. Nichts übereilen, dachte er, ich muß mir Zeit lassen.

«Was ist los?» fragte Della traurig, denn sie hatte seinen

Kampf verstanden. Sie ahnte, daß sein Triumph noch ungewiß war und er noch nicht für sie bereit sein konnte.

«Ich ...» begann er, dann verstummte er wieder.

«Keel?» Sie streichelte ihn, als wenn sie glaubte, sie könne ihre Lebenskraft durch ihre Fingerspitzen auf ihn ausstrahlen. Inständig hoffte sie, ihm helfen zu können, seinen noch ungewissen Triumph zu sichern.

Wie überwältigt von ihrer großen Güte und Geduld, kamen die Worte sanft und zart von seinen Lippen.

«Was gibt's, Baby?»

Sie begann leise in sich hineinzuschluchzen, in einer stillen, beinahe um Verzeihung bittenden Art.

Und behutsam und fast ebenso still sagte er:

«Ich glaube, das haben wir beinahe hinter uns.»

Sie nickte, und als sich der Kloß in ihrem Hals gelöst hatte, flüsterte sie, fast im gleichen Ton wie er:

«Ich weiß.»

«Hör auf zu weinen, Kind.»

Della nickte in ihr Kissen hinein. Langsam begann es friedlich in ihr zu werden, und ein winziger Schimmer von Glückseligkeit, eine Spur davon, eine Vorahnung, zog in sie ein. Nun wäre sie am liebsten aufgesprungen und hätte das Zimmer mit Blumen geschmückt, während er Cocktails hätte mischen sollen und eine Platte auflegen. Ihr Haar wollte sie lösen und um sich legen, so wie er es gerne mochte, ihr Gesicht so schminken, wie es ihm gefiel, und sein Lieblingskleid anziehen. Und vor allem hätte sie ihn gern gefragt:

«Was kann ich dir schenken, Geliebter, damit du so glücklich wirst wie ich?» – Und er würde es ihr sagen, und wie zwei Titanen würden sie sich über der Wölbung des Erdballs erheben, und sie würde ihre Hand ausstrecken zwischen Wolkenkratzern, Wäldern und Ozeanen und würde ihm all das reichen, was er ersehnte, und sie würde sich nicht losreißen können von dem Anblick seines strahlenden Gesichts. Sie kannte diesen Ausdruck, neben dem ein gesprochenes «Danke» schon nicht mehr zählt, einen Ausdruck, den sie, und nur sie kannte, wenn seine Augen sanfter wurden und die Linien um seinen Mund sich lösten. Und sie würde tief hineinsehen in diese Augen, die manchmal so unglaublich erwartungsvoll blickten, als könnten sie nicht nur sehen, sondern auch hören.

Keel lag in der nachdenklichen Haltung eines Liebhabers, der vergeblich seine Gefühle in Worte zu fassen sucht und sie schließlich in einer einzigen Danksagung an die Geliebte verströmen läßt. Das Tal der Verdüsterung, durch das er so lange hatte wandern müssen, schien sich plötzlich aufzuhellen, als wenn ein Windstoß Rauch oder Wolken vertrieben hätte. Auch er sah sich als Titan, der Mond stand zum Greifen nahe über ihm, die Sterne waren wie Glühwürmchen, die darauf warteten, erhascht und der Geliebten überreicht zu werden, damit sie ihr Haar damit schmücke und damit dadurch das Blau ihrer Augen besser zur Geltung käme.

«Wie wohl ich mich fühle», sagte sie in all ihrer Aufrichtigkeit, und er dachte, nicht einmal ein Brite hätte ein solches Understatement über die Liebe erfinden können.

«Und ich erst», sagte er und griff nach einer Zigarette.

Beide dachten an die Zeit, da sie verheiratet sein würden. Della sagte still:

«Jetzt bin ich auch bereit, mich enterben zu lassen.»

«Denk nicht daran», sagte er, und sein Ton war voll Dankbarkeit und Wärme, weil sie ihm damit eben ihr endgültiges Ja gegeben und gezeigt hatte, daß sie bereit sei, ihre Beziehung zu ihren Eltern ihm zuliebe preiszugeben.

«Nicht mehr allein», sagte sie, immer noch halb in ihr Kissen hinein.

Keel streichelte sie in einem Gefühl endgültiger Zusammengehörigkeit und wunderte sich im gleichen Augenblick darüber, daß wenige Sekunden genügt hatten, um aus ihm ein anderes Wesen zu machen, das sich selbst vergessen konnte, um im anderen aufzugehen.

«Ich möchte gern wissen, wie der Prof ohne uns zurechtkommt», sagte Keel laut und bereute im Augenblick, da er sie ausgesprochen hatte, seine Worte. Er hatte es ganz harmlos, ohne jeden Nebengedanken, gemeint. Aber er spürte sofort, wie Della sich ihm entzog, von ihm fortrückte.

Erst nach einer längeren Pause wendete sie sich ihm wieder zu und tat so, als ob nichts geschehen wäre.

«Das möchte ich auch wissen», sagte sie, nachdem sie sich geräuspert hatte, was sie immer tat, wenn sie nervös war.

«Wahrscheinlich ist alles in Ordnung.»

Die gespielte Beiläufigkeit ihres Tons verriet ihm, daß sie keine weitere Diskussion über Hillary wünschte. Ihr Benehmen warnte ihn, er stellte sich die beiden miteinander vor, begann zu begreifen, war einen Augenblick lang wütend, dann traurig, dann war alles wieder fortgewischt, und er war wieder der Titan, der den Mond wie eine Silberperle in der Hand hielt und ihr überreichte.

Aus dieser himmlischen Höhe herunter sagte er:

«Ich haßte den Prof, vom ersten Augenblick an, da ich ihn sah. Dann begann ich ihn gern zu haben, und dann hab ich ihn wieder gehaßt.»

Er machte eine Pause und wartete auf irgendeine Reaktion von ihr.

Da nichts kam, fuhr er fort:

«Man kann fertig werden mit Leuten wie Crane, weil man bei denen vom ersten Augenblick an versteht, daß sie sich in ihrer Umgebung immer unterlegen gefühlt haben und zur Stärkung ihres Selbstbewußtseins Leute brauchen, denen sie sich überlegen fühlen können. Dazu sind die schwarzen Jazzmusiker gut.»

«Ja», sagte sie.

Seine Hand lag auf ihrer Hüfte, wie die Hand eines Richters auf der Schulter eines Angeklagten, dem er wohl will.

«Im Anfang hat er uns für eine kurze Weile gebraucht, hat versucht, durch uns sein Gleichgewicht zu finden, aber das klappte nicht. Als er sich dann allmählich einlebte, hat er geglaubt, sich unserer annehmen zu müssen. Er hat vielleicht die Idee einer rassischen Überlegenheit weit von sich gewiesen. Unsere Feindschaft sollte einzig und allein ein Kampf Mann gegen Mann sein. Ich gegen ihn ...»

Keel hielt inne, und Della spürte seinen festen Griff. Dann sagte er: «Und das, worum wir kämpften, warst du.»

Er ließ sie los. Della suchte nach seiner Hand und legte sie wieder auf ihre Hüfte.

«Ich hätte ihn nie lieben können», sagte sie, und während sie es sagte, spürte sie, wie ein Seufzer der Erleichterung seinen Körper hob und senkte.

«Wenn er diese Stellung bekommt, wird er da nicht wollen, daß du mit ihm gehst?»

«Nein.»

«Bist du dessen so sicher?» fragte er, und nun war er durchaus kein Titan mehr, sondern ein gekränkter Liebhaber, der wußte, daß das alles einmal ausgesprochen und durchdiskutiert werden mußte, vielleicht gerade jetzt und hier, in dieser Nacht, da er aufbegehrte und auch insgeheim daran gedacht hatte, sich irgendwo anders schadlos zu halten.

«Ja», antwortete sie, «ich bin ganz sicher.»

Sie drückten ihre Zigaretten aus und lagen dann stumm nebeneinander, beide erschöpft von dem Versuch, gegeneinander ehrlich zu sein und doch den anderen dabei nicht zu verletzen.

Nach einer Weile begann er seine Glieder zu strecken und gewisse Bewegungen zu machen, von denen Della wußte, daß sie den Aufbruch bedeuteten.

«Bleib bei mir», flüsterte sie. «Wir werden schlafen, einfach schlafen.»

Sie spürte sein Zögern und sah im Geiste, und er sah es auch, wie der Morgen heraufdämmerte, wie die Radiogeräusche aus den Nebenwohnungen dringen würden. Daß sie zusammen duschen und danach frühstücken könnten, wie sie dann zusammen auf die Straße hinaustreten und sich schließlich an der nächsten Ecke voneinander verabschieden würden.

«Nein», sagte er schließlich, «ich bleibe nicht.»

Ohne weitere Überlegung platzte sie heraus:

«Hast du denn solche Angst davor?»

Ein Schweigen entstand, in dem sie zehn Tode der Scham starb, dann sagte er:

«Ja, ich habe Angst davor, daß es wieder nicht gelingen könnte. Und es darf nicht noch einmal mißlingen.»

«Es tut mir leid», sagte sie. «Passiert das allen solchen Paaren wie uns?»

«Ich weiß nicht. Hoffentlich nicht.»

Sie sah ihm zu, wie er aufstand. Seine Silhouette hob sich vom Fenster ab, während er sich seine Krawatte band. Er warf einen Blick auf die Straße hinaus und sagte:

«Was für eine schöne Nacht. Wenn wir beide nicht so übermüdet wären, würde ich dir vorschlagen, einen Spaziergang zu machen.»

«Um diese Zeit?»

«Ja, um diese Zeit.»

Sie knipste das Licht an. Er wandte sich ihr zu und lächelte.

«Ja, um diese Zeit, wo die Cops auf ihrem Rundgang sind und die Streifen uns an jeder Straßenecke anhalten könnten, um uns mit blöden Fragen zu belästigen.»

Della vergrub ihren Kopf in den Kissen.

«Sag mir good bye», bat er und schlüpfte in sein Jackett. «Sag mir good bye, und, bitte glaub mir, daß ich froh wäre, wenn ich jetzt nicht gehen müßte.»

«Good bye», sagte sie und fügte in plötzlich aufsteigender Angst hinzu: «Wir sehen uns doch morgen?»

«Gewiß, meine Liebe, selbstverständlich», sagte er, einigermaßen bestürzt durch die Dringlichkeit ihres Tons. «Alle Morgen wieder», schloß er und verließ das Zimmer.

Hillary kam in New York in einem Zustand tiefer Depression an. Er blieb im Bus-Bahnhof der Thirty-fourth Street eine Stunde lang sitzen, ehe er sich aufraffen konnte, einen Bus nach Downtown zu besteigen. Er wußte, der Grund seiner Rückkehr konnte nur sein, ein volles Geständnis abzulegen. Aber vor wem? Vor Della? Vor Keel? Gewiß, gewiß, auch vor ihnen. Aber die entscheidende, bis in alle Einzelheiten gehende Beichte war er Eagle schuldig. Mechanisch stieg er in den Bus, stieg benommen irgendwo in einen anderen um, und als er diesen verließ, war er noch immer halb betäubt und dankbar für die ihn umgebende Dunkelheit. Mühsam schleppte er sich zum «Sadik», und während er die Stufen wie ein Alter hinuntertorkelte, ein Alter, der Gefahr läuft, sein Gleichgewicht zu verlieren, veranlaßte ihn ein Wagengeräusch, sich abrupt umzudrehen. Aus einem Auto, das ein paar Schritte entfernt geparkt stand, steckte jetzt jemand rasch seinen Kopf aus dem Wagenfenster. Langsam betrat Hillary das Lokal und zog die Tür hinter sich zu. Er blieb reglos im Dunkeln stehen und beobachtete das Auto auf der Straße. Der Geruch von Kaffee und kalter Asche hing im Raum. Das erste, was er morgen früh zu tun haben würde, war, das Lokal gut durchzulüften, dachte er.

Dann fiel ihm ein, daß er am Morgen vielleicht gar nicht mehr hier sein würde. Er brauchte ja nicht mehr hier zu sein. Genügte es denn eigentlich nicht, eine Weile hier allein herumzusitzen? Die Antworten auf all die Fragen, die ihn bedrängten, würden sich dann von selbst einstellen und würden es überflüssig machen, vor Eagle, Della oder Keel hinzutreten. Sie brauchten niemals zu erfahren, daß er überhaupt hier gewesen war.

Der Mann draußen im Wagen zündete jetzt ein Streichholz an, und Hillary konnte einen Ausschnitt seines Gesichts sehen, die Wange, das Ohr, sonst nichts. Der Rest blieb schattenhaft. Ein Polizist vielleicht, überlegte Hillary. Würde der etwa hier hereinkommen wollen? Ging da vielleicht etwas vor, was seine wiedergewonnene Position an der Universität gefährden konnte?

Im Stockwerk über sich hörte er Schritte und ein paar Sekunden später die Wasserspülung in der Toilette. Während es oben weiter rauschte, waren wieder die Schritte zu hören, dann wurde es still. Da hatte sich einer wieder zur Ruhe begeben. Ich sollte auch im Bett liegen, dachte Hillary.

Aber er war nicht schläfrig, sagte er sich, nur ungeduldig, daß der Morgen käme, damit er irgend jemandem von dem Ergebnis seiner Reise würde erzählen können. Dann würde er diese gottverfluchte Stadt verlassen. Dabei ahnte er doch schon, daß er diese Absicht nicht verwirklichen und bleiben würde.

Der Motor des Wagens draußen sprang an, heulte auf, ging in ein Summen über, Licht wurde eingeschaltet, der Wagen entfernte sich. Stille lag wieder vor dem Eingang des Lokals. Hillary zog sich in sein Zimmer zurück und knipste dort das Licht an. Er zog die Schubfächer auf und legte alles, Stück für Stück, auf die Kommode. Dann entkleidete er sich und schlüpfte ins Bett.

Der Morgen stieg blau-weiß im Osten auf. Della erwachte früh vom Geflatter der Tauben, die vom Dach hinunter auf die Straße flogen. Sie war ohne jene Morgendepression aufgewacht, unter der sie seit Monaten gelitten hatte, die ihr die ersten Morgenstunden vergällt hatte, wie die Nachwirkung einer Überdosis von Schlaftabletten. Sie sprang mit einem Satz aus dem Bett und bereitete sich ein reichliches Frühstück. Der heutige Morgen würde der Beginn einer ganzen Reihe schöner Tage sein, die sie bis zur Neige auskosten wollte. Zum erstenmal seit vielen Wochen drehte sie das Radio von der ernsten Musik des WNYC auf die alberne U-Musik der WRCA-Station. Sie hatte ganz vergessen, daß sie diese Sendungen bisher immer als höchst langweilig kritisiert hatte. An diesem Morgen fand sie diese Musik jedenfalls überaus amüsant und witzig.

Während sie das Bett machte, beschloß sie, in ihrer Lunchpause sich ein bißchen in Möbelgeschäften umzusehen. Ihr Blick fiel zufällig auf das Telefon. Keel, dachte sie.

Südwestlich von Dellas Wohnung, in jenem Viertel, das eigentlich nur ein Wurmfortsatz von Manhattan zu sein scheint, lag Keel im Bett und rauchte. Er war nicht böse darüber, daß er so früh aufgewacht war. Der Verkehr auf der nahegelegenen Autobahn war schon dicht, und er klang wie Wasserrauschen durch einen engen Kanal. Unten, einen Block weit entfernt, wurden die Züge bereits zusammengekoppelt, man vernahm den harten Klang des Metalls, wenn die Waggons aneinandergehängt wurden. Die Züge würden dann langsam nach Norden rollen, am Hudson-Ufer entlang, würden dann unterhalb des Riverside-Parks unterirdisch weiterfahren, weit draußen in der Bronx wieder auftauchen und schließlich auf die Hauptlinie übergeleitet werden. Dann wanderten seine Gedanken fort von den Zügen zu Della.

Und er verfluchte sich. Es war gar nicht so angenehm, daß er diesen Schutzwall, den er um sich gebaut hatte, jetzt verlassen hatte, dachte er. Dadurch bin ich nur von neuem verwundbar geworden.

Er inhalierte tief und sagte laut – dabei hatte er die Vision, vor einer Menschenmenge zu stehen und eine Erklärung abzugeben –, er sagte laut: «Ich liebe sie.» – Weil Frühling ist, wollte er das vor sich selbst gleich wieder abschwächen. Aber, zum Teufel noch einmal, da hatte er sie doch gerade erst verlassen, und schon konnte er es nicht erwarten, sie wiederzusehen. Er stellte sich vor, wie sie sich anfühlte, die Art, wie sie sich bewegte, wie ihre Stimme klang, wie sie ihn ansah, wie sie barfuß ins Badezimmer ging und wieder zurückkam, wieder unter das Laken schlüpfte und wohlig ... Ein ganzes Leben lang wollte er das haben!

Die anderen Dinge, die schmerzlichen Dinge, drangen an diesem Tag nicht in ihn ein, nicht einmal die Tatsache, daß David Hillary mit ihr zusammen gewesen war.

Zur gleichen Stunde verließ Hillary das «Sadik». Es gab da eine kleine Bar, schräg gegenüber, der steuerte er schnell zu in der Hoffnung, den Barmann schon beim morgendlichen Aufräumen zu finden. Er fand ihn auch, aber in schlechter Laune, weil er so früh mit der Arbeit anfangen mußte, und das sagte er auch zu Hillary. Trotzdem ließ er sich herbei, ihm zwei Drinks zu servieren. Das Lokal roch noch nach der Kundschaft des letzten Abends. Hillary trank langsam und starrte dabei auf die Straße hinaus, wo die Ladentüren sich nach und nach öffneten und die Markisen gegen die Sonne heruntergelassen wurden. Dann kehrte er zum «Sadik» zurück und begann dort Ordnung zu machen. Er ließ die Tür beim Arbeiten weit offen und stellte sich vor, daß Eagle jeden Augenblick die Stufen herunterkommen und sagen würde:

«Na, wie geht's, du Hurensohn?»

14

Der Bus parkte in der Nähe des Gewerkschaftshauses, und Eagle stapfte schwerfällig treppauf, um zu sehen, wen er oben antreffen würde. Er wußte selber nicht ganz genau, warum er das tat. Am obersten Treppenabsatz stieß er auf Yards Brown, der auf dem Weg nach unten war.

«Hallo, Hurensohn!» rief Eagle.

Yards runzelte die Stirn. Es war ganz in Ordnung, daß Eagle die anderen so titulierte, aber bei ihm sollte er das gefälligst sein lassen. Eine kleine, verlegene Pause entstand. Yards glaubte stets einen leisen Unterton von Verachtung aus Eagles Stimme herauszuhören, aber in Wahrheit lag das etwas anders. Yards hatte sich niemals von einem gewissen Schuldgefühl Eagle gegenüber freimachen können. Denn er hatte zwar alles in sich aufgenommen, was Eagle ihm zu bieten gehabt hatte, ihn dann aber dennoch verlassen und war auf seine eigene Weise, ohne irgendein musikalisches Konzept, einfach dem Erfolg nachgejagt und hatte es auch tatsächlich geschafft. Seine Aussprüche standen in den Klappentexten fast jeder Jazz-Zeitschrift. Er bekam bei Jazzfestivals enorme Honorare für eine einzige Nummer, er spielte in Konzerten, sofern sie in New York stattfanden, einzig deshalb, weil er dafür so gut bezahlt wurde, und er tat es stets voll Verachtung für das Publikum. Auch die Engagements in verschiedenen Nachtklubs trugen ihm einen Haufen Geld ein. Er verstand nicht nur seine Dollars zu verdienen, er wußte auch, wie man sie festhielt. Er hatte Eagle einmal gesagt (damals war er erst zwanzig gewesen):

«Mensch, wenn du so weitermachst, wirst du als Bettler enden.»

«Aber glücklich werde ich enden», hatte Eagle geantwortet, und er hatte das damals auch wirklich so gemeint.

Nun lächelte ihn Eagle herzlich an. Wenn es niemanden anderen mehr für Eagle gab, dann blieb ihm immer noch Yards, für den er wie für einen Sohn empfand, den er so tief liebte, daß er sich hüten mußte, es zu zeigen, um damit nicht lästig zu fallen. Yards, immer tadellos gekleidet, diesmal in einem maßgeschneiderten europäischen Anzug, rief, als Eagle ihn so herzlich anlächelte:

«Wie wär's mit einem Kaffee, Baby?»

Eagle zuckte die Achseln, und sie machten sich zusammen auf den Weg nach unten.

«Wie war die Tournee?»

Neuerliches Achselzucken Eagles.

«Bin todfroh, wieder zurück zu sein.»

Yards öffnete den Schlag seines weißen Jaguars für Eagle, der seinen massigen Körper schwerfällig hineinschob. Bewundernd strich er drinnen über das Leder.

«Kannst du dich noch an meinen weißen Caddie erinnern, den ich mal hatte?» fragte er.

«Ist aber bißchen knapp für dich gewesen», bemerkte Yards trocken. Eagle war damals noch viel korpulenter gewesen als heute und war in seinem Wagen wie ein Komet über den dunklen

Himmel dahingeschossen, so wild, daß rechts und links die Leute auseinandergestoben waren. Yards hatte es sich damals als Ehre angerechnet, mit ihm den Broadway hinauf und hinunter zu rasen, und er hatte kaum seine Erregung verbergen können, als Eagle ihn aufgefordert hatte, seiner Combo beizutreten. Millionen Jahre war das her.

Sie schossen schweigend durch den morgendlichen Verkehr. Dann und wann blickte Yards auf Eagle. Der Ältere beobachtete die Leute auf dem Gehsteig, die entgegenkommenden Autos, und sein Gesicht blieb dabei ausdruckslos.

«Hab gehört, was dir da passiert ist», begann Yards.

Eagle kicherte.

«Und ich hab was über dich in Oklahoma gehört.»

Yards stemmte sich einen Augenblick gegen das Lenkrad, lehnte sich zurück und lachte. Vor ein paar Wochen hatte er dort einen Cop niedergeboxt.

«Keel gesehen?»

«Nein», brummte Yards. Gerade vor Keel fühlte er sich dafür, daß er Eagle im Stich gelassen hatte, schuldiger als vor irgendeinem anderen.

«Wie geht's ihm mit seinem Hühnchen Della?»

«All right, glaub ich», sagte Eagle und sah weiter auf die Straße hinaus.

«Mußt da einen Riesenwirbel gemacht haben, unterwegs», sagte Yards.

«Wer redet dir so was ein?»

«Menschenskind, was du treibst, darüber redet doch alle Welt.»

«Wer denn?»

Eagle blickte nach wie vor fasziniert auf die Straße, er hielt es nicht einmal für nötig, sich Yards zuzuwenden. Wenn er spielte, hatte er selten Gelegenheit, sich die Menschen anzusehen, er war dann meist tagsüber zu müde, um auszugehen. Und wer, zum Teufel, kümmerte sich schon viel darum (außer zwei oder drei Menschen, und einer davon war Yards), ob er vom Leben was abbekam, dachte Eagle.

«Ein Kerl ist hinter dir her, hör ich.»

«Was für ein Kerl?»

«Ein Profi, Mensch, ein Berufskiller.»

«Ach was, laß mich in Frieden damit.»

«Du solltest mir lieber ernstlich zuhören, Eagle. Du weißt schließlich, ich hab dich noch nie zum Narren gehalten.»

«Warum soll er denn hinter mir her sein?»

«Wegen diesem Weibsstück, das du unterwegs ...»

«Ach deshalb!» sagte Eagle und schmunzelte. «Also die war wirklich nicht der Rede wert, auch nicht im Bett.»

«Aber darauf kommt's ja nun nicht an.»

«Warum fahren wir eigentlich hier herum, du Hurensohn?»

Sie waren jetzt in Harlem.

«Ich will jetzt ein anständiges Frühstück haben», sagte Yards.

«Würstchen?» fragte Eagle.

«Auch Würstchen», gab Yards grinsend zurück. Sie parkten neben einem Restaurant und stiegen aus. Sie wollten gerade das Lokal betreten, da legte Eagle seine Hand auf Yards Arm.

«Wir sollten wieder mal zusammen spielen, glaub ich, Yards. Es beginnt allmählich spät zu werden.»

«Ja, das sollten wir.»

«Meinst du das wirklich?»

«Hab ich immer gewollt, war nur zu viel unterwegs.»

«Hast überall so schön gewinselt auf deinem Horn.»

Sie traten ein, schoben sich zwischen den Tischen durch, nahmen dann irgendwo Platz und bestellten.

«Alles ist hier anders geworden», sagte Yards und sah sich um. «Ist hier nicht mehr so wie früher.»

«Nichts bleibt, wie es war, Scheiße.»

«Machst du einen neuen Vertrag?»

«Nicht gleich. Und du?»

Yards nickte. Es blieb ihm nicht sehr viel Zeit zwischen seinen einzelnen Terminen. Beim besten Willen hätte er auf seinem Terminkalender in den nächsten anderthalb Jahren keine Zeit ausmachen können, um mit Eagle zu konzertieren.

«Ja, hab da einiges.»

«Fein.»

«Und wie machst du deine Moneten?»

«Na, du weißt ja, wie das ist, wenn man für Demetriades arbeitet. Der läßt einen ganz schön verdienen.»

«Kann den Kerl nicht ausstehen ...»

Eagle besah sich Yards genauer, als er ihm gegenüber saß. Hübscher Junge, aber auch clever. Die Jazzkritiker fanden ihn manchmal arrogant. Aber Eagle wußte es besser. Was immer Yards tat oder sagte, er hatte damit recht.

«Was wirst du wegen der Leute tun?»

«Wegen welcher Leute?»

«Na, mit denen, von denen ich gesprochen hab.»

«Zum Teufel», sagte Eagle. «Ich werd es genau so weiter treiben wie bisher.»

«Na schön», sagte Yards. «Wie du meinst.»

Er warf heimlich einen Blick auf die Narbe an Eagles Schläfe. Der Mann war geradezu besät mit Narben, mit Narben von Faustschlägen, Einstichen, Polizistenhieben. Er hatte gerade begonnen, all diese Narben einzusammeln, als Yards sich ihm angeschlossen hatte, das war nun Jahre her. Vielleicht, dachte Yards, und er besaß so viel Einfühlungskraft, daß er wußte, daß auch Eagles so dachte, waren die schwersten Narben die unsichtbaren, die tief unter der Haut saßen, die seelischen Verwundungen. Manchmal, wenn er betrunken war, konnte man sie an seinem Benehmen erkennen.

Im Augenblick glich er einem todmüde aussehenden Jüngling, der plötzlich vergreist war. So vieles war Eagle in seinem Leben zugestoßen, daß Yards es gar nicht fassen konnte, daß Eagle noch keine vierzig war.

«Siehst müde aus, ich bring dich wieder downtown», sagte Yards, als sie das Lokal verließen.

Eagle war gerührt über Yards offenkundige Besorgnis, aber er zeigte es nicht.

«Unsinn», wehrte er ab, während sie nach draußen gingen. Kaum war er im Wagen, galt sein ganzes Interesse wieder dem Menschengewühl. Fasziniert starrte er hinaus, als ließe sich dort das Geheimnis des Lebens entdecken. Er wußte genau, daß Yards ihm gegenüber Sorge und Schuldgefühl empfand. Armer Yards! Er war sehr jung gewesen, als er erstmals zu ihm gekommen war. Nicht einmal so jung an Jahren, denn die, die ihren Weg machen wollten, mußten alle jung sein, nicht älter als siebzehn, wenn sie anfingen; jung an Erfahrungen war Yards gewesen. Er hat die Zeit, die er dadurch verlor, reichlich eingebracht, dachte Eagle. Und wie er sie eingebracht hatte! Er war ein guter Musiker geworden.

«Fahren wir zur Battery hinunter und schaun wir ein bißchen aufs Wasser hinaus», schlug Eagle vor.

«Na, schön», sagte Yards und schoß los, so daß die Leute sich erschreckt umblickten. Eagle bemerkte schmunzelnd, daß Yards eine Sonnenbrille trug, so eine, wie er früher auch getragen hatte. Er hatte das eigentlich eingeführt, weniger als Schutz vor der gleißenden Sonne, als um seine stets blutunterlaufenen Augen zu verbergen. Alle hatten sie ihm das nachgemacht, alle Jazzmusiker trugen Sonnenbrillen. Yards betätigte mit leichter Hand das Lenkrad, bog dann westlich zur Autobahn ab. Er wußte, daß es Eagle Freude machen würde, auf ein paar Schiffe hinauszusehen. Einmal, als sie dort unten gewesen waren, hatten die Schiffe auf dem Hudson gepfiffen und getutet, und Eagle hatte ausgerufen:

«Mensch, ist das nicht eine Pracht!»

«Schau dir nur diese Silhouette der Wolkenkratzer an», rief Eagle begeistert. «Ich wüßte keinen kleinen Platz auf der ganzen Welt, wo ich lieber krepieren würde. Mach schneller, Mensch, mach schneller.»

Yards lachte.

«Nur mit der Ruhe, nur mit der Ruhe, Baby.»

«Da liegt sie», schrie Eagle auf und zeigte auf die Liberté, «dieses herrliche Hurenboot.»

In dem Schweigen, das nun folgte, dachten sie beide an ihre erste Reise nach Paris, beide waren mit der Liberté gefahren.

«Ich liebe Paris», sagte Yards jetzt und fügte hinzu: «Und du auch.»

«Dort gab's für unsereins keine Probleme.»

Yards war damals dort aufgetreten, und sie waren an einem hellen Sommernachmittag auf den Champs Elysées ineinander gerannt. Jeder von ihnen begleitet von einem Schwarm Bewunderer, und beide waren high gewesen. Sie hatten immer ihre guten Beziehungen zu den Haschhändlern gehabt, einfach deshalb, weil sie Eagle und Yards waren. Yards war nun entwöhnt, seit fünf Jahren schon. Er war wie ein gesundes junges Fohlen, das jeden Reiter abwirft, ihm konnten weder Drogen noch Männer mehr etwas antun. Noch immer hat er etwas von einem Fohlen an sich, dachte Eagle. Manchmal erinnerte ihn die Art, wie Yards seine musikalischen Phrasen abschnitt und sie nicht ganz bis zum Ende des Taktes durchspielte, an ein Kind, das in ein Haus rennt, für einen Augenblick seinen Rollschuh im Stich läßt, um ein Sandwich mit Erdnußbutter und Marmelade zu holen. Und die Töne, die er spielte, klangen oft so frech wie die Rufe eines Gassenjungen. Und dabei war Yards auch imstande, die ganze Traurigkeit einer hoffnungslos daliegenden Zukunft auszudrücken, wie sie den meisten von ihnen bevorstand. Die Empörung, die zuweilen in seinem Spiel lag, wirkte eiskalt und in ihrer Intensität geradezu obszön.

Nach einer Weile sagte Eagle:

«Ich und du, Yards, wir sollten wieder mal Europa machen und zwar gründlich.»

«Einverstanden», sagte Yards.

Die Art, wie er das sagte, ließ Eagle sofort verstehen, daß eine solche gemeinsame Reise für ihn völlig ausgeschlossen war. Wie vieles hatten sie einst gemeinsam gehabt! Die Fifty-second Street, Greenwich Village, sämtliche großen und kleinen Städte zwischen New York und Los Angeles, Wohnungen in Harlem und andere an der Lower-East-Side und wieder andere direkt an den Bahngleisen; Heroin und Weiber, Zimmer, Wand an Wand, so daß einer vom anderen alles hören konnte; Autos und gemeinsam verbrachte Freizeit, und die vielen Lobhudeleien, die sie beide zu hören bekamen; und die vielen Kompositionen, die sie nach erstem Improvisieren zusammen niedergeschrieben und ausprobiert und verändert hatten in jenen «harten Bop», wie das genannt wurde, dem Yards aber einen lyrischen Ton zu geben vermochte. All diese Gemeinsamkeit war längst vorbei, Eagle war froh, nicht weiter daran denken zu müssen, als sie nahe der Battery parkten und ausstiegen, um ans Wasser zu gehen.

Sie hatten wohl zwanzig Minuten wortlos aufs Wasser gestarrt, ehe Yards fragte:

«Was wirst du also unternehmen, Baby?»

«Du meinst, wegen dieser Leute?»

«Ja.»

Eagle wendete sich ihm zu.

«Hör mal, Yards, schließlich bin ich noch immer der alte Eagle. Und ich mach noch immer einen Haufen Geld, und da kann sich jeder, der mit mir spielt, eine schöne Scheibe abschneiden. Und da soll ich vielleicht zittern wegen irgendeines Lumpen? Ihr macht euch alle viel zuviel Sorgen um mich. Mich bringt nicht so leicht was in Aufregung.»

«Aber diesen Kerl hat es aufgeregt.»

«Froh hätt er sein sollen, dieses Luder für ein Weilchen los zu werden. Keine große Sache gewesen, wirklich nicht der Rede wert.»

«Aber man weiß doch nie, ob die nicht ernst machen.»

«Na schön, dann werd ich halt tot sein. Mir auch recht.»

«Mensch, das klingt aber nicht ganz ehrlich», sagte Yards. Er gab es auf, Eagle dazu zu bringen, irgendwelche Vorkehrungen für seine Sicherheit zu treffen. Aber sein Schuldgefühl wurde er doch nicht los. In diesem Metier nahm man an, daß, wenn einer etwas sagte, er es auch meinte. Yards halbherzige Bemühungen, Eagle dazu zu bringen, seine Lage noch einmal zu überdenken, verletzten diesen Codex, und das wußten sie beide. Natürlich, wenn dir einer, der dir Geld schuldete, versprach, es am nächsten Montag zurückzuzahlen, dann nahmst du das nicht ganz ernst. Oder wenn sich jemand mit dir verabredete, dich vor dem Turf-Restaurant um zwölf Uhr mittags zu treffen, und er kam nicht, dann nahmst du auch das nicht allzu schwer. Aber dieser Fall lag anders. Yards versuchte etwas zu retten, was nicht gerettet werden wollte. Und vielleicht – das bezweifelte Yards freilich –, vielleicht kannte Eagle doch alle Schlupfwinkel und Ausgänge, und vielleicht war wirklich er es, der die Zügel in der Hand hielt. Wenn das der Fall sein sollte, dachte Yards, dann seh ich in seinen Augen verdammt albern aus.

«Läßt mich total kalt, sag ich dir», meinte Eagle und spuckte in weitem Bogen ins Wasser. «Aber da fällt mir ein, ich muß da noch unbedingt jemanden aufsuchen. Bring mich hin.»

Er hätte gern gesagt: «Um der alten Zeiten willen, komm mit mir, versuchen wir's noch einmal, laß uns eine Wegstrecke zusammen gehen.» Aber er sagte es nicht.

«Gerne», sagte Yards. «Ich bring dich hin.»

Sie gingen zurück zum Wagen. Eagle hatte schwer zu kämpfen,

sich aus seiner Depression herauszureißen, in der er sich seit Onondaga Falls fast dauernd befand.

«Yards, Menschenskind», sagte er, und es sollte heiter klingen, «so niedergeschlagen hab ich dich überhaupt noch nie gesehen!»

Yards brummte. Scheiße, dachte er. Ich bin eben ein Narr, bin immer einer gewesen. Er hätte dieses Spiel einer gemeinsamen Zukunft mit Eagle ganz gern noch eine Weile fortgesetzt, aber der Gedanke, sich mit Eagle zu liieren, rührte doch auch allerhand ungute Erinnerungen auf. Yards fühlte sich jetzt nicht imstande, ein Lächeln aufzusetzen oder Erklärungen abzugeben. Er brummte einfach in sich hinein.

Einmal, erinnerte sich Eagle, hatte Yards sein krauses Negerhaar glattziehen lassen, er hatte ausgesehen wie ein kleiner schwarzer Lord Fauntleroy, aber mit Teufelsfeuer in den Augen. Die Weiber hatten ihn verhätschelt, als wäre er eine Puppe auf ihrem Nachttisch. Das war lange her. Jetzt verwöhnten sie ihn auf andere Weise, und die Typen, die sich an ihn hängten, waren auch von einer anderen Art. Schließlich war Yards jetzt älter und schlauer geworden und besaß auch mehr Geld.

Sie machten die kurze Fahrt schweigend. Yards wartete im Wagen und beobachtete durch seine Sonnenbrille, wie Eagle sich schleppte, als er die Kellerwohnung in der Barrow Street betrat. Wenn er nur schon zurück wäre! Ein Stein würde ihm vom Herzen fallen. Eagle, der ja zur Zeit nicht auftrat, könnte sich vielleicht etwas antun. Das war es ja, was bei ihm immer zu befürchten stand. Schluß machen, das wollte er! Und wie konnte man ihn zurückhalten?

Armer Hurensohn!

Armer Eagle!

Nun kam Eagle zurück, munter, mit elastischem Schritt, er ging völlig anders. Er stieg ein.

«Los, Baby», brummte er.

Yards warf ihm einen schnellen Blick zu und fuhr los, sie schlängelten sich durch den Verkehr des Village und hielten knapp vor Eagles Wohnung.

«Auf bald», sagte Yards.

«Ja, auf bald», sagte Eagle. Einen Augenblick lang zögerte er. Vielleicht hätte sie einander die Hände schütteln sollen oder so was, aber da war Yards bereits abgefahren. Eagle stieg die Stufen zu seiner Wohnung hinauf.

Er stellte seinen Saxophonkasten in die Mitte des Zimmers und ging sofort ans Telefon. Er schüttelte erst einmal seinen Kopf, wie ein Sportler es tut, der seine Muskeln lockert, ehe er ans Training geht.

«Hei, Rod?»

Die Stimme von Rod Tolen kam heiser vom anderen Ende der Leitung.

«Rod, ich möcht dich was fragen.»

Nachdem Rod sich vorsichtig erkundigt hatte, um was es sich handle, begann Eagle zu lachen. Das war schon komisch, daß nach all den Jahren von Bitterkeit und unterdrückter Empörung und zuweilen auch von offenen Wutausbrüchen der Mann am anderen Ende der Leitung, der einmal mit alten Kleidern gehandelt hatte und dann ein Vermögen mit irgendwelchen Spezialhosen, solchen mit unzerstörbaren Bügelfalten, gemacht hatte, daß der einer von denen sein sollte, von denen Eagles Leben abhing. Sehr komisch fand er das.

«Was ich dich fragen wollte», sagte er, hielt inne, schöpfte tief Atem und sagte dann, und schnitt dabei überflüssigerweise wilde Grimassen, die der andere ja doch nicht sehen konnte:

«Na, du Hurensohn, wie verkaufen sich deine Hosen?»

Eagle schmiß den Hörer auf die Gabel und begann richtig loszuwiehern, rutschte vor Lachen von seinem Stuhl und lachte unentwegt weiter, bis er keine Luft mehr bekam. Dann torkelte er zum Fenster, steckte den Kopf hinaus und lachte grölend den Passanten zu. Zwischen den Lachanfällen stieß er langgezogene Seufzer aus, er war außer Rand und Band geraten. Dann versuchte er ins Badezimmer zu gelangen, zur Dusche, fiel aber auf dem Weg zweimal hin, was jedesmal einen neuen Lachanfall auslöste. Dann wieherte er wieder und schnalzte mit den Fingern, in Gedanken an irgendeine längst verschollene Jazznummer. Schließlich erreichte er doch die Dusche, kam nackt ins Zimmer zurück und wanderte, nasse Streifen auf dem Fußboden hinterlassend, hin und her und versuchte sich zu erinnern, was er eigentlich hatte erledigen wollen. Was war es nur gewesen, was?

«Handtuch!» schrie er dann triumphierend auf. «Ein Handtuch!»

Er glitschte zum Badezimmer, kam mit einem Handtuch zurück und schlang es sich um den Leib. «Hosen ...», begann er von neuem, konnte aber wieder vor Lachen nicht weiter. Er sah jetzt ganz deutlich eine Hose mit tadellosen Bügelfalten vor sich, merkwürdigerweise trug sie eine Brille.

«Eagle», sagte die Hose mit den tadellosen Bügelfalten, «Eagle, du bist der Größte.»

«Liebe Hose, wieso weißt du das?»

«Du bist ein Stinker», sagte die Hose.

«Und du ein Hurensohn», antwortete Eagle.

«Aber Eagle!»

«Du bist ...»

«Aber Eagle!»

«... ein Hurensohn», schloß Eagle seine Ansprache, und dann erst bemerkte er, daß David Hillary mitten im Zimmer stand. Eagle blinzelte zuerst bedrohlich und nahm eine aggressive Haltung ein, dann wurde ihm klar, daß der Mann tatsächlich Hillary war, und er stürzte ihm entgegen, um ihn zu umarmen. Aber noch ehe er sich ihm an die Brust geworfen hatte, spürte er, wie der andere zurückzuckte. Er hielt also in seiner Bewegung inne, streckte Hillary nur seine wabbeligen schwarzen Arme entgegen, und als dieser sie nicht nahm, wirbelte er auf seinen Zehenspitzen einmal herum.

«Hübsch, nicht?»

Hillary lächelte etwas verquält, seinen Ekel konnte er nicht ganz verbergen.

Eagle überschüttete ihn mit einem Redeschwall.

«Hab Rod Tolen eben angerufen ...»

Wieder konnte er vor Lachen nicht weitersprechen. Er torkelte zu einer Kommode, riß aus einer Schublade eine kaputte Unterhose heraus, zog sie nicht ohne Schwierigkeiten an und sagte:

«Und rate, was ich ihn gefragt hab?»

«Na, was?» fragte Hillary, fassungslos über die ganze Szene und den Anblick, den der geistige und körperliche Verfall dieses Mannes bot. Eagle lachte von neuem.

«Ich hab ihn einfach gefragt, wie sich seine famosen Hosen verkaufen. Und Hurensohn hab ich ihn tituliert. So!»

Er überkugelte sich vor Lachen, warf sich aufs Bett und lachte weiter.

«Eagle», versuchte Hillary ihn zur Vernunft zu bringen. Er stand noch immer reglos im Raum.

Eagle stand auf und zog ein Unterhemd über.

«Hei», sagte er, und plötzlich fiel ihm ihre Verabredung ein. «Hei, wo hast du denn gesteckt?»

Er drehte sich so abrupt um, daß er fast hingeschlagen wäre. Mit schweren Schritten trat er auf Hillary zu. «Wo hast du denn gesteckt? Schau mal, hier, hier!»

Er zeigte auf seine Narbe an der Schläfe.

«Ich hab auf dich gewartet, und dann kam ein Cop und hat auf mich losgedroschen. Wo hast du denn bloß gesteckt, Mensch, wo?»

«Eben darüber wollte ich mit dir sprechen.»

«Er hat mich schön verhauen», brummte Eagle. «Und dabei hätt ich's ihm leicht zurückgeben können. Zu Brei hätt ich ihn schlagen können. Aber dann wär ich eingelocht worden.»

Er wendete sich ab.

«Sprich schon, Baby, was gibt's?»

Er taumelte, erwischte noch gerade die Ecke der Kommode und hielt sich an ihr fest. Dann kämpfte er sich in ein frisches Hemd hinein.

«Red schon – aber erzähl mir nur nichts von Bügelfalten.»

Beim letzten Wort überschlug sich seine Stimme, er geriet von neuem in einen Lachanfall.

«Die Unterredung im College», sagte Hillary, «also die hat etwas länger gedauert und ...»

«Will gar nichts hören von diesem Saustall dort, interessiert mich überhaupt nicht», knurrte Eagle. Seine Laune war plötzlich umgeschlagen, ins andere Extrem. Er schob seinen Kopf vor, als ob er gegen einen Sturm anzukämpfen hätte. In seinen unbeholfenen Bewegungen schien jetzt eine versteckte Drohung von hemmungsloser Gewalttätigkeit zu liegen.

Hillary, der das bemerkte, fuhr fort:

«Ich bin zu unserer Verabredung zu spät gekommen, aber ...»

«Na und, Baby?»

«Ich hab dich gesehen.»

«Ach, beim Konzert? Warum bist du nicht nach hinten gekommen?»

«Nein.»

«Was soll das heißen: ‹Nein›?»

«Ich war auf der anderen Seite der Straße, als der Cop dich zusammengeschlagen hat. Ich bin zu spät gekommen, ich hab das schon gesagt, ich hab den Menschenauflauf gesehen und bin näher getreten und ...»

Eagle setzte sich jetzt auf den Bettrand und rollte sorgfältig seine Strümpfe über seine dicken Waden. Dann hob er den Kopf, blickte zum Fenster hinaus und zündete sich eine Zigarette an. Das alles tat er höchst umständlich, dann sagte er bloß: «Oh!»

Hillary stand noch immer. Eagle saß rauchend. Ein häßliches Bild in einem häßlichen Rahmen. Schließlich sagte Eagle: «Zum Teufel.»

Er sagte es in einer kindischen Art, es klang, wie wenn jemand eine schwere Enttäuschung erwartet, sie aber nicht wahrhaben will. Zum erstenmal seit vielen Minuten sah er Hillary voll ins Gesicht.

«Du hast also auf der anderen Seite der Straße gestanden?»

«Ja, genau gegenüber.»

Er brachte das in einem trotzigen Ton heraus, so als wollte er sagen, «na, wenn schon». Ein Strahl wilden Hasses traf ihn aus Eagles blutunterlaufenen Augen, und er zuckte zurück. Dann schloß Eagle seine Augen. Einen Augenblick herrschte Stille.

«Ich könnte dich umbringen», sagte Eagle schließlich. Seine Augen hielt er noch immer geschlossen.

«Umbringen könnte ich dich», wiederholte er. Dann erst blickte er Hillary wieder an.

«Aber warum, warum, um Gottes willen, hab ich überhaupt irgend etwas von dir erwartet? Das hätte ich besser wissen müssen, ich, gerade ich!»

Wieder schloß er seine Augen.

«Du denkst wohl, du bist hierhergekommen, um eine Beichte abzulegen, was?»

Er hielt inne und lächelte höhnisch.

«Nein, mein Guter, also daraus wird nichts. Du bist mir nicht beigesprungen? Du wolltest lieber Zeuge sein und dir ansehen, wie euer verlängerter Arm, die Polente, mit dem alten Eagle umgeht. Wie ein Aasgeier hast du dich benommen, ein Aasgeier, der Leichen aufstöbert, und das mit Vergnügen tut ...»

«Nein, ich ...»

«Ja! Ja! Ich verlange von niemandem etwas anderes, als daß er mich in Frieden läßt, mich mein Leben leben läßt, mit dem ich niemandem Schaden zufüge. Laßt mich leben und das Leben auf meine Weise genießen.»

Eagle öffnete wieder seine Augen.

«Ich bin nicht meinetwegen traurig. Deinetwegen bin ich es, Baby. Weil du ein Dreckstück bist, Scheiße, die man im Clo mit der Wasserspülung fortspült. Niemandem, nicht einmal dir selbst wirst du je helfen können. Hättest du nur einen einzigen Schritt auf mich zugemacht, nur einen einzigen, denk doch, was du damit für dich selbst getan hättest ...»

«Eagle ...»

«Schon gut, Baby. Dieser verlängerte Arm von euch Weißen, die Polente, die hat mich gut bedient. Zu Tode gepeitscht hat der Cop den alten Eagle, zu Tode.»

Mechanisch zog er eine Schublade auf, holte eine Baskenmütze heraus, setzte sie auf, trat vor den Spiegel und betrachtete sich kritisch darin.

«Kriegst du nun eigentlich die Stelle?»

«Ja.»

Eagle zog sich eine kurze Sporthose an und brachte dann das Handtuch zurück ins Badezimmer. Wortlos ging er dann an Hillary vorbei und verließ die Wohnung. Hillary stürzte ihm nach, die Treppen hinunter, holte ihn auf der Straße ein, wartete draußen, als Eagle ein nahe gelegenes Schirmgeschäft betrat. Dort erstand er einen Schirm, mit dem er großspurig wieder herauskam und damit fuchtelnd ein Taxi heranwinkte. Als es dastand, nahm er doch von Hillarys Anwesenheit Notiz und knurrte:

«Steig ein, steig schon ein.»

Drinnen fragte Hillary:

«Wohin geht's?»

«Raus aus diesem Viertel.»

«Wohin?» fragte der Fahrer.

«Fifth Avenue», antwortete Eagle, «und rasch.»

Wieder bekam er einen Lachanfall. Als der vorbei war, blickte er hinaus und schien verblüfft über das Wetter.

«Was für ein schönes Wetter», rief er aus, «einfach ein himmlisches Wetter, oh, mein Gott, himmlisch!»

Und nach einer Weile:

«Mein Gott, diese Weißen sind zuviel für mich, aber das Wetter ist himmlisch. Verrückt, verrückt. Prachtvoll, das Wetter.»

Der Fahrer blickte sich um, ihm war offenbar nicht ganz geheuer. Er tauschte Blicke mit Hillary.

«Hast du mir wenigstens helfen *wollen?*» fragte Eagle plötzlich, «oder hast du dich gefreut, daß man mich verdroschen hat?»

«Ich hab dir helfen wollen.»

Eagle fuhr wütend auf.

«Mir war, als wenn die ganze Welt dem Cop applaudierte und mich verhöhnte und ‹Bravo› rief. ‹Eagle kriegt seinen Hintern voll!› glaubte ich zu hören.»

Er stampfte mit dem Fuß auf, um seinen Worten mehr Nachdruck zu verleihen.

Dann verstummte er, beide schwiegen. Sie fuhren nun nach Norden, bogen in die Fifth Avenue ein, wo schon Stoßzeitverkehr herrschte.

«Verflucht!» rief Eagle jetzt aus, und Hillary war sich nicht im klaren darüber, ob Eagle jetzt eine Clownszene vorführen wollte oder es ernst meinte.

«Du willst mir doch nicht einreden, daß all diese Leute hier arbeitslos sind, oder?»

Auf den Gehsteigen wimmelte es jetzt von Passanten, viele drängten sich vor den Schaufenstern.

«Hier halten, hier!» verlangte Eagle und gab dem Fahrer einen kleinen Puff in den Rücken.

«Zahl!» verlangte er von Hillary, als das Taxi hielt.

Er wartete, während Hillary zahlte, und dann brachen sie zur Rockefeller Plaza auf. Eagle fuchtelte rücksichtslos mit seinem Schirm herum, um sich seinen Weg durch die Menge zu bahnen, und wiederholte immer wieder, als ob er es nicht glauben könne:

«So schönes Wetter, so schönes Wetter.»

Hillary suchte Schritt zu halten, gleichzeitig aber auf Distanz zu bleiben, und wurde von Sekunde zu Sekunde ärgerlicher. Warum führte Eagle sich so auf? Warum stolzierte er in diesem unmöglichen Aufzug in Shorts und Kniestrümpfen über die Plaza? Warum mußte er seine Krampfadern, seinen dicken Bauch hier zur Schau stellen? Warum wollte er sich und ihn zum Gespött machen? Und was, dachte Hillary mit steigendem Entsetzen weiter, hatte er selbst hier eigentlich zu suchen? Und warum wollte er an Eagles Seite bleiben? Zur Sühne? Zur Buße? Oder war es so, wie Eagle gesagt hatte, sollte er hier zu spüren bekommen, daß er an seinem Ende angelangt war, daß er wirklich nichts als ein Stück Dreck war? Wollte Eagle ihm das hier beweisen und daran nun seinerseits seine Schadenfreude haben? Eagle wußte ganz genau, daß er, Hillary, ihn, aus welchen Gründen auch immer, nicht im Stich lassen, bei ihm bleiben würde, bei ihm bleiben mußte. Eagle hatte sich nicht ein einziges Mal nach ihm umgedreht, um zu sehen, ob er ihm folgte. Eben jetzt stupste er eine ältere Dame mit der Schirmspitze in den Popo, um an ihr vorbeizukommen. Als sie sich erschreckt umdrehte, machte er eine komisch zeremonielle Verbeugung und sagte:

«Ich bitte um Entschuldigung, Madame!»

Dann aber lachte er ihr frech ins Gesicht und begann fürchterliche Grimassen zu schneiden. Er wieherte, grölte und grunzte dazu, aber hinter diesen Clownerien spürte man ein aufsteigendes Grauen, das sich jeden Augenblick entladen konnte.

Am westlichen Ende der Plaza, dort, wo die Flaggen flatterten, blieb Eagle bebend stehen, benützte seinen Regenschirm, als wäre er ein Schießgewehr, und legte damit auf die ihm nächste Fahne an.

«Bum», machte er, schlurfte zur nächsten und legte wieder an. «Bum.»

Die Leute wurden auf ihn aufmerksam, manche sahen ihn amüsiert, andere befremdet, wieder andere empört an. Die Chauffeure, die wartend bei den Limousinen standen, die den Managern der News Broadcasting Company gehörten, nickten Eagle ermunternd zu. Hillary versuchte sich möglichst unbemerkt etwas abseits zu halten.

Torkelnd und mit verschwitztem Gesicht brüllte Eagle jetzt:

«Ihr könnt mich alle, ihr könnt mich alle!» und schlug mit seinem Schirm gegen die Fahnenmaste.

«Seht, seht», brüllte er, «der Eagle fliegt, der Adler fliegt!»

Dann stürzte er sich grölend in die Menge, die sofort entsetzt auseinanderstob.

Hillary stand einige Augenblicke allein, mit einem Gefühl unleugbarer Erleichterung und doch auch tief niedergeschlagen. Dann nahm er einen Bus und fuhr zurück nach Downtown.

15

Hillary betrat das «Sadik», und Keel fiel es sogleich auf, wie gehemmt er wirkte, so als käme er nur höchst ungern hierher. Della, die von Keel dazu überredet worden war, an diesem so schönen Nachmittag nicht zu arbeiten – kein Mensch sollte bei so schönem Wetter arbeiten, hatte Keel ihr erklärt –, Della also bemerkte Hillary ebenfalls und warf Keel einen Blick zu. Und schon war die Schönheit des Tages zerstört.

Keel erhob sich und lächelte.

«Prof, da bist du ja, wie geht's denn? Hast du den Job bekommen? Und hast du Eagle getroffen?»

Hillary kam näher und schob sich verlegen zwischen den Tischen durch. Er blieb vor den beiden stehen, leicht taumelnd.

«Ich komme gerade von dort», sagte er.

«Du hast den Job also bekommen?»

«Ja.»

«Ist irgendwas nicht in Ordnung?» fragte Keel. Hillary hätte doch schreiben oder telefonieren können, und selbst wenn er das nicht getan hätte, hätten sie doch gewußt, daß alles glatt gegangen war und daß er nun unter anderen Menschen, in anderer Umgebung leben würde.

«Und Eagle?» fragte Della.

«Ja, Eagle», sagte Hillary. «Nun, ich bin zu spät zu unserer Verabredung gekommen ...»

«Setz dich doch», sagte Keel.

Betrunken war Hillary nicht. Was war also los mit ihm?

«Ich habe jetzt gerade Eagle verlassen. Er ist zurück.»

Keel, argwöhnisch geworden, setzte sich. Dann fragte er ohne Umschweife, als hätte er dieses Spiel satt:

«Also, was ist passiert?»

Della, die neben Keel saß, beugte sich vor.

«Was ist Eagle zugestoßen?»

Keel sah sie verwundert an. Wieso denn Eagle? Hillary musterte sie prüfend und erkannte, daß er ihr völlig gleichgültig geworden war, und versuchte sich doch noch einzureden, daß ihre Augen eben verstanden, vor Keel zu lügen.

«Warum redest du nicht?» drängte Keel. Es war schon schlimm genug, daß seine Anwesenheit diesen Tag verdarb, aber sein Benehmen machte ihn vollends kaputt. Della schwante, daß Hillary im nächsten Augenblick Keel das erzählen würde, was dieser bereits wußte. Sie dachte: Bitte, nein, nicht jetzt! Denn eine Wahrheit, die beim erstenmal einigermaßen passabel aufgenommen worden war, wird beim zweitenmal einfach unerträglich. Dann spürte sie, wie Keel nach ihrer Hand griff, sie zuckte zurück und ließ sie dann in der seinen liegen. Er schien damit ihre unausgesprochenen Zweifel beschwichtigen zu wollen, und einigermaßen beruhigt verschränkte sie nun ihre Finger mit den seinen.

Hillary beobachtete, wie die schlanken braunen Finger sich mit den weißen verflochten. Das Rosa ihrer lackierten Nägel hob sich von dem Schokoladebraun seiner Haut besonders ab.

«Betrunken bist du nicht», meinte Keel.

«Wenn du ahntest, wie betrunken ich bin», erwiderte Hillary.

Er blickte über die beiden hinweg und begann, hin und her schwankend, von Eagle und dem Cop zu erzählen. Er sprach langsam, blickte sie einen Augenblick lang an, dann sah er zu Boden, schließlich erhob er seine Augen von neuem. Einmal schloß Della ihre Augen, nicht vor Entsetzen, sondern einfach, weil sie angewidert war. Aufs tiefste von ihrer Reaktion betroffen, unterbrach sich Hillary, um sie zu beobachten. Eine leise Röte stieg in ihr Gesicht, und als sie ihre Augen wieder öffnete, warf sie ihm einen haßerfüllten Blick zu.

Keel erhob sich und ging direkt auf Hillary zu, blieb einen Augenblick vor ihm stehen, um sich in seiner ganzen Größe vor ihm aufzurichten, und schlug ihm dann, wie ein Vater sein Kind schlägt, mit der Hand und dann mit dem Handrücken ins Gesicht. Die Schläge hinterließen auf Hillarys Wangen rote Flecken. Hillary wollte instinktiv seine Hände schützend vor sein Gesicht heben, unterließ dies aber, blieb reglos stehen und versuchte zu lächeln. Er sagte zu Della, als diese gerade aufstand:

«Vielleicht kommst du jetzt an die Reihe?»

Della trat an ihn heran und holte aus. Hillary war überrascht von der Kraft ihres Schlages, und er zuckte zurück, als sie abermals ausholte. Aber dem dritten und vierten Schlag hielt er stand. Den fünften stoppte Keel.

«Laß sein», sagte er, und beide wendeten sich von ihm ab.

«Er hat gehandelt, wie er handeln mußte.»

Warum setz ich mich eigentlich nicht, fragte sich Hillary. Sein Gesicht brannte. Er beobachtete, wie sich die beiden von neuem vor ihn hinsetzten, wie Richter.

«Einem Kerl wie dir sollte sein Leben lang nichts anderes mehr übrigbleiben, als langsam zu krepieren.»

Keel besah ihn sich und dachte dabei: Der also ist ein Exemplar der guten Weißen, und selbst so einer rührt, wenn's darauf ankommt, keine Hand.

«Du bist Eagle wohl nichts schuldig gewesen, was? Er hat dir nur Geld gegeben, sein Bett, sein Essen und, jawohl, auch seine Liebe. Eagle versteht was vom Lieben. Nie hast du ihn verstehen können: Noch immer starrst du in den Himmel – jawohl, das tust du –, aber Gott ist in den Menschen, ist immer in den Menschen gewesen, und dort sucht auch Eagle nach ihm. Wo sonst sollte ein vernünftiger Mensch ihn suchen!»

Della stand auf und ging in die Küche. Da lag so viel Wahres in Eagles verwüstetem Leben und in seiner Suche nach Gott.

«Alles, was ich verbrochen habe», murmelte Hillary, «ist, daß ich nichts getan habe.»

«In dieser Welt kannst du aber nichts tun. Es ist ohnedies wenig genug, was man tun kann, und irgendwas muß man tun, irgendwas Positives.»

Nach einer Pause sagte Hillary:

«Ich fürchte, Eagle ist übergeschnappt.»

«Hast du ihm alles erzählt?»

«Ja.»

«Ebensogut hättest du ihn erschießen können. Wie alle Menschen will Eagle wissen, daß er geliebt wird. Mit deinem vermaledeiten Geständnis hast du ihm im Grunde mitgeteilt, daß du ihn haßt.»

«Nein!»

«Hat keinen Sinn, darüber zu reden.»

Hillary sagte noch immer fassungslos:

«In einem Aufzug ist er herumgelaufen! In kurzer Hose und Kniestrümpfen.»

Della brachte den Kaffee herein.

«Und eine Baskenmütze hat er sich aufgesetzt, und mit einem Regenschirm hat er herumgefuchtelt. Er war wirklich nicht mehr ganz richtig im Kopf, hat laute Selbstgespräche geführt ...»

«Warum bist du dann nicht bei ihm geblieben?» fragte Della. «Hast dich wohl seiner geschämt?»

Hillary nahm ihr die Kaffeetasse aus der Hand und sah sie prüfend an. Ja, er konnte sie sich gut vorstellen, wie sie neben Eagle in seinem lächerlichen Aufzug über die Fifth Avenue ging, den schwammigen schwarzen Mann stützte und sich einfach nicht kümmerte um sein verrücktes Wiehern und all seine Clownerien. Hillary war so in diese Vorstellung versunken, daß ihm die Tasse fast aus der Hand glitt.

Keel runzelte die Stirn und meinte:

«Er ist da in irgendwelche Schwierigkeiten geraten. Es wäre besser, er bliebe in unserer Nähe.»

«Gestern abend», murmelte Hillary, der nicht imstande war, in seiner normalen Stimmlage zu sprechen, «habe ich einen Wagen draußen vor unserem Lokal stehen sehen und irgendeinen Kerl herausschauen.»

«Du solltest versuchen, ihn zu finden», meinte Della zu Keel.

Keel fragte Hillary:

«Hat er dir gesagt, wohin er gehen wollte?»

«Nein.»

«Weiß Gott, wo er steckt», sagte Della.

Zum erstenmal fiel es Hillary plötzlich auf, daß der Plattenspieler nicht lief.

«Sonderbar ist es hier ohne Musik.»

Weder Keel noch Stella sagten etwas.

«Ich glaube, ich geh jetzt lieber», sagte Hillary. «Aber wohin?» murmelte er, mehr zu sich selbst.

Keiner von den beiden blickte ihn an.

«Jedenfalls fort von hier», sagte Keel, es klang nicht eigentlich schroff, eher sanft und müde. «Hätte alles besser ausgehen können.»

Er begann den Tisch abzuräumen.

«Hast aber eben hier nichts gelernt.»

«Und da wäre so manches zu lernen gewesen», sagte Hillary.

«Ja, manches wäre zu lernen gewesen.»

«Und trotz allem», sagte Della bissig, «fühlst du dich jetzt wohler als damals, als ...»

«Pschsch, Della, laß ihn doch in Ruh.»

«Keel», sagte sie, «ich kann wirklich nicht begreifen, warum du immer noch so nett zu ihm bist.»

Keel stand auf.

«Ich begleit den Prof zum Bus, und dann mach ich mich auf die Suche nach Eagle. Bitte bleib inzwischen hier und versorg den Laden.»

Als Hillary und Keel das Lokal gerade verlassen wollten, sagte Della plötzlich:

«Hillary, ich wollte dir sagen, ich ... hoffentlich gelingt es dir ...»

Die beiden blieben noch einen Augenblick stehen.

Keel warf einen raschen Seitenblick auf Hillary und wartete auf dessen Antwort.

«Hab eben versagt, da ist nichts zu machen.»

Er wies auf Keel.

«Ein Mann wie Keel hat einfach keine Wahl. Der kann es sich nicht erlauben, ein Feigling zu sein. Ihm muß es einfach gelingen.»

«Los, gehen wir schon», mahnte Keel.

«Goodbye», sagte Della.

Draußen auf der Straße blieb Hillary einen Augenblick stehen, sah sich noch einmal abschiednehmend in der Gegend um und atmete erleichtert auf, ohne Keels prüfenden Blick zu bemerken.

«Ich bin froh, daß du gehst», sagte Keel schließlich.

«Ich auch.»

Langsam gingen sie zur Bushaltestelle und warteten.

«Komisch, hier herumzustehen», sagte Keel. «Warten, immer wieder warten. Warten darauf, daß irgend etwas kommt oder irgend etwas endlich vorbei ist. Etwas Gutes oder etwas Schlechtes, aber warten auf jeden Fall. Vielleicht warten darauf, daß jemand wie du kommt und uns dann wieder verläßt, zurückkehrt in sein Klassenzimmer. Warten wie der heilige Johannes, und doch vom ersten Augenblick an wissen, daß es vergeblich sein wird. Selbst der heilige Johannes hätte es hier nicht ausgehalten. Und doch, immer weiter hoffen und ausharren.»

Der Bus kam, und sie stiegen ein.

«Aber eigentlich bin ich kein Feigling», sinnierte Hillary halblaut.

«Wir alle sind Feiglinge, manche mehr, manche weniger.»

«Warum begleitest du mich?»

«Nur um dir zu beweisen, daß ich größer bin als du», scherzte Keel. «Als ich dich zum erstenmal sah, haßte ich dich, und jetzt war ich nahe daran, dich in Haß gehen zu lassen. Und das wollte ich nicht.»

«Danke.»

«Du kannst mich», sagte Keel ganz ohne Groll.

Hillary vermochte ihn einige Augenblicke lang nicht anzusehen. Der Bus ratterte weiter, ein kühler Wind drang durch die offenen Fenster. Schließlich fragte Hillary:

«Werdet ihr glücklich sein, du und Della?»

Keel sah ihn prüfend an:

«Ich bin nicht gewillt, heute noch weitere Konfessionen entgegenzunehmen. Ja, ja, wir werden glücklich sein.»

«Ich habe auch gar nichts mehr zu gestehen», sagte Hillary und versuchte, dem kalten Blick von Keel standzuhalten.

«Mein Alter hat mir immer gesagt», erzählte Keel, «die Hauptsache im Leben ist, zu beweisen, wie weit man das tierische Dasein in sich überwunden hat. Befolg das. Bei uns gab's die alte Kommunion der Methodisten: mit Nabisco-Waffeln oder mit Matze und mit alkoholfreiem Traubensaft. Du brauchtest niemandem irgend etwas zu beichten. Mir scheint, für dich wäre das nicht ganz das Richtige gewesen. Du hättest dich vor irgend jemandem auskotzen müssen. Die Hauptsache bei der Kommunion war aber, wenn man nachher allein durch das Mittelschiff der Kirche hinausging und einem alle Brüder und Schwestern nachsahen, da hatte man die Sache hinter sich und brauchte niemandem irgend etwas zu gestehen.»

Keel lächelte ein wenig.

Dann begann er leise in sich hineinzukichern.

«Das ist eigentlich komisch. Wieso konnten wir deiner Liebe nicht würdig sein, wohl aber deiner Konfession? Es ist nicht nur so, daß du nicht weißt, wo du stehst, du weißt auch nicht, wo wir stehen. Fragt sich: Stehst du auf dem Gipfel und blickst hinunter, oder stehst du unten und blickst hinauf. Und sollte da nicht irgendwer oder irgendwas sein Spiel mit dir treiben? Und die wichtigste Frage: Warum das?»

Hillary hatte das meiste von dem, was Keel gesagt hatte, gar nicht in sich aufgenommen und sagte jetzt, sich verteidigend und schon mit einer gewissen Vorfreude auf seine künftige Tätigkeit:

«Ich kann eine ganze Menge erreichen, wenn ich vor einer Klasse steh.»

Da mußte Keel so laut auflachen, daß die Mitfahrenden sich umzudrehen begannen.

«Du?» fragte er zurück. «Du?»

«Jawohl, ich», sagte Hillary trotzig.

Keel sagte bitter:

«Was kannst du schon lehren. Erst müßtest du wissen, wie man lehrt.»

«Ich bin kompetent auf meinem Gebiet», gab Hillary bissig zurück.

«Ja, natürlich, hatte ich ganz vergessen.»

Keel wendete sich ab.

Um das Thema zu wechseln, fragte Hillary:

«Du wirst in New York bleiben?»

«Ja, wir werden hier bleiben.»

«Aber wäre es nicht . . .»

«Wir werden hier bleiben.»

An der Busstation sagte Keel, nachdem Hillary seine Fahrkarte gekauft hatte:

«Ich könnte wetten, Della ist jetzt dabei, dir einen Entschuldigungsbrief zu schreiben.»

Hillary wußte nicht, ob er das glauben sollte, und blieb stumm. Eine müde Frauenstimme kam aus dem Lautsprecher und kündigte die bevorstehende Abfahrt von Hillarys Bus an. Keel streckte ihm die Hand entgegen.

«Hier, meine Hand, Prof.»

«Nein.»

«Kannst mich.»

Keel drehte sich rasch um, ließ Hillary stehen und entfernte sich mit schnellen Schritten. Hillary rannte ihm nach.

«Mit ‹Nein› hab ich doch gemeint, daß ich nicht wegfahren will! Ich will dir doch helfen, Eagle zu finden!»

«Wenn du endgültig wegfahren wirst, wird dir nichts anderes in Erinnerung bleiben als die ewige Jagd nach Eagle.» – Er unterbrach sich: «Scheint mir jedenfalls.»

Hillary wollte noch sagen, nein, ich werde mich auch noch an anderes erinnern. Aber er sagte das nicht mehr, weil Keel bereits wieder weg war und er ihm von neuem nachrennen mußte. Wie kommt es nur, dachte er, daß ich immer, wenn die anderen auf der Jagd nach jemandem sind, hinterher trotte? Wenn ich jemanden suchte, würden sie mir beistehen? Würden sie dann ebenso hinter mir herlaufen?

«Nein, Baby», sagte mit matter Stimme das Barmädchen mit einem Blick auf Hillary, «ich hab ihn nicht gesehen. Aber wenn du ihn triffst, bestell ihm, Clarice hat was für ihn.»

Beim Lächeln wurden ihre zu großen Zähne sichtbar. Sie knipste mit den Fingern.

«Bestell ihm das gleich.»

«Kannst du ihm selber bestellen», brummte Keel, nahm Hillary untern Arm und führte ihn aus der Uptown-Bar heraus. In Downtown-Bars hatten sie erst gar nicht gesucht. Wenn Eagle auf seiner üblichen Tour war, dann trieb er sich in der Bowery-Gegend nicht herum. Die war nur fürs Trinken da.

Das «Minton» war das nächste Lokal, und dort stießen sie auf

Yards. Er erhob sich sofort von seinem Ecktisch, als er sie eintreten sah, und kam auf sie zu. Der Bandleader, der gerade probte, sagte zu einem der Musiker:

«Hast all diese blöden Noten gar nicht nötig.»

Sein Fuß gab den Takt an, und die Gruppe begann ihre Nummer.

«Ihr sucht wohl Eagle?» fragte Yards.

Keel stellte fest, daß sie zum erstenmal jemanden trafen, der sich ernstlich um Eagle sorgte.

«Hast du ihn gesehen?»

«Nicht seit heute Morgen.»

«Hast du mit ihm gesprochen?»

«Ja. Aber du weißt ja, wie dieser Hurensohn ist», schloß er, «man weiß bei ihm nie, woran man ist.»

Dann blickte er Hillary fragend an.

«Und wie geht's Ihnen?»

«Wir müssen gleich weiter», meinte Keel. «Du bleibst hier?»

«Ja, ich werde hier bleiben. Und wenn ihr Hilfe braucht, bitte benachrichtigt mich.»

«Auf später», sagte Keel und verließ mit Hillary das Lokal. Draußen rannten sie in Background und Kilroy hinein, die torkelnd aus der Richtung der Seventh Avenue kamen.

«Hallo», begann Kilroy, aber Hillary und Keel waren schon weiter und riefen ein Taxi heran.

Schweigend fuhren sie die verwahrloste Seventh Avenue hinunter und in den Central Park hinein, wo der Wagen quietschend nach Süden einbog. Der Park war bereits frühlingsgrün, und die Rufe von ballspielenden Jungen drangen zu ihnen herüber. Hin und wieder sahen sie einen Radfahrer, der selbstgefällig auf dem Radfahrweg ihnen entgegenkam. Sie verließen den Park an der Fifth Avenue und hielten vor Candys Wohnung.

«Hier waren wir schon einmal», sagte Hillary.

Keel brummte.

«Warten Sie auf uns», sagte er zu dem Fahrer.

Der Liftboy schien sie wiederzuerkennen, aber er zeigte es nicht und blickte von ihnen fort auf die Signallampe, bis sie im Lift waren. Er schloß die Tür, sie fuhren aufwärts. Ohne zu fragen, in welchem Stock er halten solle, stoppte er in Candys Etage.

Hillary drückte die Klingel an Candys Wohnungstür.
«Rührt sich nichts», sagte er zu Keel.
«Klingle noch einmal.»
Keel blickte sorgenvoll.
«Wo, zum Teufel, steckt er bloß?» murmelte er. Ungeduldig schlug er gegen die Wohnungstür.
«Candy? Candy? Wir sind's, Keel und der Professor.»
Er legte sein Ohr horchend gegen die Tür.
«Gehen wir», sagte er schließlich. «Sie ist nicht da. Wer weiß, vielleicht schwimmt er schon irgendwo im Fluß!»
«Wahrscheinlich ist er all right», suchte Hillary zu beruhigen.
«Wetten?»
«Ich wette nicht.»
Keel nickte grimmig entschlossen.
«Und wenn es die ganze Nacht dauern sollte, wir müssen ihn finden.»
Als sie wieder in den Lift traten, berührte Hillary leicht Keels Schulter.
«Vielleicht sollte ich doch wetten», sagte er.
Keel starrte auf den Boden des Fahrstuhls und antwortete:
«Heraus mit dem Geld! Ich gehe jede Wette ein.»

16

Eagle indessen saß um Mitternacht rittlings auf seinem Stuhl in einem kleinen Nachtklub in New Jersey. Die roten und grünen elektrischen Birnen schienen ihm zuzublinzeln. Die Schatten der Combospieler bewegten sich riesengroß auf der Wand dahinter. Die Musik klang süß und besänftigend. Eagle entwarf im Geist ein Solo für sich, summte es vor sich hin und tappte dazu mit seinem mächtigen Fuß, Takt schlagend, auf den Boden.
«Bitte, Baby», bat Candy und sah sich immer wieder ängstlich um, «kein Aufsehen! Bitte!»
Eagle fuhr unbekümmert fort, mit dem Fuß den Takt zu schlagen.

Dann sagte er:

«Ich möcht blasen, blasen möcht ich, wahnsinnig gern.»

«Nein!»

«Ich muß aber, ich muß, kapier das doch.»

Über ihrem blassen Gesicht schimmerte ihr weißblonder Haarschopf. Ihre schmalen roten Lippen bewegten sich, aber es schien eine Stunde zu dauern, ehe ihre Stimme ihn erreichte:

«Nein!»

Eagle wippte auf und ab auf seinem Stuhl. Eine schmale weiße Hand umklammerte sein grobes schwarzes Handgelenk. Verblüfft starrte er auf die beiden Hände hinunter und dann in ihr perfekt geschnittenes Gesicht mit den zu scharfen Augen, den zu stark hervortretenden Backenknochen, den makellosen Zahnreihen.

«Bleib doch sitzen!» bat sie. Von neuem erreichte ihn ihre Stimme.

Eagle ließ sich auf seinen Stuhl zurückfallen.

«Aber meine Seele», sagte er, «meine Seele ist so voll von Angst. Begreif doch, begreif doch, schau sie dir doch an, diese Jungen da oben, wie sie spielen, das Herz spielen sich die Kerle aus dem Leib, horch doch!»

Er begann mit den Fingern zu schnalzen, aber in der Ecke, wo sie saßen, ging das unter im allgemeinen Lärm. Seine Schultern bewegten sich jedoch dabei so, als hätte er sein ganzes Temperament und jede Faser seiner Muskeln nötig, um die Musik mit seinem Schnalzgeräusch zu begleiten.

Ein weißgekleideter Kellner schien heranzuschwimmen. Er brachte Drinks, stellte sie auf den Tisch und schwamm gleich wieder fort.

«Hör doch!» drängte Eagle. «Hast du das gehört!»

Der Pianist hatte eben einen Akkord angeschlagen, den Candy für miserabel hielt.

«Ja, hab's gehört.»

Eagle beugte sich über die Tischplatte und stützte sein Kinn in die Hand.

«Weißt du eigentlich, daß ich dich nicht ausstehen kann?»

Candy lächelte uneingeschüchtert.

«Unsinn, meinst du ja gar nicht so. Wie wär's, wenn ich dir so was sagen würde? Daß ich dich hasse?»

«Weiß ich sowieso», sagte Eagle. «Hassen, das kenn ich. Wir sollten lieber rasch ins Bett miteinander.»

«Noch nicht. Später, wenn du willst. Aber jetzt noch nicht, Eagle.»

Sie lächelte ihn an, beugte sich über seine Hand und küßte sie.

Sie sah, wie er, fast unkenntlich in der Dunkelheit, sich auf sie zu bewegte, und schon griff er – das war immer sein erster Griff – mit seinen riesigen Pratzen nach ihren Brüsten. Das Lächeln verging ihr. Tränen traten ihr in die Augen, Traurigkeit beschlich sie und große Angst.

«Kannst mich ruhig wieder einmal ein Biest nennen», sagte er.

Vier Jahre war das her, daß sie sich das einmal hatte entschlüpfen lassen, und sie hatte es gar nicht bös gemeint. Konnte er das denn nie vergessen und verzeihen? Er hatte sie damals, als sie das gesagt hatte, beinahe umgebracht, hatte ihren Körper malträtiert, zerbeult, zerboxt, als wäre er ein Sack voll Sägemehl. Und dann hatte er sie genommen.

«Es tut mir leid», sagte sie, und irgendwie hatte sie dabei das Gefühl, daß sie das fatale Wort eben erst ausgesprochen und eben erst zum erstenmal sich dafür entschuldigt hatte.

Eagle lachte.

«Weißt du was? Seit Tagen bin ich's nicht mehr losgeworden. Komm mir vor wie ein Raumfahrer, der die Venus umkreist und nicht landen kann.»

Sie sah, wie sich sein Gesicht plötzlich verzerrte. Schatten liefen darüber, als litte er sehr. Sie suchte verzweifelt nach einem Trostwort und nichts, nichts fiel ihr ein. Einen Augenblick später sagte er: «Weißt du eigentlich, wie gut du im Bett bist?»

Ihre Augen wurden feucht, und sie wußte das und war dankbar für die Dunkelheit. Langsam zog sie sich etwas von ihm zurück, damit er ihre Tränen nicht sehen sollte.

«Mit dir, Richie, mit dir kann ich's.»

«Bist also zufrieden?»

«Mit dir, ja, Richie, mit dir.»

«Mach mir nichts vor, Baby. Du tätest es mit jedem gern.»

Wenn das so wäre, dachte Candy, warum muß ich dann so weinen?

«Also los, marsch ins Bett, komm schon», sagte er.

«Nein!»

Sie bereute, daß sie das so rasch gesagt hatte. «Ich muß erst noch einen Anruf machen», erklärte sie.

Sie stand auf, um noch einmal zu versuchen, Keel am Telefon zu erreichen. Sie versuchte seine Nummer und die von Della. Keine Antwort. Als sie aus der Telefonzelle trat, hörte sie Geschrei, rannte zu Eagle hinüber, der gerade die Kellner beschimpfte. Wenn er sich so benahm, war das kein gutes Versteck hier. Sie hatte doch unbemerkt hier bleiben wollen, bis sie Keel erreicht haben würde.

Candy trat auf Eagle zu und versuchte, ihn zu beschwichtigen. Er stand etwas unsicher auf seinen Beinen. Die Kellner zogen sich murrend zurück, als Candy auftauchte.

«Gehn wir, gehn wir, Baby. Werd's dir schon zeigen, von vorn und von hinten werd ich's dir zeigen.»

Er unterbrach sich und geriet ins Kichern. Dann zog er sich einen der Kellner, der sich nicht weit genug in Sicherheit gebracht hatte, am Revers heran und schüttelte ihn.

«Hast du gehört, Baby, von vorn und von hinten.»

Candy war voraus zur Tür gegangen.

«Sehr wohl, Sir», sagte der Kellner und machte sich los.

«Nach Hause, nach Hause!» sagte Eagle draußen, nahm sie um die Taille und wirbelte sie hoch.

«Richie, laß mich herunter, bitte!»

Eagle stellte sie wieder auf den Boden, und sie brauchte eine Sekunde, um ihr Gleichgewicht zu finden.

«Jetzt können wir nicht nach Hause.»

«Warum nicht?»

«Da ist doch dieser Profi, dieser ...»

«Scheiße. Was ist denn los mit euch allen?»

«Du bist einfach unmöglich. Wenn ich nur Keel erreichen könnte, der würde dir den Kopf zurechtsetzen.»

«Halt den Mund. Ich will fahren. Gib mir die Schlüssel.»

«Nein», sagte sie und riß sich von ihm los. «*Ich* werde fahren.»

Sie öffnete den Schlag für ihn, schlug ihn zu, ging um den Wagen herum, um sich an das Lenkrad zu setzen.

«Machen wir's eben gleich hier drinnen», verlangte Eagle. Er stieß mit seinem Jopf gegen die Windschutzscheibe, und das löste wieder einen Lachanfall bei ihm aus.

«Verflixt noch mal», sagte er und drohte der Windschutzscheibe mit der Faust.

Langsam setzte sich der Wagen in Bewegung, wurde dann rascher. Lichter schossen an Eagles Kopf vorüber. Er sah sie wie Maschinengewehrschüsse im Kino auf sich zukommen und vorbeirasen. Der Wagen fuhr geräuschlos, schien wie ein Phantom zwischen den Bäumen zu schwimmen. Auf der George-Washington-Brücke kamen ihnen die Lichter noch schneller entgegen, und die Brückenpfeiler schienen endlos in den Himmel zu ragen. Als sie die Autobahn hinuntersausten, hielt Eagle Ausschau nach seinem Schiff, der Liberté, aber die war offenbar bereits abgedampft. Er war enttäuscht.

Candy fuhr wortlos. Sie manövrierte mühelos den schweren Wagen und wechselte mit ihrem schlanken Bein sachkundig vom Gas zur Bremse und zurück. Er beobachtete das Bein mit Vergnügen und kicherte in sich hinein. Wo sollten sie hinfahren?, überlegte Candy. Nicht in ihre Wohnung. Sollte es, Gott behüte, geschehen, dann nicht bei ihr. Sie wollte gewiß nicht, daß es passierte, aber es war immerhin möglich, daß es passierte, und weil es möglich war, steuerte sie nach Downtown, durchquerte Greenwich Village, bis sie zu Eagles Wohnung kam.

«Keinen Laut, bitte», sagte sie warnend. «Es ist sehr spät.»

Sie stiegen aus. Candy machte die paar Schritte zum «Sadik» hinüber und klopfte, in der Hoffnung, Hillary zu wecken. Aber als sich nichts rührte, gab sie es auf und kehrte zu Eagle zurück, der auf den Stufen seines Hauses saß und halblaut Selbstgespräche führte.

«Ich habe Angst», sagte sie und blickte auf ihn hinunter.

Schwerfällig erhob er sich und berührte sanft ihre Schulter.

«Hab keine Angst. Wovor sollen wir denn Angst haben müssen?»

«Du wirst nicht achtgeben auf dich», sagte Candy im Hinaufsteigen.

«Ich hab keine Angst. Die Menschen sind weiß Gott schlecht genug. Aber so schlecht und so idiotisch sind sie wieder nicht.»

Er blickte sie an.

«Mir scheint, du möchtest jetzt lieber nach Hause fahren.»

Candy gab keine Antwort.

«All right, du fährst jetzt nach Hause.»

«Ich sollte bei dir bleiben.»

«Was könntest du mir schon helfen, wenn wirklich etwas geschieht?»

«Ich möcht nicht, daß du allein bleibst.»

«Aber ich sag dir doch, mir wird nichts geschehen.»

«Wirst du, wenn du oben bist, sofort Keel anrufen?»

«Ja, ja, ich werd ihn anrufen.»

«Oh, Richie», seufzte sie.

Er stieg langsam weiter die Stufen hinauf.

«Richie!»

Er blieb stehen und blinzelte zu ihr hinunter.

«Ja?»

«Fahren wir lieber herum, bis es hell wird.»

«Mein Gott, ich hab genug vom Fahren.»

Sie rannte ihm nach, die Stufen hinauf.

«Bitte!»

Er schüttelte sie sanft ab, stieg weiter hinauf und blieb dann noch einmal stehen.

«Hei, krieg ich keinen Gutenachtkuß?»

Candy nickte und Eagle kam wieder treppab. Die Umarmung fiel nicht gerade leidenschaftlich aus, eher flüchtig und zerstreut, in einer etwas geistesabwesenden Zärtlichkeit, Candy hätte am liebsten laut aufgeheult.

«Geh schon, mach, daß du aus der Gegend hier rauskommst», drängte Eagle und begann wieder hinaufzusteigen. Gerade als seine Füße auf der Treppe ihrem Blick zu entschwinden begannen, bemerkte sie ein großes Loch im Strumpf seiner linken Ferse.

Tief in Gedanken stieg sie die paar Stufen zur Straße hinunter. Was für ein Starrkopf Richie doch war. Wenn er erst einmal etwas gesagt hatte, dann mußte es dabei bleiben. Niemand war dann imstande, ihn umzustimmen. Nicht gerade tröstlich, das zu wissen. Sie stieg in den Wagen und verließ den Parkplatz. Scheinwerfer eines Wagens, der langsam hinter ihr fuhr, blendeten in ihrem Rückspiegel. Beim nächsten Blick nahm sie wahr, daß der

Wagen zur Seite fuhr und genau an der Stelle parkte, die sie eben verlassen hatte.

Wer das wohl gewesen sein konnte? dachte sie im Weiterfahren.

Als es dämmerte, standen Keel und Hillary wieder vor dem «Sadik».

«Da wir schon hier sind», sagte Keel, «können wir ebensogut einen Sprung zu ihm raufmachen. Und lassen wir dann das Lokal einmal Lokal sein, wir müssen uns auch ausschlafen, einverstanden?»

Hillary nickte, und sie überquerten die Straße hinüber zu Eagles Wohnung. Müde schleppten sie sich die Treppe hinauf, vor der Wohnungstür zog Keel einen Schlüssel heraus.

«Wirst ihn nicht brauchen», sagte Hillary, «es ist offen.»

Keel sah ihn an.

«Also rein», sagte er und stieß die Tür weit auf, blieb im Korridor einen Augenblick stehen. Hillary folgte ihm zögernd.

«Ich weiß nicht recht ...», flüsterte Keel. Sie durchquerten einen Raum und betraten das Schlafzimmer.

«Da liegt er ja, der Hurensohn», sagte Keel und grinste erleichtert, als er Eagles Gestalt noch völlig angekleidet auf dem Bett sah.

«Buhh», rief er beinahe übermütig. «Buhh!»

«Der schläft tief, wenn er nicht sogar ohnmächtig ist», sagte Hillary, als sie näher traten. Sie beugten sich über Eagle und lächelten. Die Baskenmütze war tief über ein Auge gezogen. Das Hemd war verschmutzt, seine kurze Hose zerknittert. Nur die Strümpfe saßen lächerlich ordentlich.

«Hei, Alter», begann Keel. Er beugte sich rasch über ihn. «Scheiße», sagte er ruhig.

«Was ist los?» fragte Hillary.

Keel legte seine Hand auf Eagles Stirn, beugte sich an seine Brust und lauschte, Hillary stand reglos daneben und blickte ihn mit ausdruckslosem Gesicht an.

«Was ist los?» flüsterte er schließlich und wußte Bescheid, ehe er eine Antwort erhielt.

Keel richtete sich auf und flüsterte mit einer noch ungläubigen Stimme:

«Er ist tot.»

Hillary schaute auf Eagle hinunter. Die knotigen Beine, der mächtige Bauch wirkten grotesk. Es fiel ihm auf, daß die Arme sonderbar entspannt dalagen. In der linken Ferse hatte er im Strumpf ein Loch. Die Absätze der Schuhe waren abgetreten – Hillary fand es lächerlich, daß er all diese Einzelheiten in diesem Augenblick registrierte.

«Tot?»

Keel war noch näher an Eagle herangetreten. Das Gesicht schien ihm entspannt und friedlich zu sein. Dann entdeckte er zwei oder drei frische Schrammen an der Innenseite von Eagles Bizeps.

«Da!»

«Und da! Sieh doch!» sagte Hillary und wies auf eine Injektionsspritze und einen gebogenen Löffel auf dem Nachttisch.

Keel nickte finster. Dann gab er dem Toten einen leichten Klaps auf den Hintern, trat, nach einem kurzen Blick auf Hillary, ans Telefon und wählte.

Als er aufgelegt hatte, sagte er:

«Geh jetzt hinüber und wart drüben auf mich. Hat keinen Sinn, daß du auch noch da reinverwickelt wirst.»

«Aber ich will bleiben.»

«Nein, Prof, tu, wie ich dir gesagt habe.»

Hillary ging wortlos hinaus. Er sah noch, wie Keel sich einen Stuhl an das Bett heranzog.

Keel saß da und wartete und horchte auf die morgendlichen Geräusche. Busse und Wagen auf der Straße, ein Radio in der Ferne, dann und wann eine laute Stimme, Tritte im Treppenhaus. Alles klingt wie alle Tage, dachte er, als ob nichts passiert wäre. Im Treppenhaus unterhielten sich jetzt lachend ein Mann und eine Frau, lärmend stiegen sie zur nächsten Etage. Keel sagte heiser:

«Hei, Mensch.»

Einen Augenblick lang hatte er wirklich eine Antwort erwartet.

«Verstehst du, Baby, was da geschehen ist? ‹Heulet, ihr Tannen! Denn die Zedern sind gefallen und die Herrlichen sind verstöret. Heulet, ihr Eichen Basans! Denn der feste Wald ist umgehauen!›»

Keel übersprang im Geiste einige Zeilen, die ihm nicht hierher zu gehören schienen, und fuhr fort: «Denn die Pracht des Jordans ist verstöret!»

Er lehnte sich auf seinem Sitz vor und starrte auf den Leichnam.

«Du hast es besser gemacht, als selbst Tante Jessie es hätte können. Ganz sauber bist du geblieben.»

Er erhob sich, ging auf den Plattenspieler zu, gab dann aber seine Absicht wieder auf und kehrte zu seinem Platz zurück. Dann drang durch all die Morgengeräusche das Aufheulen einer Sirene. Keel stand auf und blickte durchs Fenster auf die Straße hinaus. Dann wendete er sich zur Tür, um die Polizei einzulassen.

17

Es schien, daß es drei oder vier legitime Ehefrauen gegeben hatte, und jede von ihnen mit den entsprechenden gültigen Dokumenten ausgestattet, und jede von ihnen so außerordentlich attraktiv, daß man sich, wäre man einer von ihnen an Eagles Arm auf der Straße begegnet, unweigerlich nach ihr umgedreht hätte. Jede von ihnen reklamierte den Leichnam für die Beerdigung. Statt dessen wurde er nach St. Louis überführt, in Begleitung von Tante Jessie und derjenigen der Ehefrauen, deren Trauschein das früheste Datum trug.

An den Häuserwänden erschienen Aufschriften wie «Eagle lebt» oder «Der Adler fliegt noch». Die Illustrierten suchten rasch aus ihren Archiven sämtliches Material über Eagle und seine Frauenbekanntschaften heraus und brachten entsprechende Berichte. Zwei oder drei berühmte Filmstars machten sich daraufhin unverzüglich nach Rom auf, um dort jedenfalls für eventuelle Verträge zur Stelle zu sein, sollte jemand das Leben Eagles verfilmen wollen. Aber über sämtliche Frauen in Eagles Umkreis konnten auch die Illustrierten keine Auskunft geben, niemand wußte darüber wirklich Bescheid.

Wohlwollende Zeitungsschreiber erinnerten ihre Leser an die zahllosen Späße, die Eagle im Lauf seines Lebens gemacht hatte, und die ihm weniger wohlgesinnten konnten sich nicht genug tun an Andeutungen über die Todesursache. Alle nannten ihn den «König des ‹Be-Bop›»! Die Jazzmusiker der ganzen Stadt wurden von einer gewissen Spielunlust ergriffen, und die Musikerfrauen setzten sich zusammen, um zu beraten, wie man helfen könnte, Eagles Sprößlinge durchzubringen. An solche Probleme waren sie gewöhnt aus der Zeit, wenn die Schecks ihrer Männer, die in Europa gastierten, auszubleiben begannen. Sie wußten also Bescheid darüber, wie solche Hilfsaktionen gestartet werden. Man erkundigte sich zunächst bei Eagles Gewerkschaft und bei seinen Versicherungen.

Dann begannen, einem Bedürfnis seiner Gemeinde entsprechend, allerhand Legenden um ihn zu entstehen. So etwa dürften die Legenden um Paul Bunyan entstanden sein. Aber noch ehe die Schlagzeilen – *Popkönig stirbt an Heroin* – erschienen waren, hatte Background bereits ein Konzert organisiert, dessen Reinertrag Eagles Sprößlingen zugute kommen sollte. Da der Tod die Gottheit ist, der die ganze Welt ihren Tribut entrichtet, in der dumpfen Hoffnung, seiner Unentrinnbarkeit zu entgehen, zog das Konzert an einem warmen Frühlingsabend eine solche Menschenmenge an, daß die Leute bis auf die Straße standen.

Drinnen in den Kulissen des Theaters warteten die einzelnen Gruppen auf ihren Auftritt, der jeweils nur wenige Minuten dauern durfte. Eine nach der anderen trat aufs Podium, jede von ihnen klang so, wie im Jahr 1943 Eagles Combo geklungen hatte, jede bestand wie jene damals aus Trompete, Saxophon, Klavier, Baß und Trommel. Welche Instrumente auch immer spielten, Richie Stokes Schatten lag über dem Saal, und sogar draußen auf der Straße, wo die Menge sich Kopf an Kopf drängte und wo man Lautsprecher montiert hatte. Rod Tolen machte den Conférencier, und einmal unterbrach er sich in seiner einstudierten, monoton vorgetragenen Trauerrede, um dem Publikum, noch immer in angemessenem Grabeston, von seinem letzten sonderbaren Hosengespräch zu berichten, das Eagle mit ihm per Telefon geführt hatte.

Aus der Kulisse mahnte Yards:

«Schluß machen, Mann, mach schon Schluß und laß uns auftreten!»

Rod kicherte ein wenig, verließ aber das Mikrofon und holte Yards mit seiner Band auf die Bühne. Im Vorbeigehen sagte er halblaut:

«Nur mit der Ruhe, Yards.»

Worauf Yards konterte: «Kannst mich!»

Später trat Kilroy auf und versuchte zu Eagles Song «Eagles Nest» zwanzig Strophen, die er eigens für diese Gelegenheit gedichtet hatte, vorzutragen. Background und Rod gelang es schließlich, ihn von der Bühne zu bringen.

Unten, in der ersten Reihe im Parkett, sagte Della zu Keel:

«Sie klingen alle gleich.»

Keel warf einen Blick zu Hillary hinüber, der auf der anderen Seite von Della saß, und dann einen auf Candy, die ihren Platz daneben hatte.

«Dieser verfluchte Gitarrist muß auch noch kommen», stöhnte Keel. Paul Moss trat auf, der blinde Gitarrespieler, der einmal Eagle und Keel gefragt hatte, warum sie sich gegenseitig «Nigger» nannten, aber Wutanfälle bekamen, wenn ein Weißer das tat.

«Der Schlag soll ihn treffen», sagte Keel.

Della lachte, Keel hatte ihr seinerzeit von dieser Szene mit Moss erzählt.

Auf der Bühne trat eine Band nach der anderen auf. Alle sehr cool, sehr selbstbewußt, sehr zurückhaltend, ganz anders, fand Keel, als farbige Musiker noch vor zehn oder fünfzehn Jahren geklungen hatten. Das war Wohl auch ein Erbe von Eagle. Kein Grinsen, kein Zähnefletschen, kein Mulattenlächeln. Das war vielleicht Eagles größtes Verdienst.

Beifall, und eine neue Band trat auf. Beifall, und wieder eine andere, und so fort, endlos. Es kamen Künstler, die nicht auf dem Programm standen und in letzter Minute darum gebeten hatten, auftreten zu dürfen. Die Luft im Saal war zum Ersticken, und vier Stunden hatte nun die Menge mit hochgestreckten Hälsen ausgeharrt, fast nur Weiße, hier und da ein Farbiger dazwischen. Selbst für seine eigenen Leute, dachte Keel, war Eagle ein

Rätsel geblieben. Sie hatten ihn für sich beansprucht, ihn vergöttert, aber oft auch gemieden, denn viele zogen Fats Domino ihm vor. Die anderen, die Weißen, waren Dilettanten, von denen die wenigsten etwas von Jazz verstanden, obwohl sie dessen Siegeslauf finanzierten.

«Ich muß unbedingt was trinken», sagte Keel.

«Jetzt?» fragte Della erstaunt. «Wieso?»

«Weiß nicht.»

«Das ist bloß die Reaktion auf all das hier», sagte sie und strich mit ihrem Daumen über die Knöchel seiner Hand. «Na schön, wenn du willst, gehen wir.»

«Also dann los, hab einfach plötzlich einen Riesendurst. Weiß gar nicht mehr, wann ich zuletzt ein richtig kaltes Bier getrunken habe, eins, das so eiskalt war, daß man die Eisstücke in der Büchse klirren hörte.»

«Vor zwei Jahren», sagte Della und blickte ihn an. «Darling, ist dir schlecht?»

«Keine Spur. Bin nur entsetzlich durstig.»

Sie drückten einander die Hände und blieben dann doch noch sitzen. Rod Tolen, dessen Gesicht nun von Schweiß glänzte, stellte eine neue Gruppe vor. Background stieg von der Bühne hinunter in den Zuschauerraum zur ersten Parkettreihe, wo er sich neben Keel niederhockte und ihm zuflüsterte:

«Komm später nach hinten, wir wollen nachher eine Party schmeißen.»

Geduckt, um die Sicht des Publikums nicht zu behindern, schlich er seitlich zur Bühne zurück und verschwand durch einen Nebenausgang.

Keel lehnte sich hinüber und berührte Hillarys Ellenbogen.

«Willst du mit zu einer Party kommen, bevor du deinen Bus nimmst?»

«Wollen sehen, wie es mit der Zeit ausgeht», antwortete er.

«Oh, bitte, komm doch mit», bat Della, berührte seinen Arm und warf auch einen fragenden Blick zu Candy hinüber.

«Ohne mich», sagte Candy.

«Und du?» wollte Della von Hillary wissen.

«Wollen mal sehen, wann wir von hier fortkommen», erwiderte er.

Della wendete sich wieder Keel zu, der sie fragte: «Du willst mitmachen?»

«Es ist lange her, daß wir zum letztenmal auf einer Party waren, Baby; wird uns vielleicht guttun. Gehen wir.»

«Meinetwegen. Aber ob es uns so guttun wird, ist eine andere Frage.»

«Wir werden nur ganz kurz bleiben und gehen, ehe sie zu grölen anfangen und ehe das Gedränge beginnt. Der Alkohol kostet uns nichts. Wir müssen jetzt praktisch denken und das Geld zusammenhalten.»

«Moment mal», sagte Keel. «Du wirst nicht auf mich aufpassen können, wenn du selbst ...»

«Wenn ich was?» fragte Della und schmiegte ihr Gesicht lachend an sein Ohr.

«Wenn du selbst beschwipst sein wirst.»

«Einer wird auf den anderen aufpassen, Darling.»

Keel setzte dieses Spielchen fort.

«Wenn du mir versprichst, auf mich alten Knacker aufzupassen, dann wollen wir gehen.»

«Versprech's dir, aber auf Gegenseitigkeit.»

«Was soll ich dir denn versprechen, Baby?»

«Auf mich aufzupassen.»

Sie begriff im Augenblick, da sie diese Worte ausgesprochen hatte, ihren Doppelsinn. Sie wünschte, sie hätte sie nie gesagt. Trotzdem lächelte sie ihn weiter an. Aber in ihrem Blick lag, wie Keel sah, nichts Begehrliches, ihre Augen lachten sanft und herzlich, so sauber und durchsichtig wie klares Wasser.

«Ich versprech dir», flüsterte er in ihr Ohr, «auf dich aufzupassen, aber nur dann, wenn du mir versprichst, mich zu lieben und mir zu gehorchen. Gehorchen, sagte ich, Baby.»

Della verbarg ihr Lachen hinter ihrer Hand. Es war lange her, daß sie so miteinander Ping-Pong gespielt hatten.

«Und wie steht's um die Ehre?»

«Die überlaß den Spießern.»

Sie griff nach seiner Hand und grub verspielt ihren Daumen in seine Handfläche.

«Wir sollten uns jetzt lieber um die Party kümmern», fand er. «Los, Prof, los, Candy.»

Sie standen auf, drückten sich an der Wand entlang, um niemanden zu stören, gelangten schließlich zu der Seitentür, durch die Background verschwunden war. Im Hinausgehen wunderte sich Keel darüber, daß er überhaupt keine Angst vor dem Augenblick hatte, da er mit Della allein sein würde. Bis jetzt jedenfalls fühlte er sich in keiner Weise gehemmt. Er lächelte erleichtert und er lächelte noch immer, als sie auf Paul Moss stießen, der eben in äußerster Erregung Background und Yards zu erklären versuchte, daß nicht der gesamte Ertrag des Konzerts an Eagles Familie gehen könne, daß ein Teil dem Fonds der Gewerkschaft zufließen müsse.

«Die Gewerkschaft kann mich», sagte Yards.

«Einen Dreck kriegt die Gewerkschaft», fügte Background hinzu.

Hillary beobachtete ihn, und es fiel ihm ein, daß er diesen Mann noch nie nüchtern gesehen hatte. Er lächelte über Backgrounds Benehmen.

«Ich werde der Gewerkschaft berichten», sagte Moss. Rod Tolen steckte für einen Augenblick den Kopf herein und rief:

«Haltet gefälligst eure Klappen, ihr blöden Hurensöhne. Draußen läuft die Show weiter.»

Yards hatte sein Horn aus der rechten in die linke Hand genommen und war dicht an Moss herangetreten. Ohne Tolen weiter zu beachten, brüllte er in wilder Wut los:

«Background, mach das Licht aus! Im Dunkeln steh ich gleich auf gleich mit Moss. Da kann ich ihm den Dreck aus dem Leib prügeln. Ich schlag ihn k. o., nach Noten, sag ich euch, nach Noten. Kommt dieser Kerl und will uns erzählen, was wir der Gewerkschaft schuldig sind! Eagle ist tot und hat seinen Kindern keinen Cent hinterlassen!»

Er stieß Moss mit seinem Ellenbogen heftig in die Seite. Della war fassungslos, sie rang nach Luft. Candy sagte:

«Aber Yards ...»

«Für die Kinder muß gesorgt werden, Leute» brüllte Yards weiter und versuchte die Musik von draußen zu überschreien.

«Die Kinder müssen leben! Ich bin bereit, die ganze Nacht zu blasen, damit diese Scheiß-Gewerkschaft bezahlt werden kann, und dabei braucht mir keiner von euch zu helfen, ihr gottverdammten Hurensöhne!»

Yards wendete sich jetzt von Moss fort, er hatte offenbar Angst vor seinem eigenen Wutanfall bekommen. Keel registrierte das mit einiger Erleichterung. Etwas ruhiger geworden, fügte Yards bitter hinzu:

«Eagle ist noch nicht kalt, und ihr Kerle scheißt schon auf ihn.»

Von neuem trat er an Moss heran:

«Eine Sau bist du, Moss, eine Sau.»

Moss stand da mit seinen blicklosen Augen, sein ganzer Körper bebte. Dann sagte er:

«Mit mir kannst du so nicht sprechen, Yards, so kannst du mit deinen Jungs reden, nicht mit mir. Verstanden?»

Yards nahm das Instrument wieder in seine Rechte, seine Worte kamen kalt und hart.

«Da hast du aber verflucht recht, gehörst nicht zu meiner Band. Du, mit deinem blöden Gitarregespiel, du! Einen Köter such dir zum Vögeln ...»

«Jetzt aber Schluß, Yards!»

Keel trat einen Schritt vor und packte Yards beim Ellenbogen. Yards verdrückte sich und verschwand. Draußen auf der Bühne begann eine neue Band zu spielen, während die abtretende zu ihnen in die Kulisse kam, sich einen Augenblick neugierig die Szene besah und dann ging. Beifall erhob sich. Die neue Gruppe führte ein Vibraphon mit sich.

Nette Abwechslung, dachte Hillary.

Keel beobachtete Yards kopfschüttelnd. Daß der immer wieder in so maßlose Wutanfälle geriet.

«Mir ist die Lust auf diese Party vergangen, Baby», sagte Della.

«Mir auch. Essen wir irgendwo und begleiten wir den Prof zum Bus», sagte Keel.

«Ich werd ihn holen», sagte Della.

Hillary stand gegenüber im Gespräch mit Candy.

«Wir wollen jetzt gehen», sagte Della. «Kommt ihr mit?»

«Ich treff euch draußen», sagte Hillary.

«Good bye, Candy», sagte Della. Sie ahnte, sie würde sie so bald nicht wiedersehen.

Candy schüttelte ihr die Hand, dann in einer plötzlichen Aufwallung umarmte und küßte sie sie.

«Paß gut auf, auf Keel!»

«Werd ich tun», sagte Della, gerührt durch Candys Gefühlsausbruch. Candy war ihr immer so kalt vorgekommen.

«Werd ich tun», wiederholte sie. «Es tut mir so leid für dich, Candy», sagte sie, und jetzt erst begriff sie, wieviel tiefer Candy von Eagles Tod getroffen war, als sie alle vermutet hatten.

Candy wendete sich ab.

«Also draußen», sagte Della zu Hillary.

Im Fortgehen meinte sie zu Keel:

«All diese Leute hier, so verschieden, wie sie sind, und alle sind wegen Eagle gekommen.»

Sie blickte ihn an.

«Weißt du, Keel, eigentlich hab ich ihn nur gemocht, weil du ihn gern gehabt hast.»

«Wirklich?» sagte er überrascht. Er hatte ihre Sympathie für Eagle ohne weiteres Nachdenken als ganz selbstverständlich hingenommen.

«Du hast ihn nicht wirklich gemocht?»

«Manchmal vielleicht. Aber er hat mir auch Angst gemacht, und manchmal hat er mich direkt angewidert.»

Sie blickte ihn an.

«Ich fürchte, ich bin wieder einmal zu ehrlich gewesen.»

«Nein», sagte er.

Sie standen jetzt unter der Eingangsmarkise, und Keel, schräg zum Himmel hinaufblickend, sagte:

«Immer, wenn wir was unternehmen, muß es offenbar Nacht sein. So, als wenn es nicht wirklich und gültig wäre. Es wäre gut, mal zu sehen, wie es ist, am Samstag nachmittag ins Kino zu gehen.»

«Darling?»

«Was gibt's?»

«Ich hab das vorhin nicht so gemeint.»

«Was denn? Ach so!»

Er grinste.

«Hat mich nicht verletzt.»

«Ich wollte das auch wirklich nicht.»

«Ich hab die halbe Nacht drüber nachgedacht. Ich sollte erschüttert sein, und ich bin es nicht.»

Er entzog sich rasch ihrem Arm und trat auf die Straße hinaus.

«Taxi!»

Dann blickte er sich suchend nach Hillary um, der gerade heraustrat. Der Wagen fuhr langsam an den Gehsteig heran, dann winkte der Fahrer Keel angeekelt ab und fuhr weiter.

«Dieser Lump», zischte Keel und begann am ganzen Körper zu beben. «Daß sie nie vergessen, einen daran zu erinnern ...»

«Welche Angst sie vor euch haben», ergänzte Della, die sich wieder bei ihm eingehängt hatte. Mit diesem «sie», diesem Trennungsstrich zwischen ihr und jenen Weißen, wollte sie ihn besänftigen, Hillary trat zu ihnen, und Keel winkte ein anderes Taxi heran.

«Ich glaub ich fahr lieber gleich zur Busstation», sagte Hillary. «Fiftieth Street.»

«Fiftieth Street?» fragte der Fahrer.

«Genau.»

Der Wagen fuhr los. Die drei blieben stumm, bis sie den Busbahnhof erreichten.

«Ich mach das schon», sagte Keel.

Hillary stieg aus und beugte sich vor in das Wageninnere und sah die beiden zum letztenmal an.

«Good bye.»

Della sagte:

«Mach's gut.»

Keel winkte.

Hillary warf den Wagenschlag zu.

Der Fahrer wendete sich fragend zu Keel.

Keel sagte «Los!», und er und Della machten es sich im Fond bequem. Der Wagen fuhr den Broadway herunter, durch das nächtliche Getriebe, den zu beiden Seiten nicht endenden Menschenstrom.

«Am liebsten möchte ich hier halten», sagte Keel, plötzlich in einen Redeschwall ausbrechend, «und all diesen Leuten möcht ich zurufen, dem da», sagte er und zeigte auf einen Mann mit einem roten Texashut, «und dem hageren dort, und dieser Frau dort drüben – siehst du sie, Baby? – die mit dem großen Milchladen, und dem Kerl dort mit der Melone, und diesem blonden Haut-und-Knochen-Mädchen, und dem Cop da drüben, der sich abstrampeln, um den Verkehr zu regeln, vor all denen möchte ich ausposaunen, wie sehr ich dich liebe, und daß sie sich schleunigst davonmachen sollen, daß für sie kein Platz mehr ist. Wir beide – und die alle, das geht einfach nicht zusammen. Ich werd auf den Turm des Times Building klettern und die Knöpfe drücken für die Laufschrift, damit sie lautet: ‹Ich liebe dich, und allen Spießern sei hiermit der Krieg erklärt!› Soll ich's tun?»

«Nein, Baby. Aber mir kannst du es noch einmal sagen.»

«Soll ich dir einen ganzen Roman erzählen?»

«Mach keine Witze. Wiederhol mir einfach, was du schon gesagt hast.»

Er wiederholte es und fügte hinzu: «Und bitte, glaub es mir auch.»

«Ich glaub es dir. Aber hör nicht noch einmal auf, an dich selbst zu glauben, denn sonst geht alles zwischen uns wieder kaputt.»

«Werd ich nicht, versprech ich dir.»

Er zog sie an sich. Was immer ihn bedrückt haben mochte, lag nun weit, weit hinter ihm und verlor sich irgendwo in der Ferne. Nicht einmal die feindselige Steifheit des Fahrers konnte daran etwas ändern.

Schließlich hatten sie die grellen Lichter des Times Square hinter sich und fuhren die dunkle Seventh Avenue hinunter. Keel hielt Della im Arm und plötzlich spürte er, wie seine Wange von ihren Tränen feucht wurde. Sie hat also begriffen, was in mir vorging, dachte er und strich ihr übers Haar.

«Baby, Baby», sagte er nur.

Nach einer Weile sagte er zu ihr:

«Fahren wir nach Hause.»

Seine Stimme klang unbeschwert, klar und rein, als hätte er sie eben erst wiedergefunden. Er sagte etwas zu dem Fahrer, und dann spürte er, wie Dellas Hände mit unsäglicher Zärtlichkeit seinen Nacken streichelten, und dann sank ihr Mund offen auf den seinen und sie schmiegte sich eng an ihn.

Eine halbe Stunde später polterte der Bus hinunter zur Station an der Thirty-fourth Street. Hillary blickte durch die grünlichen Scheiben und sah, wie die wartenden Passagiere draußen Schlange standen. In einer weiteren Stunde, beim Austritt aus dem Tunnel, würden die meisten von ihnen eingenickt sein und keinen schönen Anblick bieten. Er aber, Hillary, würde wach sein und hinausblicken zu dem grün aussehenden Mond und der grünlich-schwarzen Welt draußen. Er beobachtete, wie die Leute einstiegen, sich suchend nach Plätzen umsahen, sich dann vorwärts drängten und, sobald sie sich einen Sitz erobert hatten, von ihrem Nachbarn abrückten oder gespannt warteten, ob der Sitz neben ihnen nicht vielleicht frei bliebe.

Hillary hatte das Gefühl, ein Spitzel zu sein. Konnte einer von diesen Mitfahrenden nicht der Killer gewesen sein, von dem die Musiker gemunkelt hatten? Dieser Mann da oder jener? Vielleicht sah die Frau, die es sich eben neben ihm bequem machte, jener Frau des Nachtklub-Eigentümers ähnlich? Wenn es einen Killer gegeben hatte, einen Mann, der den perfekten Mord beherrschte und keinerlei Spuren hinterließ, dann konnte Hillary ihn nur bedauern. Wenn er existierte, die Musiker würden ihn finden. Sie würden lächeln und flüstern und – sie würden ihn zu finden wissen. Und später würde irgendwer irgendwen auffinden, tot und so allein, wie Eagle gewesen war. Der Kampf würde von neuem ausbrechen, aber im Grunde hatte der stumme Krieg, der in Nachtklubs und Schlafzimmern mit lächelnden Mienen und trügerischen Worten vor sich ging, niemals aufgehört. Wenn es einen Killer gegeben hatte, ja, den würde man finden. Die Musiker würden ihre Rache gut vorbereiten. Das war ebenso gewiß, wie die Nacht, die der Bus nun mit surrenden Rädern durchfuhr. Keel würde damit einverstanden sein, ebenso seine Frau, denn Della würde ja seine Frau werden. Wenn alle anderen Methoden versagt haben, dann bleibt nur Gewaltanwendung, und man mußte sich mit ihr einverstanden erklären, es wohnte ihr wohl auch eine gewisse Heilkraft inne. Schließlich war auf diesem Boden auch die Liebe zwischen Keel und Della aufgeblüht, so wie Gänseblümchen auch auf blutgetränktem Boden sprießen.

Und dann verwarf Hillary diesen Gedanken doch wieder. Er konnte ihn sich nicht zu eigen machen. Hätte er das vermocht, dann hätte er auch Verständnis für Eagles Gefühle aufbringen müssen, der sich vielleicht gefreut hatte, daß irgend jemandem an der eigenen Frau so viel lag, daß er ihretwegen einen Killer engagierte. Solche Liebe war seiner Meinung nach immer noch besser als gar keine Liebe.

Aber es war ja gar nicht so gewiß, daß es einen Killer gegeben hatte, einen einzelnen Mann, der nachts die Treppe zu Eagles Wohnung hinaufgeschlichen war, um ihm eine Überdosis zu verabreichen. Worüber sie niemals gesprochen hatten, war, ob Eagle es nicht vielleicht selbst getan hatte. Hillary konnte sich von diesem Gedanken nicht losreißen, er konnte ihn aber ebensowenig in jene Hölle zurückschicken, aus der er aufgestiegen war. Wenn Eagle es getan haben sollte, brauchte man sich nicht lange zu fragen, warum. Hillary wußte warum. Die Verzweiflung, mit der einer sich selbst umbrachte, war viel schlimmer als die, die einen zum Mörder werden ließ. Dieser zweite Killer nahm keine Konturen für ihn an. Hillary sah die Reihen entlang und spürte seine Gegenwart. Er sah auf seine Nachbarin und spürte diesen Killer irgendwo. Er spürte ihn in seinem eigenen Inneren und erschrak. Wenn Eagle es selbst getan hatte, dann war auch er eins mit diesem Killer, dann war auch er mit schuldig geworden.

Eines Tages würde er das alles begreifen. Vielleicht. Der Bus fuhr vorbei an den Mautstellen und über die ziegelgepflasterte Chaussee hinein in den weitaufgerissenen dunklen Schlund des Tunnels.

ROCK SESSION

ist ein jährlich erscheinendes Magazin der populären Musik

«Ein unterhaltsames und kritisches Jahrbuch der Rockmusik» Nürnberger Nachrichten

«Pubertäres Geschwätz» Neue Zürcher Zeitung

«Ich wüßte nicht, wie man es hätte besser machen sollen.» Badische Zeitung

«Gute Bücher zur Rock- und Popmusik sind spärlich gesät. Rock Session ist eins.»
Saarländischer Rundfunk

Rock Session 1 (rororo sachbuch 7086)
Schwerpunkt: Regionale Musik
Hg. Jörg Gülden/Klaus Humann

Rock Session 2 (rororo sachbuch 7156)
Schwerpunkt: New Wave
Hg. Jörg Gülden/Klaus Humann

Rock Session 3 (rororo sachbuch 7270)
Schwerpunkt: Außenseiter
Hg. Klaus Humann/
Carl-Ludwig Reichert

Rock Session 4 (rororo sachbuch 7358)
Schwerpunkt: 80-er Rock
Hg. Klaus Humann/Carl-Ludwig Reichert

sachbuch rororo

981/2

1013/1